COLLECTION POÉSIE

JEAN-PIERRE DUPREY

Derrière son double

Œuvres complètes

Préface d'André Breton

Postfaces d'Alain Jouffroy, Julien Gracq et André Pieyre de Mandiargues

Édition établie et annotée par François Di Dio

nrf

GALLIMARD

ISBN 2-267-00664-2

Ce livre contient

AVERTISSEMENT

Les écrits poétiques les plus importants de Jean-Pierre Duprey – qui a laissé également une œuvre de peintre et de sculpteur – ont été publiés par *Le Soleil noir*, en quatre recueils s'échelonnant de 1950 à 1970. Ces ouvrages, éditions originales à tirage limité et numéroté, illustrés par Max Ernst, Jacques Hérold, Matta et Toyen, sont devenus introuvables. Nous en donnons la bibliographie exhaustive dans le présent volume, qui fera également date.

En effet, d'une part nous y reprenons les textes publiés, mais revus et corrigés à partir des manuscrits que nous avait légués Jacqueline Duprey ; d'autre part nous y intégrons des inédits retrouvés en nombre appréciable depuis la publication de *la Forêt sacrilège* et autres textes, en 1970. Aussi bien l'ensemble que nous proposons aujourd'hui constitue-t-il les *Œuvres complètes* du poète de *Derrière son double* en même temps qu'une édition originale collective.

Les textes majeurs sont présentés ici dans leur ordre chronologique de rédaction, l'auteur datant généralement ses manuscrits. Pour ce qui concerne les « premiers poèmes », qui ont été composés de 1945 à 1947 (entre les quinzième et dix-septième années du poète), nous les avons regroupés en fin de volume.

Non sans difficultés, nous avons établi une biographie de Jean-Pierre Duprey. Celui-ci, extrêmement secret, ne révéla jamais par exemple, ni à André Breton ni à ses amis les plus proches, qu'il avait publié des poèmes, en 1946 et

1948, dans deux revues confidentielles. Il avait également occulté l'existence d'un dossier contenant ses tout premiers textes, laissé à Rouen dans sa famille. Il se déclarait en outre allergique à toute glose, à toute anecdote même des plus décentes, qui eussent pu éclairer la genèse de certains de ses poèmes, lever le voile sur divers événements de sa vie — qui nous restent autant d'énigmes. « Ma biographie, ma théorie sur la poésie et sur mon œuvre de sculpteur sont contenues, noir sur blanc, dans mes textes », nous déclara-t-il à plusieurs reprises.

Nous avons pu cependant, grâce à la collaboration fervente de son frère cadet qui a bien voulu rompre un long silence, disposer pour la première fois de documents et d'un témoignage de première main sur l'enfance et l'adolescence du poète.

Nous tenons à remercier tout particulièrement Mme Elisa Breton qui nous a renouvelé l'autorisation, donnée par André Breton, de reproduire la lettre qu'il écrivit à Jean-Pierre Duprey le 18 janvier 1949 ainsi que la notice qu'il lui avait consacrée, publiée en 1950 dans la nouvelle édition de l'*Anthologie de l'humour noir*. Ce texte sert, ici, de préface aux *Œuvres complètes* de Duprey.

Le présent volume s'ouvre avec la voix prophétique d'André Breton. Nous ne pouvions souhaiter commentaire plus remarquable et éclairage plus révélateur sur l'une des œuvres *les plus neuves et les plus inspirées* de cette seconde moitié du XXe siècle.

BIOGRAPHIE

Le monde qui s'allonge s'écoule goutte à goutte devant moi et derrière moi, en une rue de sable mouvant.

Jean-Pierre Duprey

1930

Naissance à Rouen, le 1er janvier 1930, de Jean-Pierre, Albert, Adolphe Duprey à 19 h 30, heure mentionnée sur le registre d'état civil dressé le 3 janvier sur la déclaration du père. Néanmoins, Jean-Pierre a toujours soutenu être né à 11 h 55, heure confirmée avec insistance par Jacqueline Duprey au motif que le thème astral établi sur 11 h 55 correspondait mieux à la personnalité et au destin du poète. Ce décalage horaire avait été suggéré par un astrologue que nous n'avons pu identifier avec certitude, à ce jour. Nous avions soumis cette « distorsion du temps » à Jean Carteret qui, en souriant, nous avait déclaré : « Pourquoi ne pas imaginer une astrologie qui pourrait expliquer l'être de sa conception à sa naissance, et au-delà ? »

Signalons un cas presque analogue : la date et l'heure exactes de la naissance d'André Breton, telles qu'elles figurent dans l'acte d'état civil, ont été contestées aussi bien par l'inventeur du Surréalisme que par ses divers biographes, laissant aux astrologues un champ d'interprétations contradictoires*.

* Cf. *Œuvres complètes* d'André Breton, t. I, La Pléiade, pp. XXVIII et XXIX, et pour Jean-Pierre Duprey, son thème astral établi par Arnold Waldstein, en retenant l'heure de naissance de 11 h 55, publié dans *Horizons du fantastique* n° 20 (1972).

1940-1941

Jean-Pierre Duprey eut une enfance difficile, souvent alité par suite de crises répétées d'anorexie accompagnées de fièvre élevée. À cette époque les causes et la thérapie de cette maladie ne sont pas maîtrisées. Ce syndrome, plus fréquent chez les adolescentes, est très rare et beaucoup plus grave parmi les jeunes garçons, occasionnant un déséquilibre psychique : refus d'intégration dans le milieu familial, refuge dans un état de prostration, dans un univers onirique, dans un intellectualisme outrancier. Les données actuelles de la médecine et de la psychiatrie n'excluent pas, à terme, des troubles de schizophrénie.

Sa scolarité est perturbée par la maladie et son dégoût définitif pour les sciences exactes. Il s'enferme la plupart du temps dans sa chambre, lisant et remplissant des carnets de poèmes et de contes enfantins.

Le 19 avril 1944 Rouen subit un terrible bombardement. Un professeur conseille aux enfants de sa classe de participer aux opérations de sauvetage. Jean-Pierre, qui s'est porté volontaire, rentre le soir épuisé d'avoir « passé la journée à refaire des morts entiers avec des morceaux pour pouvoir les enterrer » (*sic*).

1945-1946

Année où les symptômes de sa maladie disparaissent. En recouvrant la santé il devient fort et résistant. Au cours d'un séjour en Savoie il se montre capable de traverser à la nage tous les matins, aller et retour, le lac d'Annecy, entre Duingt et Talloires. Ses parents l'inscrivent au collège religieux Joui-Lambert. Les études ne l'intéressent pas. Il se passionne pour les combats homériques qu'il engage contre des adversaires plus grands et plus vigoureux que lui, parmi ses condisciples, dont il sort rarement vaincu. Ses échecs scolaires, sa turbulence excessive le font rapidement renvoyer. De cette époque date un conflit violent avec son père, qui durera jusqu'à sa mort. Tout au long de sa courte existence il entretiendra avec sa mère des liens affectueux.

Il entre au lycée Corneille de Rouen où l'intervention de ses professeurs de lettres lui permet de tenir deux ans. Il rencontre Jacques Brenner qui lui fait connaître l'œuvre de Rimbaud. Ce sera une révélation foudroyante. Il décide de « n'être que poète ». De cette époque datent ses premiers poèmes marquants. L'un d'entre eux commence ainsi : *À toi Rimbaud,* MÉDIATEUR *: En fin de journée je t'ai rencontré éternel compagnon, tes mains avaient le dynamisme d'un instrument de torture, ta poitrine, violon sonore, contenait les hurlements de toute une peuplade en révolte, de plus les roulis de tous les navires du monde étaient dans tes yeux...*

Il rend souvent visite à Jacques Brenner qui lui prête les œuvres de Lautréamont, Jarry, Artaud. Il admire ce dernier au point de signer certains de ses poèmes : « Duprey le momo ». À propos de Jarry, Jacques Brenner note : « ... c'est alors que j'assistai à un curieux phénomène : il s'appropria le vocabulaire et les tours de phrase des *Minutes de sable mémorial.* Ce n'étaient nullement des imitations (...), il inventait de nouvelles images à partir d'images qui l'avaient ébloui. Quelques-unes me parurent d'une force et d'une beauté surprenantes[1]. »

En 1946, Jacques Brenner fonde une revue littéraire, *Seine*, où quatre poèmes de Duprey seront publiés.

Sans vouloir avancer de motif, le proviseur du lycée demande le départ de Jean-Pierre et conseille à sa famille de le mettre en pension chez M. Kerlo, un ancien professeur du Collège de Normandie, qui avait été supprimé pendant la guerre.

1947

Duprey passera deux ans dans l'institution de M. Kerlo, à Clères près de la Forêt verte, à 15 kilomètres de Rouen. Période heureuse pour l'adolescent qui estime son précepteur, alors même qu'il portait des jugements déplorables sur tous ses anciens professeurs, même ceux qui l'avaient pris sous leur protection. De Clères il se rend souvent à Rouen à pied, en traversant la Forêt verte. Il ne s'attarde jamais dans sa famille, passant le plus clair de son temps à fréquenter des libraires avec lesquels il se lie d'amitié.

À la fin de l'année, il adresse par la poste à une publication sans périodicité déclarée, *En marge*, dont le siège se trouvait à Marseille et qui avait un correspondant à Paris, dix-sept poèmes accompagnés d'une lettre[2] :

> « Monsieur,
> je n'ai que seize ans et je n'aime rien de plus au monde que la poésie et la musique. J'écris moi-même depuis quelque temps. Je vous envoie ces poèmes (qui hélas ne sont pas ce qu'ils devraient être) espérant que vous pourrez m'en faire publier quelques-uns dans votre revue " En marge "... »

L'envoi, en sa totalité, fut reçu avec enthousiasme par les directeurs de la revue, Jacques Rime et Jean Monge, et publié dans un cahier intitulé *Fauteurs de paix*, qui parut en janvier 1948.

1948

Il rencontre sur une plage normande Jacqueline Sénard, une belle et troublante jeune femme plus âgée que lui. Infirmière d'État, elle est assistante sociale dans l'administration des PTT, en poste à Paris. Ces deux êtres se reconnaissent et s'engagent dans un amour fou. Pour se rapprocher de Jacqueline, Jean-Pierre abandonne soudain ses études et quitte Rouen, n'emportant que son réveille-matin. À Paris il habite quelques jours un hôtel sordide dans le quartier des Batignolles, le temps de trouver un petit logement, un taudis, rue de Crimée, juste à côté d'une pharmacie dont l'enseigne lumineuse clignotait sa publicité : PANSEMENTS À TOUTE HEURE DU JOUR ET DE LA NUIT. L'éclairage intermittent projetait sans répit des rayons dans sa chambre, où il passait tout son temps à écrire. C'est dans ces conditions qu'il terminera, fin décembre, *Derrière son double*, dont il envoie le manuscrit par la poste à André Breton, à l'adresse de *La Dragonne*, librairie-galerie où le groupe surréaliste avait fixé son point d'ancrage.

1949

Très vite il reçoit une réponse, dont nous reproduisons ci-après le texte :

SOLUTION SURRÉALISTE

18 janvier 1949.

À JEAN-PIERRE DUPREY,
123, rue de Crimée, Paris (19e).

Cher Jean-Pierre Duprey,

Ma chance fut hier, passant par La Dragonne vraiment le lieudit pour l'y trouver d'être je crois le premier mis devant votre envoi, au fur et à mesure que les pages tournaient la tête de moins en moins à autre chose. Rien ne s'est imposé à moi davantage et sur le champ que d'aller poursuivre ma lecture au café où même un entretien fort animé de deux personnages homme et femme à la table voisine faisant assaut de confidences n'est pas parvenu à m'en distraire. Non qu'en effet et comme vous craignez mais bien à tort en ce qui vous concerne je ne sois blasé sur les communications que peuvent nous attirer telles enseignes que celle de cette page mais la grande curiosité heureusement veille toujours et des pages comme les vôtres sont bien trop rares pour que le déclic immédiat ne joue pas. Rien ne m'a été perdu des surprises et des beautés de ce cahier noir *et je suis revenu à elles ce matin du même œil qui ne les quitte que pour aller aux toits mouillés et aux persiennes mates de cette journée d'hiver que votre texte m'enchante.*

J'ai beau lui opposer dans la rigueur tout ce que je trouve — qu'il côtoie par moments « Haldernablou », que monsieur Dieu a pris pied dans « L'Amour absolu », qu'une énumération des choses « retenues » d'autres choses ne laisse pas d'évoquer les judicieux prélèvements opérés par le Dr Faustroll — rien ne peut faire que je me limite son originalité profonde et que je m'y rende moins sensible.

Il faudrait publier — mais où diable ? — un tel texte, je me dépêcherais de le faire si j'en avais le moyen.

Vous habitez une bien curieuse rue, liée d'ailleurs à moi par des souvenirs de jeunesse exaltants et sombres et par un rendez-vous énigmatique qui m'a été donné, je n'ai jamais pu savoir par qui, à minuit, il y a bien longtemps, sur sa passerelle (qui après tout n'existe peut-être plus). J'aimerais vous connaître. Si le cœur vous en dit téléphonez-moi.

Vous êtes certainement un grand poète, doublé de quelqu'un d'autre qui m'intrigue. Votre éclairage est extraordinaire.

André BRETON.

Quelques jours après la réception de ce courrier Jean-Pierre Duprey écrit à sa mère :

> « Ma chère maman,
> j'ai écrit à André Breton qui m'a répondu aussitôt. Je ne peux pas recopier la lettre tout entière mais en voici quelques extraits (...). André Breton me communique également son adresse et son numéro de téléphone, en me priant de lui téléphoner, ce que j'ai fait et il m'a reçu chez lui ce matin après m'y avoir donné rendez-vous. Il a été très gentil et m'a dit qu'il allait publier quelques extraits dans le journal qu'il dirige. Il m'a dit aussi qu'il parlerait de moi aux éditions de la NRF mais que c'était difficile de publier en ce moment à cause de la crise du

livre. Il m'a demandé aussi de venir aux réunions de lui et de ses amis. J'ai oublié à Rouen ma brosse à dents et le riz. Je t'embrasse, Jean-Pierre. »

Cette lettre, qui ne porte pas de date, doit se situer entre le 23 et le 27 janvier. Le mois suivant Duprey, membre du groupe surréaliste, signe avec Jacqueline la « lettre collective à Gary Davis ».

L'intervention d'André Breton auprès des directeurs de la NRF n'eut aucun effet ; ceux-ci n'avaient-ils pas, en 1948, refusé les poèmes de Jean-Pierre que Jacques Brenner leur avait recommandés. En juin, sur les conseils de Nora Mitrani, le peintre Jacques Hérold apportait rue de l'Échaudé, au siège des Presses du livre français, le manuscrit de *Derrière son double*.

Dans le cadre de cette petite maison d'édition qui avait publié en 1948 et 1949 des textes inédits de Jean Paulhan et de Kafka illustrés par Wols, François Di Dio, son directeur, avait décidé de créer une collection, « Le Soleil noir », dans laquelle devait paraître *Justine ou les malheurs de la vertu*, de Sade, avec une préface de Georges Bataille et des illustrations de Bellmer. *Derrière son double* fut accepté avec d'autant plus d'enthousiasme que Duprey nous apparut comme *un soleil noir* qui confirmait de façon décisive l'orientation même de la collection[3]. Jacques Hérold se proposa d'illustrer l'ouvrage. Quant à André Breton, il autorisa la reproduction de la lettre qu'il avait adressée à Jean-Pierre pour servir de lettre-préface au recueil.

À l'automne, dans le n° 5 (et dernier) de *Néon*, la revue surréaliste de l'époque, paraissait en première page, calligraphiée par Duprey, la « Lettre du Sieur H qu'il envoya à lui-même », fragment de *Derrière son double*. Une note signalait la sortie prochaine de l'ouvrage aux Presses du livre français, en oubliant toutefois de mentionner le titre de la collection. Les deux tiers de l'œuvre de Jean-Pierre Duprey ont été écrits au cours de l'année 1949. En janvier, février et mars il achevait les quatre textes qui seront réunis en volume sous le titre général : *Derrière son double*. À la suite furent composés : *l'Ombre Sagittaire* (avril) ; *Spectreuses* (juin et juillet) ; *la Forêt sacrilège* (août) et la première version de *le Temps en blanc* (octobre).

1950

Publication de la seconde édition (la première fut publiée en 1940 et censurée par les autorités de Vichy) de *l'Anthologie de l'humour noir*, d'André Breton, qu'il termine en y insérant un extrait de *la Forêt sacrilège*, précédé d'un texte sur Jean-Pierre Duprey.

La même année, Le Soleil noir publie *Derrière son double*, illustré par Jacques Hérold et introduit par la lettre-préface d'André Breton. Ce volume sera le premier titre de la collection « Le Soleil noir ».

1951-1952-1953

Duprey prend la décision d'abandonner la poésie et de se consacrer à la sculpture. Il entre en apprentissage dans des ateliers de serruriers-métalliers à Paris, puis à Pantin chez le maître compagnon René Hanesse. Il travaille à la forge avec de rapides progrès. Hanesse déclare : « En quelques mois il a maîtrisé ce qui nous avait demandé deux ou trois ans de métier. » Jean-Pierre Duprey a réalisé un grand nombre de sculptures en fer forgé et soudé. Nous ne connaissons pas le nombre exact de ses œuvres. Il serait indispensable d'en établir le catalogue et de retrouver celles que Jacqueline, avant sa mort en 1966, avait entreposées dans une grotte. Il fit aussi des reliefs en ciment et s'engagea dans la peinture et le dessin.

Le 29 août 1951 il épousait à Rouen Jacqueline, sa compagne depuis 1948. Le registre d'état civil donne son nom de jeune fille : *Jacqueline*, Marguerite *Sénard*.

Jusqu'en 1953, Jean-Pierre et Jacqueline assisteront

aux réunions du groupe surréaliste. De cette époque deux témoignages, parmi les plus révélateurs, nous les décrivent.

De Robert Lebel : « Le quelqu'un d'autre qui intriguait Breton n'était pas d'un abord facile. Jean-Pierre Duprey ne se confiait guère et il assistait aux réunions, serré contre Jacqueline, armé d'un sourire absent comme un adolescent fragile et boudeur que sa sœur aînée accompagne en visite[4]. »

De Jean-Louis Bédouin : « J'ai connu Jean-Pierre Duprey à l'époque de *Solution surréaliste*, et je me souviens encore de l'apparition qu'il fit parmi nous, précédé par la lueur vert de mer de ses yeux et le reflet flamboyant de la chevelure de *Monsieur H*, couronné d'un fer à cheval. Il était jeune, beau, d'une grande douceur. On l'aurait dit timide, effacé, quand il n'était peut-être qu'absent de lui-même, ainsi que l'exprime de façon saisissante le titre de son recueil *Derrière son double*[4]. »

On trouve sa signature ainsi que celle de Jacqueline au bas des manifestes surréalistes :
Contre la répression en Catalogne (16/3/51) ; *Haute fréquence* (24/5/51) ; *Bas les masques ! Bas les pattes !* (4/2/52) ; ils contribuent à l'exposition Toyen en écrivant une phrase sur l'un des doigts des mains croisées de Toyen : « *La rose du spectre agrafe la robe vivante* »[5] (5/4/53).

En 1952, grâce à l'intervention affectueuse et diplomatique de son frère cadet auprès de ses parents, Jean-Pierre peut s'installer dans un appartement rue Caulaincourt, où il vivra avec Jacqueline. Ce lieu lui permet d'y exposer quelques-unes de ses sculptures, mais il continue de travailler chez Hanesse, à Pantin, où se trouve entreposée la majeure partie de son œuvre. Rue Caulaincourt, il peut dessiner, peindre, découper des figurines dans du carton. Il ne disposait que d'une petite bibliothèque ne contenant que des romans d'aventures et des « Série noire ». Son livre de chevet : *les Nouveaux Contes de fées* de la comtesse de Ségur. Tracts, revues, documents, ouvrages surréalistes sont accumulés sur une petite table contre la fenêtre. Un objet de Marcel Duchamp, le « coin de chasteté », fait office de presse-papiers[6].

1954

C'est l'année où il s'éloigne du groupe surréaliste. Il passe des journées entières à la forge où il s'attarde très tard dans la nuit. « *C'est la descente aux envers* », disait-il, » *ce qui est rouge s'épaissira jusqu'à la consistance du noir.* » Il est intéressé par l'œuvre de Gonzalez. Il fait la connaissance de César, révélé dans *le Premier Bilan de l'art actuel* (Le Soleil noir, 1953).

Première exposition à l'Étoile scellée, 11, rue du Pré-aux-Clercs, Paris 7e, du 16 février au 13 mars 1954, en même temps qu'Andralis et M. Rapin. Il expose onze sculptures et cinq peintures. Jacqueline avait écrit un poème, *Polaire*, pour commenter l'une des sculptures de Jean-Pierre, qui porte ce titre :
Tiens ta main dans ton oreille/ Et n'ouvre pas/ Sur le pôle sud/ Là où est l'étoile stridulente,/ Et son cône de cri/qu'il faut/ Frapper, frapper pour l'entendre./ Le verre des boussoles a gelé./ Index d'onglée pointé au nord./ Une fois pour toutes.

Sous ce texte, Jean-Pierre écrit :
La créature POLAIRE « *n'est autre que la transcription plastique de ce texte. Comme les autres figures sont des " Messagers d'ailleurs et autres lieux ".* »

1955

Pour la première fois Duprey va rompre le silence poétique dans lequel il s'est enfermé depuis 1950. Il participe et collabore à la revue et au mouvement *Phases*, animé par Édouard Jaguer. Il prend part à une exposition collective organisée par celui-ci à la galerie Creuze (mars 1955). Le même mois, à l'occasion de cette exposition, paraît le n° 2 première série de *Phases* ; dans lequel est publié son poème : *Les États-Réunis du métal aux chutes communes du feu.*

1956

Exposition personnelle de dix-sept sculptures à la galerie Furstenberg, du 27 avril au 13 mai. La carte d'invitation comporte un long texte d'Édouard Jaguer intitulé : « Le Fer, Bec et Ongles ». En exergue, une phrase de Duprey : *Les fantômes, s'ils apparaissent, auront la couleur vive de la demi-lune, noyée sur le plan du métal.* Jaguer note que les sculptures en fer forgé de Duprey sont « ... un défi lancé à la poésie (ici brutalement sommée par son propre créateur d'avoir à se réaliser). Et le verbe de se faire chair, chair de fer. »

1957-1958

Duprey connaît enfin, grâce à son activité de sculpteur et de peintre, pour la première fois de sa vie, une relative sécurité matérielle. Il peut louer un grand atelier avenue du Maine. Dans le cadre du mouvement Phases il expose à la galerie Kléber à Paris, participe à l'exposition *Phasen*, au Stedelijk Museum (Amsterdam, mai 1957). Il expose au Salon de la Jeune sculpture en 1958 et fait partie du collectif, réuni par Denys Chevalier, qui présente les œuvres de cinq artistes : Cardenas, Chavignier, Duprey, Guino, Hiquily à la galerie Saint-Augustin, boulevard Haussmann, sous le titre : « Cinq jeunes sculpteurs de la nouvelle école de Paris ».

1959

C'est l'année où Jean-Pierre revient totalement à la poésie. Il remet aux « Cahiers du Musée de poche » un poème : *Réincrudation*, en réponse à la demande d'un texte théorique sur sa poésie et son art. C'est aussi l'année où il traverse sa crise la plus grave, due à des tensions fréquentes et violentes avec Jacqueline, qui souvent s'absente[7]. Quand il rentre seul, vers la nuit, dans son atelier, il voit des êtres monstrueux sur les murs qui, dit-il, « me provoquent, m'attaquent ». Il se cogne alors aux murs, frappe contre ses visions, se blesse au sang... Il est, en outre, comme tous ses amis, perturbé par la guerre d'Algérie. Tous le sollicitent de s'engager à manifester dans la rue, à signer des manifestes. Duprey, qui a toujours éprouvé un malaise à s'agréger à un groupe, à signer des pétitions, à prendre des options politiques, nous déclarait qu'il préférait « commettre un acte objectif contre l'armée engagée dans une guerre injuste plutôt que de souscrire à des prises de positions intellectuelles ».

Peut-être est-ce là l'une des motivations du geste « sacrilège » qu'il commet en urinant sur la flamme du Soldat inconnu, au début du mois de juin ? Il n'avait averti aucun de ses amis, aucun témoin qui eût pu donner à cette provocation un certain retentissement médiatique. Il fut arrêté, brutalisé, emprisonné puis transféré à l'asile Sainte-Anne jusqu'au 30 juillet.

Durant les derniers mois de sa vie il se consacre entièrement à l'écriture, travaillant à son dernier recueil : *la Fin et la Manière*.

Le 2 octobre, il cachette une grande enveloppe beige dans laquelle il a glissé son ultime manuscrit, sans commentaire. Il inscrit le nom de son destinataire, André Breton, et son adresse. Il prie Jacqueline d'aller poster cet envoi. Quand elle revient du bureau de poste, Jean-Pierre s'est pendu à une poutre de son atelier.

PRÉFACE[8]

par André Breton

Jean-Pierre Duprey
1930-1959

« Que la ténèbre soit ! » *ces mots sur lesquels s'ouvre* l'Amour absolu *d'Alfred Jarry et qui empruntent antithétiquement à la phrase de la Genèse la plus bouleversante et la plus soudaine efficacité apparaissent comme le noyau même autour duquel se cristallise l'œuvre encore inédite de Jean-Pierre Duprey. Du chaos primordial, il semble en effet qu'eût pu sortir « la ténèbre » aussi bien que la lumière et le fait que la nuit la plus sombre est peuplée d'animaux qui ne voient que par elle sans que rien n'autorise à leur attribuer un rang inférieur par rapport aux bêtes diurnes. Il est, du reste, assez bien établi que la voyance ne se connaît rien de plus défavorable que le plein jour extérieur : la lumière physique et la lumière mentale vivent en très mauvaise intelligence. L'idée de prééminence attachée à la lumière sur l'obscurité peut sans doute être tenue pour un reliquat de l'accablante philosophie grecque. J'accorde à cet égard une importance capitale et une vertu libérante des plus hautes à l'objection présentée par M. Stéphane Lupasco au système dialectique de Hegel, beaucoup plus tributaire encore d'Aristote qu'il n'eût fallu : « Une dialectique exactement inverse de la sienne... est possible et effective, celle où c'est la valeur de négation et de diversification, c'est-à-dire ce qu'il appelle l'antithèse, qui virtualise, en s'actualisant, la valeur contradictoire d'affirmation et d'identité qui constitue sa thèse, comme aussi une troisième dialectique, celle où ni l'une ni l'autre ne peut respectivement triompher et qui creuse donc une contradiction relative progressive *. »*

---

* Stéphane Lupasco : *Logique et contradiction*, 1947. Cet ouvrage — aux yeux des artistes — aura en outre l'immense intérêt d'établir et d'éclairer la connexion « des plus énigmatiques » qui existe entre les valeurs logiques et leur contradiction, d'une part, les données effectives, d'autre part.

Jean-Pierre Duprey est un des arceaux et non le moindre qui soutiennent cette perspective, cet arceau étant celui de l'intuition pure. Toute époque spirituelle, vue avec recul, est spécifiée à la fois par des mouvements de la pensée spéculative auxquels les contemporains prennent plus ou moins garde (ainsi, me semble-t-il, des récentes interventions de M. Lupasco) et par des phénomènes éruptifs sur le plan de la création artistique qui se produisent chez des êtres très jeunes sans que, bien entendu, la moindre intercommunication explique leur concordance.

Les années qui séparent la première et la seconde édition du présent recueil, quelque piétinement historique qu'elles aient marqué, n'en sont pas moins de celles qui comptent affectivement au maximum, du fait que l'avenir, *sous sa forme la plus concrète et la plus simple, y est devenu aléatoire. Qu'en sera-t-il de cet avenir ou de ce non-avenir approximatif ? Pour une fois, c'est le pouls de l'espèce humaine qu'il s'agit de prendre et comment le pourrait-on mieux qu'au contact et par la sollicitation d'une œuvre qui soit à ce jour la plus neuve et la plus* inspirée *?*

*Sans hésitation, à la veille de 1950, je me réponds que cette œuvre élective est celle de Jean-Pierre Duprey, bien qu'elle soit (ou parce qu'elle est) ce que ces dernières années hagardes nous proposent de plus « difficile ». Sa brousse vaut la peine qu'on s'y aventure. Il ne dépend ni de lui ni de moi que dans la composition de l'humour noir, aujourd'hui par rapport il y a dix ans, il faille forcer la dose de noir pur. Le génie de Duprey est de nous offrir de ce noir un spectre qui ne le cède pas en diversité au spectre solaire. Non moins secret que celui d'*Igitur *: « Il quitte la chambre et se perd dans les escaliers* (au lieu de descendre à cheval sur la rampe) », *ici l'humour couve sous la cendre. (« Et c'est dans un même ordre que les choses se passèrent, après que l'on eut noyé la mer et enterré la terre ; le feu étant brûlé, l'air disparut dans la fumée du nouveau feu réengendré de tout cela. ») La lampe de la présence est plutôt de nature à nous dérober le vrai Duprey, prince du royaume des Doubles, sous des apparences d'ailleurs très séduisantes. Le principal d'entre eux, nous en savons par l'autre très peu de chose, sinon qu'avec sa femme « Ueline, la Noire » il habite une maison sise au cœur d'une forêt pleine de loups.*

André BRETON.

1950

DERRIÈRE SON DOUBLE[9]

suivi de

TROIS FEUX ET UNE TOUR

DANS L'ŒIL DE MIROIR

SOLUTION H OU DU SECOND VOYAGE
IMAGINÉ DE MONSIEUR H

EN L'AIR DE VERRE
PASSÉ AU PHILTRE DU VIDE

Personnages par ordre d'entrée en scène :

L'homme au bonnet.
Monsieur H.
Le corps A.
Le corps B.
L'Esprit-de-Dedans.
L'Esprit II.
Les poux.
La Couleur-de-Cendre.
L'Habitant-du-Mur.
Le chœur souterrain.
Le double.

DERRIÈRE SON DOUBLE

Première partie

DE L'INVISIBLE DE L'ŒIL
AU REGARD DE LA BOUCHE

ACTE PREMIER ET LE SEUL

Scène I

Décors : La terre, le ciel, l'air, la mer, le vide (quelquefois rempli d'air), ou rien.

L'HOMME AU BONNET. — Je les ai tous vus avec des becs longs de corbeaux munis de faux nez ; ils ne m'ont pas attrapé, mais, en fermant les yeux, je les ai bien reconnus à cause de leurs orbites creuses à cheval sur un bec long... Cela signifie sans doute que j'ai rêvé.

(Il bâille, se frotte les yeux.)

Oui, sans doute j'ai dormi et cela m'a fait bâiller !

J'ai dormi, dormi... J'ai dû dormir longtemps dans la boîte de fer sans ouverture... Brr... Comme le sang devient froid... *(Roulements d'un tambour crevé.)* Brr... Et les veines qui me ligotent à partir de mes pieds sont de fil de fer creux, gonflés de silex... Comme il fait froid du sommeil de feu au sommeil de pierre ! J'ai dormi près d'une statue l'espace compris entre les deux lèvres d'un gouffre... un gouffre dont j'ai le vertige en moi !

(À ce moment il s'aperçoit de la présence de l'Autre.)

Tiens ! Un nouveau locataire !

(À l'Autre :)

Hé ! Vous, là-bas, qui êtes-vous, d'où venez-vous ?

MONSIEUR H. — Je suis votre invité, et je viens de chez Personne.

L'HOMME AU BONNET. — Vous paraissez très occupé à cette heure ?

MONSIEUR H. — Je compte les jours qu'il n'y a jamais eu, les nuits qu'il n'y aura jamais, les clefs qui manquent aux nuits pour ouvrir le jour et tout ce qu'il manque pour faire quelque chose qui ne manque de rien. Mais mon calcul est toujours faux... à cause des zéros qui démolissent tout, vous comprenez !

Oh ces zéros ! Des boules plates sans contour dans l'espace, des cercles, sans contour dans l'espace, qui ne s'ouvrent jamais ! Alors vous comprenez...

Alors, pour m'en débarrasser, j'ai fait des trous partout. Je creuse les murs, les précipices, les courants d'air ou ma tête. Un trou c'est une très bonne chose, vous comprenez ! Cela fait une très bonne longue-vue pour voir tout noir au bout ; on s'en sert même comme loupe pour regarder dans les détails l'endroit Rien où habite Personne.

Mais peut-être... peut-être désirez-vous que je vous troue ?... Les trous, comprenez bien, enflures du vide, trous troués, trous entiers, trois quarts de tiers de cent unième quartier : sont des serrures aussi, mais les clefs ? Un point est à trouver. Un point c'est tout ! Et le visage accroche mal — cloche à larmes.

Mais écoutez plutôt :

Aux coulisses de l'amour désertique il y a :

Deux corps, vus du néant, sifflant dans l'air rouge des mots qui heurtent un trou de la mort creuse. Ne laissez échapper les vibrations de leurs dents acérées plantées en leur langue pendante !

(Il sort d'un tiroir au mur deux cocottes en papier.)

LE CORPS A *(passant la tête par un trou de la carcasse en papier)*. — Écoute : il y a de la mer dans la terre, comme une grande marée qui déshabille les tombes, et les morts sont des flammes sans chandelle, perdues pour nous. Mais d'où vient cette joie sans borne qui nous a tués ?

LE CORPS B. — Notre nuit inhumaine nous a roulés ensemble jusqu'aux profondes profondeurs, et ce qui nous anime s'appelle la joie du gouffre. Es-tu mort ou vivant ? T'appelles-tu Nosferatu ?

LE CORPS A. — Nos noms furent ensemble crachés, avec nos dents pourries, et tordus comme les fibres d'une même corde qui nous saisit au col. Es-tu le centre ou l'un des bouts effilés de cette corde parallèle au feu jeté de nos yeux ?

LE CORPS B. — Je suis milieu de toi ; tu devrais le savoir comme tu dois me savoir.

LE CORPS A. — Es-tu vampire ?

LE CORPS B. — N'es-tu pas menhir ?

LE CORPS A. — J'avais en moi le mur du temps ; mais j'ai cloué mes planches aux branches de tes os, j'ai allongé mes ongles d'une lame de cristal bleu recourbée sur ton œil gauche.

LE CORPS B. — Je t'ai scié en moi.

LE CORPS A. — J'ai vécu de ton poids et sous la charge de ma tête, tu m'apprendras.

(Il pèse de toutes ses forces sur la feuille de papier qui se froisse, pendant que l'autre se dégage :)

LE CORPS A. — Mais si le vent se fige ?... Mais si notre mort nous rattrape et nous recouvre de sable sec, plus sec, plus sec ? Alors...

(Il se jette sur l'angle de la foudre et retombe transpercé. Cependant les lueurs de son sang, changées en flammes bleues, dansent avec les poux autour des autres personnages qui s'effacent, happés par le feu, comme des bonshommes de craie vite effacés, car, le décor ne variant pas, il faut que la scène change...)

Scène 2

(Longs roulements de tambour crevé, comme le rayonnement d'un lustre tombant à terre...

Et les lumières soubresautant à ras de terre comme des anguilles molles sont, de sang, tirées du cœur de la nuit qui éclatera près d'une main blessée.

Et l'Esprit-de-Dedans, ouvrant la bouche ou la crevasse d'un roc changé en tête, émit ces paroles qui ressemblent à la toux creuse d'un tambour crevé de partout sans que cela se vît) :

L'ESPRIT-DE-DEDANS. — As-tu vu, dans l'autre chambre, gratter le plancher l'araignée-femme aux membres durs et velus comme de fils barbelés, et sais-tu quel monstre habite là ?

L'ESPRIT II. — Dans la chambre, il y a, crochée par les yeux qui saignent, une tête de chat terminée d'une chevelure de femme ; je n'ai pas vu d'araignée, à moins qu'elle ne fût prise à l'intérieur de la chevelure qui est peut-être ses pattes, en plus mince.

Au mur, je tâte la corne du diable.

LES POUX. — Nous sautons et remontons de fil en fil comme sur une longue échelle, nous autres les poux, couleur de tache d'encre.

LA COULEUR-DE-CENDRE *(soudain animée)*. — La couleur du cheveu est pour nous le deuil à prendre.

L'HABITANT-DU-MUR *(au téléphone du mur)*. — Belle épaisseur que celle d'un cheveu qui perce la tête comme un ver, cette tête-là seulement que tu confonds avec l'intérieur creux d'un tambour !

L'ESPRIT I. — Entendez-vous ?

L'ESPRIT II. — Le vent.

L'ESPRIT I. — Voyez, il mouille.

L'ESPRIT II. — Oui, comme une larme qui vous arrive de loin, un cristal qui fond.

L'ESPRIT I. — Il vous creuse un nid sous les yeux.

L'ESPRIT II. — Oui, comme une main qui se creuse, suppliant qu'on la remplisse, qu'on la remplisse.

Qu'on la remplisse... ou bien alors qu'on la réchauffe.

LE CHŒUR SOUTERRAIN. – Mais le tambour devenu tonneau se remplit soudain de larmes sèches qui s'écaillèrent comme des poissons morts, et les cercles du tonneau, devenus les lunettes du vide et prenant place aux yeux, laissèrent entrevoir derrière la tête une petite fenêtre qui restait désespérément fermée. C'est le moment que choisit l'Esprit-du-Dehors pour sortir du silence.

... Des yeux, il offrit au soleil une clef souterraine qui referma à double tour les yeux de la momie du ciel. Il se fit alors un froid très noir et le soleil brûla comme une chandelle dans la nuit. L'Esprit s'éleva seul, comme une table tournante, et, les mains imposées, demanda sans attendre qu'on lui demande autre chose :

« Esprit, où es-tu ? »

Et l'Esprit ne répondant pas à l'Esprit, il s'ensuivit la chute du ciel, comme la toux postillonnante d'un monde hors de frontière.

Scène 3

(La scène est vide. Au loin, on entend le chœur souterrain.)

LE CHŒUR SOUTERRAIN. – Quand du monde et du désert sans tortue ce qui restait fut fondu dans l'or noir pour ressortir visible à travers les yeux, rendus au noir, d'un loup.

– Il n'y avait personne ; la vue lépreuse comme un mur d'effort de l'aveugle avait tout dévoré.

La réalité d'un vide apparut sur l'écran blanchi de poudre d'os...

Il y eut comme un couloir conduisant à la lumière perpétuelle – elle sera noire bien que prise sous un miroir-eau. Des foudres sèches, plantées dans l'air de mousse, rendaient la vibration de leurs aiguilles, qui sont les jambes inutiles de l'orage, suivies de près par quatre tonnerres comme les heurts de plusieurs phares croisés ensemble dans la nuit — leurs lumières semblables à des bulles de cuivre. Comme à travers les éponges de Monsieur Icare, il y avait labyrinthe. Monsieur Dieu ne vit personne — l'idée du monde ayant grandi, elle l'avait dévoré. Il roula alors, du haut de son toit, quelque chose comme le pis d'une jument géante, fracassé en larmes de silex. Le même silex qui pleure de toutes ses faces à feu la gelée blanche des statues de sel.

C'était l'instant choisi par l'Esprit-de-Dieu et les corps multiples de monsieur H pour monter en scène...

Scène 4

(Monsieur H et son double prirent place face à la mer qui ressemblait en plus bas à la chevelure d'un arbre roulant sans fin des branches qu'un vent venu de très loin propageait dans le sens de la profondeur. L'eau de mer, jetée comme la poudre aux yeux, fit couleur dans leurs visages des racines de sel qui séchèrent les larmes...)

MONSIEUR H. — Un jour — seul entre tous — profondément semblable à l'éclair aveuglant qui troue la tête et la face bloquée de l'aveugle-né. Qu'est-ce qui arrive, qu'est-ce qui arrive ?

LE DOUBLE. — Tu penses que tu es mort ; tu penses qu'en un clin d'œil tu t'es défait dans l'apparence d'une flamme moite comme la chaleur due à la fièvre. L'air qui te respire est de l'eau séchée. La tête te pèse, que tu ne peux plus porter, que tu ne peux non plus rejeter, comme un marais qui ancre dans le sable ses tentacules rayés d'herbes plongeuses.

MONSIEUR H. — Jours et nuits s'étendent en nous comme des épis écrasés ensemble... Une mer d'acier veut renforcer l'espace ; et cette mer vivra comme un œil déguisé en larme.

LE DOUBLE. — Jours et nuits sont une corde qui nous conduit en fin. L'œil crevé inonde l'éternité. Je te le dis : un pan de blancheur combattra le pan noir ; entre les deux : la crosse-éclair, la ténèbre-lumière.

MONSIEUR H. — Lorsque ta tête te parle, je sens comme un grand tonnerre déchirer une robe écarlate. Crois-tu que nos têtes soient des livres de chance en os reliés ?

LE DOUBLE. — S'il y a des livres, j'en connais un plus beau ; entre les lignes j'y ai lu le plan du temps. Il y a un chemin ; si tu le suis, tu te trouves dans le sens du feu.

MONSIEUR H. — Te souvient-il du vide en la pierre figée ?

LE DOUBLE. — J'ai vu quelque part un canon ouvrir la bouche d'une statue.

MONSIEUR H. — Quant à moi, je t'ai vu quelque part où tu n'étais pas ; c'était à l'heure fixe, sans rendez-vous nocturne. L'heure sonna sur un champ libre et creva dans un nuage de sommeil. Et le sommeil s'en répandit et s'éveilla.

LE DOUBLE. — Maintenant mes yeux m'arrêtent au feu de la lumière qui voit rouge.

MONSIEUR H. — « Et le sommeil s'en répandit et s'éveilla. »

À ce moment, je l'entendis m'ouvrir en lui comme au choc des deux aiguilles se confondant au chiffre XII ! Ce fut alors comme le poids de minuit d'un rire de cave chutant d'un ciel et l'entraînant à sa suite dans une cave prolongée jusque derrière le dernier monde.

(L'eau de mer jetée comme le feu aux yeux fit couler leur visage en cendre, mettant à nu la reliure d'os de leur grand livre rayé de l'écriture de leur crâne. Et le maître-du-sang, frappant sur un gong, fit rouler des pertes muettes de la mort.)

Deuxième partie

LA NUIT PRISE COMME PROFONDEUR

(Mais il y a un feu qui est noir, une mer rouge, une terre bleue, un silence noir encore ; il y a des yeux qui sont des accrocs de feu dans le rideau.)

EN GUISE DE PROLOGUE

Lettre de monsieur H à personnage Y.

Monsieur,

Connaissant votre intérêt pour ce qui nous occupe et tout ce qui s'ensuit, je veux, sans plus tarder, vous faire part d'un projet, conçu entier sous la chevelure rase de votre dévoué serviteur, d'un voyage en cette contrée nouvellement découverte ou, si vous préférez, inventée par nous, contrée dont je ne puis malheureusement vous communiquer les mœurs, le nom ou la latitude pour des raisons dont la principale est que je n'en ai point connaissance ; mais le moins que j'en puisse dire c'est que je soupçonne fortement qu'elle ne se trouve nulle part ; ce qui est suffisant.

Projet déjà en bonne voie de réalisation, sous le commandement de votre correspondant, et voyage dont je ne manquerai point de vous tenir au courant par le journal qui suivra.

P.-S. — Désirant avant tout garder l'anonymat, je ne pousserai non plus le manque de tact jusqu'à vous révéler les nom, pré-

noms et qualités d'un personnage différent du mien qui, au fait, n'existe pas. Imaginons un instant qu'il se fût appelé Monsieur Autre. Parfait. Ce pourrait être Monsieur Tout-le-Monde, mais, si vous permettez, je préfère Monsieur Personne ou mieux encore et plus simplement : Monsieur H.

C'est en ces termes, et dans les meilleurs termes avec votre honorabilité, que je vous quitte.

. . . .

JOURNAL I

... Partis un matin de cette cité dont aucun n'aurait su dire le nom, laquelle, pour cette raison, n'en a point...

De l'univers tronqué nous eûmes, d'abord, la vision schématique d'un globe paré pour la scène capitale ;

C'est-à-dire : la bosse d'un bol vide était renversée sur le crâne d'une femme sans tête.

À terre, quand nous embarquâmes : la femme-coupée-en-morceaux, celle qui nous accompagnait, vit, sous les pieds de Monsieur Dieu, un pont de navire adhérant au sol comme un membre.

D'une chevelure noire nous retînmes, un instant, la signification d'un paysage nègre ; de la nuit, l'obscurité qui prit un virage sur l'aile des corbeaux au nid ; d'une robe de deuil, la couleur d'une mer entrée dans une bouteille d'encre de Chine.

Une ombre chinoise, de rien.

Une tête rase, un raz de marée.

Une main, de la manne, etc.

... Le vaisseau noir croisait des voiles dans la nuit ; quelqu'un se demandait : « Vers quel lointain entraîne-t-il son Christ, le vaisseau-croix ? »

Le ciel était un rideau peint tiré devant la scène... cependant qu'un grand jour trouble nous jetait un coup de sonde comme pour qu'un souterrain en soit mesuré... Un grand souffle de machine... Un grand souffle de machine... La ralentie... devant soi, mortellement devant la fuite de soi ; qu'est-ce qui venait ? qu'est-ce qui nous demandait, par le hublot, le sens désespéré du mot : Arrêt ?

– C'est alors qu'une réponse nous parvint, dont le rapport toutefois ne fut pas saisi.

« Trois coups de barre sur le tambour, et c'est l'ancien théâtre que l'on retrouve :

Un paysage qui vous arrive d'en bas...

L'éclairage était plus sombre que le coup d'aile du corbeau dans une pyramide de feuilles mortes ; des avalanches, muettes comme la face pétrifiée, et la neige suivront la rampe du vent jusqu'à point X dans l'infini.

Blanc, le jour laissera s'accrocher aux épaules des tremblements de vieillesse.

Une chevelure noire éteindra tout.

Cependant, à travers l'espace pailleté de la grêle des étoiles-clous, une fusée frappera la Face-Blanche dans le choc d'un mur fendu.

Un corbeau fantastique jaillira, tout rouge, d'une blessure du soleil couchant, venant du Nord, après le dernier salut au drapeau de la Mort mis en berne.

Drapeau de mort, couleur d'incolore, calmé soudain à la hampe de l'éternité.

À ce moment alors et précipité de la hauteur de son socle, Monsieur H coupera les airs comme une branche de l'orage menant la foudre. »

... Et, les portes s'étant bloquées sur un bruit de cadenas qu'on ferme, Tout nous quittait, Tout nous laissait choir en ce lieu où je n'étais rien, où Rien n'était rien, où nous étions personne et où l'absent était nous-même au fond de moi.

Le Lieu de l'Épaisseur avait la forme d'une pyramide sans face latérale et j'errais sous cette voûte dont le centre était un creux à l'intérieur du vide plein. Tout un monde s'éteignit avec l'ampoule victime d'une coupure de courant, après le dernier miaulement d'un chat changé en puce.

... Le chatpuce était une bête taillée en griffes avec un châle sur le dos lorsqu'il sautait quelquefois.

La fois où nous vîmes un chasseur à cheval sur une puce viser dans le temps la boule blanche prise aux ailes d'un cygne... la foi était ce qui n'était pas là. Le foisonnement du gibier nous suivait.

Et le chasseur pour tirer s'agenouilla.
Devant cela je me mis à ma poursuite.

. . . .

Il nous fallut longtemps pour découvrir qu'une ombre de sang, contenue dans les yeux d'une statue de sel, avait la couleur du sable du sablier.

. . . .

JOURNAL II

... Un coup à la tête fit disparaître en moi les traces de cette nouvelle saison de l'éternité.

Et déjà... Et déjà... Une joue faisait gonfler un vent inusité. Et mon ventre ridé contenait à lui seul 700 à 800 millions d'années dont aucune peine capitale n'aura jamais la fin.

Et quand tout fut consommé... consommé...

Alors le corps éclata derrière ses vitres rouges, n'attendant plus l'aube qui doit renouveler la teinte de mort verdie où la mer trempe ses silences.

Un oiseau revenu de très loin aborda la côte inconnue dont le phare est à la pointe du soleil.

. . . .

JOURNAL III

Je vis, par-delà les nuages gonflés de poudre de plomb, le vent manger la face de mon étoile ; je vis les étoiles s'écraser contre les nuages en une seule tache débordant de la vue ; je vis les étoiles sombrer dans le rouge cru comme le bouillonnement liquide d'une plaie au ventre brisé de l'éclair...

Et cela seul aurait suffi.

Pourtant :

De ma main, de ma main droite, déchirée en trois, des oiseaux silencieux sortirent, qui me percèrent la face, creusant jusqu'au point H de mon corps où je ne me connaissais pas encore.

(J'espère continuer et arriver quelque part,
mais notre petite troupe s'est enlisée dans
une tourbe verte et grise dont
l'aspect est celui de la mort visible.)

... Un monde maintenant finit dans le chaos. Maintenant, j'entends un monde s'ouvrir du centre dans l'entassement des corps, un monde où m'apparut, rouge comme l'hallucination de la fin, un visage meurtri depuis la grande Bataille des jours et des nuits et qui, pour cette raison, ouvre en dedans des yeux noirs et clairs, un visage où se forme, malgré la couleur des yeux, le premier regard d'amour de la Fleur Noire.

(Elle est noire comme l'appel sans timbre des loups de cauchemar après l'horizontal écroulement de la montagne, derrière nous.)

Et les figures de la mer sont des signes gravés à la ressemblance des rides de la roche de chair qui, frappée de partout, tend une pointe mouillée de sang pour le baiser du vainqueur.

Adieux ! Ce qui adviendra s'inscrira dans le journal suivant.

Mais l'air reste sombre, de la couleur d'un horizon rattrapé par la nuit.

. . . .

JOURNAL IV

Par-delà la ligne de foudre, les ténèbres hantaient jusqu'à la gueule du loup.

De la nuit Monsieur H sorcier, (Je me présente !), enleva le noyau d'orfèvrerie et les 30 000 pépites en forme de lames de rasoir qui déchirèrent la lumière en rubans de miroirs mous.

Du jour, il retint la trace d'un soleil, éteinte sous la cendre de nuage (Nous sommes certains que les nuages étaient des sacs de cendre) et brillante entre ses lèvres, comme un diamant-aimant lié d'un signe rouge.

De l'eau, le regard d'eau d'une vierge incolore fouillant de ses ongles le sommeil tiède des eaux.

Du silence s'échappa un ossement noir.

D'un corps humain il recueillit le cœur de H.

À ce moment, un feu sortit, sous forme d'amande, du cercle de ses bras.

De terre, enfin, de terre, il extirpa un caillou blanc où germait une larme de fleur d'eau.

... Alors, hors de la gueule du loup, la lumière devint noire comme la signification d'un crime.

....

Je perdis mon corps par-dedans.

....

... Et ce jour-là, fouillant le sol, le loup blanc, tout taché d'encre, déterra un poisson à plumes – doté de sept pattes – dont nous garantissons l'authenticité – mais, lorsqu'il est au repos, les rongeant, repliées sous lui – qui vint rejoindre, au fond de sa carapace, le crabe-chat rond comme un œuf, sans yeux, dont le cercle vert de la barbe de crins, taillée en forme de faucille – ce qu'elle était – fendit l'œil plat du ciel et par là donna naissance à l'oiseau de pierre qui vint contre le mur frapper des ailes de cymbales de plâtre. Elles se replient comme deux portes, unies par les mêmes gonds, mais qui ne s'ouvrent sur nulle part au coup de cloche.

... Et le bruit non atténué du choc, fondu avec l'air du choc et transformé ainsi en une sorte de transparence sonore, rouge, électrique cependant, fit éclater l'ampoule de sang et changea le feu en cendre, cendre qui, remontant à la hauteur des astres – taillés en forme de barques – comme un jet noir poursuivant à l'envers sa course, donna aux nuages l'apparence de foyers éteints. – Lesdits foyers laissant échapper, de l'autre côté du ciel, invisible pour nous, une fumée multicolore mêlée d'écailles de poissons et d'huîtres. – Elles ne sont pas garanties.

Ensuite la lumière devint deuil, que le jour porta à ses couleurs et le cristal devint un soleil terni.

....

Et cette nuit-là, considérant l'intérieur d'un mur, Monsieur H — dont j'étais la personne — sorcier par habitude, solitaire en lui-même, vit s'ouvrir un gouffre sous le pas de QUI cherche à gravir.

Montant au haut, il descendit au Profond.

L'obscurité : était une eau respirable et plus compacte qui, mêlée à la boue et s'ouvrant dans une boule de cristal, enfanta une réponse à tout.

Il en ôta le noir.

Il projeta la nuit hors de la nuit dans la lumière sans source, réveillant le sommeil et l'éloignant[10] de tous les orages éteints qui pouvaient le capturer.

Un poumon se gonfla.

Après cela, cette nuit translucide, il lui fallut la respirer jusqu'au bout des choses, jusqu'au vide vide, pour en extraire un sel gemme, se protégeant de son feu mortel d'une paire de lunettes blanches absolues,

blanches de la blancheur de la nudité absolue,

ôtée du sang.

Puis, il chercha la pierre de fond qui donne naissance, sens, essence et apparence à la nuit toute nue...

Gravat d'Éternelle Lumière en éternelles furies

Pour l'adieu suprême.

À ce moment alors, le maître du sang, frappant sur un gong, fit rouler des pertes muettes de la mort.

....

Et c'est ainsi que, poursuivant notre course à l'envers nous arrivâmes au point de rencontre du commencement du temps et de sa fin.

....

Et de là, me retournant, je vis, baignant dans la musique du néant, mes 12 filles, mes 12 femmes, 12 danseuses enchantées emportant dans leurs bonds 12 parts entières de moi, de mon être concret-abstrait que je ne renouvellerai plus.

Et dans leurs bras, et dans leurs bras, je gravai, à l'aide de mes ongles, sur la peau incolore, *quelques projets* connus du vent :

Guillotine enrichie d'un cendrier...

Lévrier avec tête de lièvre...

Pur-sang recouvert d'une carrosserie d'automobile...

Fusil de chasse avec cartouches aimantées pour tirer à coup sûr, les yeux bandés...

Mitrailleuse en angle droit pour tirer dans les coins...

Sanglier transformé en pomme de terre...

QUELQUES PROPOSITIONS

Aux jeunes filles :

Transformez les araignées en femmes de chambre...

Mettez du vernis sous les ongles...

Le 25 décembre, s'il pleut trop fort, réveillonnez dans l'arche de Noël...

Mettez du rouge à dents...

Mettez le corset de mouche...

Mouchez-vous dans l'écorce au mètre...

Aux chiffonniers :

Chiffonnez les rues au matin, mais gardez-vous d'entrer dans les plis...

À d'autres :

Le 25 décembre, s'il pleut, etc., etc.

ET AUSSI QUELQUES QUESTIONS :

Questions au soleil :

A. — Aux soupirs de l'Amour, les soupi*rails* du cœur se réduiront-ils en une seule bouche d'une seule lèvre qui met un baiser bleu sur un triangle du ciel abaissé contre ?

B. — Aux désespoirs de l'Amour — fait H-mour : l'écharpe des trois oiseaux échangés contre un vol de corbeaux conduira-t-elle au noir la plaine abandonnée ?

C. — Le mystère de la Trinité d'un tiers de cœur ? (dans lequel on devine l'existence de trois cœurs noirs en trois triangles superposés, épousés par eux-mêmes. Trois vases de sang prenant fond au fond d'un précipice du vent).

D. — Le mystère de la métamorphose double ?

Deux doubles se dédoublèrent lorsque le cœur et le cœur se firent DEUX pour se répondre plus profondément, liés ensemble, en commençant par chaque bout.)

....

POST-SCRIPTUM

(Première lettre)

Lettre du sieur H qu'il envoya à lui-même

Monsieur,

Je ferai volontiers don, aux autorités, de ma tête sans col pour en meubler un musée d'histoire surnaturelle. Mais auparavant, attendu que je n'ai point connaissance de trace de fourrure à la surface de mon corps et que jusqu'ici je n'ai point allongé mes ongles des griffes courtes des chiens, je suis en droit de faire remarquer à votre Honneur que je ne suis pas un ours, pas plus qu'un chacal et non plus un kangourou. Cela étant (j'en donnerai la preuve), je désirerais plonger en profondeur dans mon œil droit — qui ne se trouve point à gauche — la profondeur solide de la nuit et, suspendu ainsi dans l'espace par un tube noir qui me traverserait, passer outre les encombrements terrestres qui gênent notre libre circulation.

Cependant, n'ayant que fort peu l'honneur de vous connaître — et qu'est-ce que c'est vous voir dans un miroir — je me sens maintenant forcé à une certaine discrétion.

... Et pourtant je veux vous avouer que ce que j'avais pris pour mon œil droit n'était en réalité qu'une porte verte ouverte en rond sur la mer. C'est dessous que j'ai plongé.

... Mais, la sortie se faisant par le fond, je remontai bien vite vers cette basse surface et, de là, je regardai au travers des apparences et vis les faces de la mer prendre toutes les formes y compris celle de votre serviteur. À ce moment la couleur de mes yeux passait le cap de la Grande-Nuit...

Mon regard m'essouffla les yeux...

Je vis une étoile surgir en croûte de feu refermée sur un citron-argent, une étoile couleur aussi de vin chaud arrosé d'encre de Chine. Une DOUBLE-ÉTOILE ! Et je veux dire ici que mes yeux la bouclèrent comme une ceinture serrée autour de la taille d'une mouche.

Je vis encore avec ma loupe, un soir triste figé à la place d'un œil qui voulut fuir, un rat et sa queue, un cercle en conserve, trois jambes de militaires (je leur marchai sur les pieds) et l'aile crépusculaire, coupée en deux comme des oreilles recollées sur les tempes d'une chienne bâtarde endormie dans le couchant du soleil...

Mes mains pleurèrent des larmes d'onglée...

Un mort parla à travers mes paupières vitrées.

Au Nord était moi, au Sud idem, à l'Est deux globes tournants, deux globes sans tain se demandaient quel appel il faudrait pour réveiller leurs deux yeux qui se ferment exprès. (À l'Est je n'en sais pas plus.)

Et l'Ouest se traîna à nos pieds, imitant en cela la Rose-des-Vents, mais bien pareil cependant, quant à l'apparence, à la rose alors sans couleur si elle n'est blanche, prise au blanc de la frontière de l'œil.

... Pour moi, je suis prêt à me teindre dans un ruban du sang d'un autre.

Mais je désire, avant, peser lourd plus que la demi-somme d'un mort, quoique je doute un peu des avantages de la pesanteur.

P.-S. – J'ai acheté hier un fer à cheval dont je compte me faire une couronne de cheveux rougis.

Je me sais le plus beau.

Tout cela est bien satisfaisant.

(Deuxième lettre)

Sur une page retrouvée du manuscrit du mort I, manuscrit qui nous fut communiqué par les bons soins du croque-mort-chef de cette petite ville lointaine en un pays sans issue :

Messieurs,

... On annonce, chez nous, la collision, au travers de l'espace, d'une croix blanche et d'une outre d'os et de vin, corps démembré d'un certain sieur... (on trouvera son nom en feuilletant l'Alphabet des familles – Étudier particulièrement et très soigneusement la dix-huitième lettre à partir de la fin), collision qui eut pour cause la chute orthogonale de Monsieur H en le vide plein. La conséquence principale en fut l'effondrement partiel de la paroi supérieure d'une tombe de 23 centimètres de long sur 5 de large où reposait, en forme de 8 plat (le rond supérieur étant la tête, le rond inférieur étant un sexe en l'œuf), le personnage principal revêtu du pagne des ancêtres, dignes sacrifiés.

Après cet incident – certainement très grave – le corps du sieur fantomatique, rond comme un zéro satisfait, devint un trou, un trou sans contour, messieurs, à la surface du vide. Un trou qu'un jour, messieurs, il vous faudra bien mesurer afin d'en faire une triple preuve de la dimension exacte de votre néant. Le reste se perd dans la nuit des temps.

(Troisième lettre)

Lettre du mort II qui ne fut pas adressée

... Il sortit de la pierre comme un grand silence mêlé à du plâtre tant la nuit paraissait blanche. Quelques-uns d'entre nous en attendaient une réponse : nous leur coupâmes les oreilles !

« Cette unité, disait le maître, cette unité-là ne m'annonce rien de bon ; elle est faite de linceuls. » Et nous lui mîmes devant les yeux un mouchoir sale, qui se déchira immédiatement.

À travers la fente, nous dit-il alors, il vit une croix rose que terminaient deux pieds renforcés de la boue durcie à la longue, de toutes les semelles du monde.

Il devinait un cargo en panne — qui avait l'apparence d'un trait horizontal avec quelques épines par-dessus.

... Une pompe à huile, au Paradis.

... Le chapeau d'un scout.

Une grande douleur le traversa, passa de ses yeux au meurtre pour cueillir une figure rouge dans les dépendances de l'Amour. La lueur d'un phare transforma son visage en porte sombre défendant l'entrée d'un couloir de prison.

Alors, pour nous, notre Maître traça à l'encre invisible, sur la joue du fantôme N° zéro, ces quelques notes d'un monde présent et absent :

DIAMANT : plainte prolongée dans l'éclatement d'un miroir...

ŒIL : une vérité noire...

CRISTAL : (ne germera qu'en terre transparente)...

RUBIS : sang gelé...

MAINS : chaque mur clignant 5 yeux...

L'AUTRE : brûlera ses veines dans les détonations de ses yeux...

— Mais ces notes restèrent inachevées pour cause de décès. — Et, d'un geste, IL nous signifia qu'il mourait les yeux mêmes de la mort de solitude.

Mais à cette heure :

Les éléments se redressent contre le père. Un soleil, vu de dos et vomi des hautes couches de ténèbres, va lâcher, en plein vent, des cuivres aigus qui semblent se rappeler le déluge.

Des rubis se multiplient, comme une inondation rouge.

La création retombe à son point de chute. La chute du monde ne peut plus s'arrêter que dans l'écrasement de sa Fin contre le vide pétrifié.

L'heure visible a versé dans le cadran-Éternité.

L'heure illisible marque une seconde après la fin des infinités.

(Un vide s'amplifiant.)

Et après.

— Après ? C'est curieux, je ne me sens plus rien, je me sens tout froid, tout froid !...

Et je signe de mon nom,

XXX.

(Décembre 1948.)

TROIS FEUX ET UNE TOUR

I

(Dans un champ d'orties qui est au fond de la mer, les hommes-végétaux... Et quelque part l'Œil de la fille Ague, œil cent fois agrandi et rond comme un globe qui n'est point la terre.)

— Un mot.

— Je t'écoute.

— Un soleil rebondit sur une mer basse dont les rochers sont deux yeux frottés, mais non polis ; deux chiens, couchés dans la lune, jouent entre eux avec trois yeux d'or qui se changeront en fausses dents... Mais laisse-moi te parler de toi.

— Ne dis qu'un mot. Dis que le monde tourne vite dans la machine de ton cœur... Mais parle ! Parle !

— N'habites-tu pas un château fantastique bâti en briques de larmes gelées ?

— Qu'est-ce que j'en sais ?

— Et les lits sont soulevés par les tremblements des morts que ta main sanglante, qui ne tremble pas, couronne, de leur vivant, rois des ténèbres ?

— Ma raison saigne. Si ma main droite... c'est qu'elle a plongé ainsi dans ta poitrine où ouvre le bec l'œuf de tatou. J'y ai dérobé un vase brûlant qui attend, maintenant, dans ma main. Regarde-moi... Tu as déjà les yeux vitreux !

— J'ai beaucoup de mers en moi, sais-tu ! Et sous mes yeux, deux poches en forment deux réserves. Mais fais attention !... Je suis un torrent... Je puis t'emporter !

— J'ai déjà chuté quelque part !

— Je vais te dire, alors, qui tu es, où tu es... Tu es le fond de ma présence, le débordement de ma pensée de fantôme. Pour m'en délivrer, j'ai laissé croître un corps avant la mauvaise herbe, et ce corps est ta personne où je pique mon couteau comme une épingle dans le revers de ma veste... Me vois-tu ?

— Je me vois dans un miroir.

— Me vois-tu ? Ne vois-tu pas la lumière qui semble diriger tes pas pour mieux te perdre ?

— Je vois trois feux qui semblent égarés. Oh ! dis-moi leur but, dis-le !

— Il est dans ma main où gonfle un abcès séparé en trois coquilles rouges. Si l'on réduit les coquilles, on fait un œuf cristallin dont tu renaîtras.

— Que représentent les chiffres 3×3 ?

— Ils sont le nombre de mes 10 doigts morts, dont un seul cependant m'est resté pour te faire signe en nous.

— Nous sommes donc deux à marcher la tête en bas. Parle-moi de nous ! Sommes-nous UN seul à double sens ?

— Nous sommes l'unité de l'eau et du feu, du crime et de sa preuve, de la mort et de son nom, du viol et du vide. Nous formons une chaîne double avec mes nuits d'angoisse et tes jours de sommeil ; nous nous touchons à peine... Mais nous DEUX allons mourir selon le labyrinthe de nos veines, et l'un suivra l'autre d'une courte durée de sang.

... Je t'ai faite pour me servir de contrepoids.

— Nous sommes donc toi ! Ah ! je vis ! Je vais vivre...

....

(Le N° I se promène de long en large.)

— On vivait bien lorsqu'on n'était pas !

— Tu veux dire : le monde, ce qui nous est parallèle ?

— Ne suis-je pas un monde ?

(Il le regarde fixement.)

— Regarde-moi bien. Si tu me regardes, c'est que je me regarde.

— Oses-tu dire que tes yeux sont le double cœur d'un chat ? Et que ce chat est une pyramide d'« objets voyants », articulé ?... Mais taisons-nous, j'entends venir quelqu'un.

— Je dis ce que je dis ; et quand j'ai dit : je dis, j'ai tout dit.

Mais celui-là qui nous dérange, je fais crier trois doigts à la place de sa gorge.

(Quicri-Kirat tombe par terre, étranglé.)

— J'ai un grand rêve de sang, ce soir !

J'ai des montagnes dans mon œil gauche ; penses-tu que cela rende aveugle ?

— Dis-moi que je mens !

— Tu es monstre !

— Tu es crime.

— Alors, je te souille les doigts...

— Regarde la mer à travers moi. Vois-tu mon vide ? Vois-tu mon vide ?

— Je vois un renard avalé de travers.

— Mais l'as-tu attrapé à l'endroit, au moins ?... Alors, tant mieux ! Mais mon vide me met à côté de la question. J'ai des os dans ma poche. En veux-tu un ?

— Si j'avais deux colonnes vertébrales, je t'en briserais une sur les épaules... Mais tu as raison ; je vais boucler le mauvais œil dans un terrier de ma montagne ; comme cela, je serai borgne en y voyant deux fois... Et, sois tranquille, au prochain volcan, je ne t'oublierai pas... Monsieur désire-t-il une fosse particulière ?

(Il lui présente un plat où se tortille une ride profonde de son front.)

— On pourra la surmonter d'une pensée géniale, si toutefois tu n'as pas mal aux cheveux !

(Tout bas.) — Ça y est... J'aurais dû m'en douter... Il veut me figer en son œil électrique et faire mûrir ses fruits sous la chaleur de mon ventre. Il va sûrement m'enfoncer un cercueil dans la tête... De quoi aurai-je l'air lorsque des

angles de bois dépasseront de mes serpents de serpents de cheveux ?

(Plus haut :)

— Merci pour les fosses. J'ai déjà deux faces. Mais tu peux brûler le soleil, ça ne fera rien pour la taupe et le hibou.

— Ça ferait mieux, peint sur une toile. Me vois-tu en taupe ? Une taupe ornée de la toile comme un bavoir ?

— Ce sont des choses qui n'existent plus, qui n'existent plus ; ôte-moi tout ça !

Il lui ôte la tête, lui ôte les dents, lui ôte le corps et il se vide, pendant que l'autre se vide et que tout le monde se vide.

Alors leurs voix se vident, qui ne sont plus que le grincement d'une porte cochère donnant sur le Domaine Étranger.

Philîme, Salex, Talamède et Quicri-Kirat nous disent qu'il fait la température normale...

II

(Talamède et Quicri-Kirat sont en dehors du temps.)

QUICRI-KIRAT. — Finir ? Peut-être ! — Mais est-il un seul mot pour exprimer cela ? — Comme le mot mourir me paraît douteux, maintenant, maintenant !

Mais pas comme un chien — NON — Pas comme une chose — NON — Pas comme une sensation — NON — NON — Pas comme un « autre ». — NON — Pas comme la mort. — NON — Comme moi alors ? — Qu'est-ce que c'est donc ?

TALAMÈDE. — Tu es dans l'éternité, mais tu cherches la Mort : IL N'Y EN A PAS ; tu cherches une sortie : IL N'Y EN A PAS. Mais alors ! N'es-tu pas oublié ? N'es-tu pas dans l'oubliette ?

Et là où tu es, est-ce que tu es ?

QUICRI-KIRAT. — Qui suis-je ? Suis-je bien moi-même en moi ? Suis-je bien entré chez moi ? Mais qu'est-ce que c'est que Moi ?

Je connais deux solitudes : celle que l'on fait volontairement autour de soi, et celle qui vous fait prisonnier en soi.

TALAMÈDE. — Quel âge avez-vous ?

QUICRI-KIRAT. — L'âge de l'Automne au Printemps. C'est un âge normal !

TALAMÈDE. — Où habitez-vous ? Quelle est votre demeure ?

QUICRI-KIRAT. — Elle est l'obstacle enraciné au milieu d'une route sans fin.

TALAMÈDE. — Qui êtes-vous, encore ?

QUICRI-KIRAT. — Je ne suis point.

... Mais disparaître tout d'un coup ! Ah ! disparaître d'un coup, et ne laisser derrière soi qu'une place occupée !...

Mais tes yeux sont du charbon qui va brûler ; ils me rappellent un horizon caché par la nuit. Tout est blanc autour.

TALAMÈDE. — J'ai pâli dans le rouge de ta bouche qui n'est plus rien... Mais il reste la gencive nue, faite à mon image.

QUICRI-KIRAT. — Du bois humain me fait un lit... Qui gît ici ? Je m'étends là, dans cette prison qui s'appelle « Là » et dont les bouches sont des canons tournés du côté de mon cœur. J'entends monter un sourd dans l'escalier. Mais pourquoi fait-il tant de bruit ? Pourquoi ? Pour qui ?

TALAMÈDE. — Les mots et les bruits qui se suivent ne sont plus une suite de mots, mais plutôt la liste alphabétique de quelques morts à rattraper.

(Il ferme les yeux.)

QUICRI-KIRAT. — Je crois que tu dors ! Quand tu penses avec mes yeux, je suis sûr que nous ne sommes pas aveugles. Tes paupières sont deux étuis d'or... Ils m'enveloppent... Ils m'enveloppent...

Allons, il est inutile de simuler l'absent, viens !

TALAMÈDE. — Il y a un jeune gardien du cimetière, dont la face semble un trou dans un mur, qui nous fait signe... Et pour cela tes mains tremblent...

Mais je suppose que c'est moi... Je me repose dans tes doigts... Je veux qu'ils dorment !

QUICRI-KIRAT. – Je m'enrichirai de ta présence.

TALAMÈDE. – Trois feux forment un bijou dans les ruines.

QUICRI-KIRAT. – Dans mon rêve : il y a promesse de musique, en silence. Cache-moi...

TALAMÈDE. – La croix d'effort est un poteau télégraphique brisé.

... Je me rappelle tout à coup un rêve très ancien ; j'étais dans une sorte de manoir où tout – les meubles, les murs, les lumières, les pendules (surtout les pendules) –, où tout était changé en corbeaux. Ils me parlaient. J'étais indifférent.

III

Conversation entre les dormeurs moribonds

PHILIME. – Regarde-toi. J'ai vu ton beau corps s'envoler jusqu'au plafond, retenu au sol par des ailes de corbeaux.

TALAMÈDE. – Les corbeaux ne volent pas haut !

PHILIME. – Ils portent des vitraux dans leurs yeux vitreux.

TALAMÈDE. – Comme les vitraux ont l'air beaux lorsque tu les vois sans qu'ils te voient ! Les vitraux ont leurs yeux.

PHILIME. – Moi, je vois une église avec des murs de briques aux fenêtres. Il y a une éclipse.

TALAMÈDE. – À la fenêtre, il y a une femme de verre.

PHILIME. – De l'autel, cassé en hosties, sortent nos personnages. Le premier a les yeux défaits comme ses cheveux ; l'autre a une barbe et vieillit en finissant par le commencement. L'un voudrait des pieds de bois pour se confondre avec le cercueil. Un autre remplacera les siens par des pieds de caoutchouc, à cause du rhume. Celui-ci longe les murs, tellement mince qu'on dirait un profil de lame de rasoir ou l'épaisseur d'une ligature de fil de fer autour d'un os. Celui-là a branché des tuyaux de pipe sur ses poumons. Mais des autres il est inutile de parler.

TALAMÈDE. — Ce sont les personnages de Personne.

PHILIME. — Et voici qu'ils se mettent à faire de la fumée.

TALAMÈDE. — Ce sont des pipes.

PHILIME. — Non, ils sont des tuyaux de poêle.

TALAMÈDE. — De la buée, parce qu'il fait froid.

PHILIME. — Des gaz lacrymogènes.

TALAMÈDE. — Mais, si tu les regardes de près, tu remarques qu'ils sont faits comme des puzzles.

PHILIME. — Mais les poux seuls peuvent les approcher.

TALAMÈDE. — Et les boussoles ?

PHILIME. — Sont des montres qui indiquent l'heure de la bonne direction.

TALAMÈDE. — Et la mort ?

PHILIME. — Est un bouton que j'ai au nombril, et, si j'appuie dessus, l'heure-cadavre va s'annoncer.

TALAMÈDE. — Et l'au-delà ?

PHILIME. — Est la mort vue de haut, de face et de profil, en voyant de côté.

TALAMÈDE. — Et les mains jointes ?

PHILIME. — Sont une prière partie au galop, ou plutôt un oiseau cousu dans le ciel.

TALAMÈDE. — Le ciel est un sac.

PHILIME. — Non, mais c'est un drap qui devient blanc autour de toi lorsque tu es mort.

TALAMÈDE. — Le ciel a des trous pour qu'on y voie les anges nous voir.

PHILIME. — Oh ! c'est assez ! C'est assez ! Tais-toi ! Le ciel est noir. Le ciel tourne trop vite. Arrête-le ! Mets-y un frein. *(Il lui tend ses deux poings.)* Mets-le dans une cage et qu'on n'en parle plus !

Cela fait minuit au cadran arraché et je me sens comme l'intérieur d'un trou.

Épilogue

(Dans un champ d'orties qui est le fond de la mer... Réincarnés dans l'âme de leurs ombres, Salex, Philîme et Talamède...)

Talamède. — À ton sujet, ils ont employé, de préférence, les mots de : pénétration, acuité, laideur, cruauté. Mais qui es-tu au juste ? Qui es-tu derrière tes rides ? De tes mots tu as fait des crimes. Tu te suspends dans l'air, retenu seulement par une corde noire qui doit se rompre un jour, se rompre et te laisser choir au fond d'une mer que ton corps fera déborder.

Salex. — Certaines nuits je me montre aux aveugles, et ce qu'ils voient, si toutefois ils voient, t'en apprendra plus que toutes les paroles lâchées dans le vent comme des boulets creux. Mais tu as raison... Mes mots sont des crimes et tous mes textes sont des ratures qui s'alignent bout à bout sur les grandes pages de l'Œuvre et cette grande Œuvre est faite de morceaux blancs comme les ruines de l'Éternité sur terre.

Tu me verras, un jour, assassiner froidement le soleil et le clouer, sur le vif, aux hauts frontons flamboyants.

Et le ciel — ma vieille coque — se remplira des caisses de l'avenir cassé en morceaux.

Je coucherai avec l'Étendue et j'entretiendrai, comme une première maîtresse, le Temps devenu Temple en changeant de sexe.

Talamède. — La tour Eiffel t'honorera !

Salex. — Oui, mais je l'aurai décapitée.

Talamède. — Et tes compagnons ?

Salex. — ... seront des suicidés, pendus, qui me crieront d'aller plus loin... Je suis Salex et je me nomme aussi Philîme.

Mais, entends-tu derrière le Grand Bruit ?

Talamède. — J'ai si bien entendu que maintenant je deviens sourd. J'ai parfaitement distingué des sons discordants qui sont l'effet du choc de tes os qui luttent.

Salex. — Certains sons, certains accents chatouillent l'oreille de Notre-Seigneur-De-La-Grande-Face qui rapetisse... Et l'auteur qu'on n'entend pas, qui marche sur la tête et la secoue pour y faire descendre l'inspiration, souffle la chandelle qui nous éclaire l'un l'autre.

(Après un coup de pistolet et l'éclair d'un pétard, la scène s'obscurcit et s'emplit de décombres. Salex, Talamède et Quicri-Kirat deviennent les héritiers des propriétaires de la Mort.)

(Janvier 1949.)

DANS L'ŒIL DE MIROIR

QUELQUEFOIS une voix s'élève, qui ne sort d'aucune gorge, pour rappeler que la mer est partout. EN EFFET, elle est partout, mêlée à l'air de telle façon que nous la voyons voler, et le soleil d'alors est une veilleuse qui cherche la nuit pour s'éclairer. Une porte claque dont les battants sont des ailes déployées. Il y a un ressort...

... Une grande solitude et, dans cette solitude, un arbre allume ses fruits au feu des ténèbres.

... Une méduse — chambre molle — et le charbon qui est un diamant rouge (ou rubis d'eau) ne s'éteint pas.

... Un couloir percé dans la profondeur des yeux... On dit qu'il relie une mine de perles, couleur d'huître, aux dents en or mais creuses, du cadavre laissé pour compte.

... L'Inspirée fait ici une salade d'étoiles — grossièrement représentée par le mélange de 12 œufs de dinde et 12 yeux de cochons d'Inde, battus en neige, celle-ci étant du marbre tourné en lait.

... Enfin le cadavre aux gestes de marionnette-danseuse s'approche seul de la tombe ouverte devant la mer, lieu de rendez-vous des bonshommes aux visages de miroir-plâtre, imposteurs de la mort-morte et doubles zéros qui chancellent au-dessus des mares, au-dessus du dedans, frôlant comme des mouches l'eau épaissie de sang blanc qui les suit partout...

Et, quand ils seront là, vous entendrez voler les mouches et le silence.

(Muni du pistolet magique — je le tiens par le canon — je transforme en chats-souris les quelques morts de passage et leur laisse le soin de fermer les oreilles du vent par des sons entrecoupés qui ressemblent en tout point à des paroles manquées.)

ÉPISODE HIZAL-REX

Hizal-Rex : Je parle à Roufleroux, acteur muet, et le veux sensible à mes coups de pied comme le séant d'une carpe ou un tambour...

Je suis endormi... Je suis rex et je suis endormi... Éveillé d'un rêve qui était une vie humaine, j'enveloppe ma tête d'une dentelle invisible filée par l'araignée-torche ; ma face sans yeux est, moins le défaut du nez, un ventre parlant qui fixe une chevelure non peignée à l'intérieur de la roue de soie attrape-ombres. Mes mains et mes pieds, semblables quant à la couleur, pendent au plafond ou défendent l'encadrement d'une lucarne noire dont le carreau est une glace de soleil. Mon sexe balaie les vestiges d'homme. — Ainsi je m'appartiens et je rêve d'une impossible toile araigneuse repliée sur un cœur qui bat dans le mien.

À PART CELA : Un jour Roufleroux, je te quitterai (doublé de moi à ma troisième personne qui n'est pas tienne) pour remonter les cent et cent mille marches de cette tour, d'un genre spécial, appelée l'Arbre-hautefoudre, séparée du sol et pointée vers l'œil du ciel (œuf de verre) comme un canon ou une canne. Il y a des nuages qui sont de la poussière de mer... Il y a du feu entre nous lorsque tes quatre griffes touchent mon poignard-paratonnerre. CEPENDANT

Cependant lorsque je serai mort — après cette mort-ci — je pense bien entendre dans ta tête tes oreilles te tinter, comme des glas, semblables aux grelots de mort où se répercutent les heurts multipliés de 12 aiguilles de cristal. Tu démontreras ainsi que tu as 12 oreilles à la place des yeux et

12 touches à la place des dents et, pour cette raison, je te nomme mon clown-musicien.

Mais pour l'instant... je tire de ma sacoche un pistolet qui jette ses naissants éclairs-oiseaux ; chaque balle volant ainsi de ses propres ailes, aidée toutefois par la décharge ou la foudre, je réalise la trajectoire mortelle, le vol de l'éternité qui relie, pareil à notre chaîne de montre commune à tous deux, ton cœur à ma poche intérieure. L'oiseau-poisson a volé le vent.

Une omelette d'étoiles éclate quelque part comme un pneu...

Un serpent se déplie dans le ressort.

ÉPISODE-SERPENT

Serpent *(il colle à l'air et fuit dans la fumée d'une explosion sans fin :)*

Les pieds du serpent sont un mât où s'enroulent des fils de fer (verre) ou vers de terre (fer)... Plus bas que les racines, un couloir, partant de l'intérieur doré de la bouche du cadavre, en tombe, donne accès sur une piscine blanche d'eau noire et dure, nouveau théâtre, dont le fond est creusé dans le charbon incandescent – sang brûlé. Au fond de l'eau dure, je me retrouvai dans une chambre froide, mais, à terre, un tapis de méduses, lesquelles étaient cousues ensemble, emprisonna nos pieds qui maintenant nous font si mal. À l'intérieur, penché sur le ciel, un homme de visage vide faisait couler des étoiles dans le noir de ses trois yeux qui paraissaient alors des hernies de la nuit.

... Cependant le ciel était une mer nouvelle passablement navigable au moyen de rames garnies de plumes d'anges d'eau et nous nous lançâmes, Monsieur H (homme-serpent) et moi, dans l'étendue de verre dépoli. Quelque part, un soleil dernier-né laissait tomber en nous des postillons rouges qui ne réchauffaient pas. Et la mer ainsi teintée nous fit l'effet d'un zéro plein qui était plafond.

Je buvais l'eau de l'eau.

Une grande machine s'en gonfla. « Lorsque l'eau fera

corps avec ton image dans l'épaisseur d'un diamant vivant, me dit l'écho du double, je te prendrai pour moi. » Et il disait encore :

« Il convient que nos deux corps soient à l'intérieur de nous. Je veux faire de toi ma PLACE ; je veux que nos veines soient un filet où prendre nos ombres... »

« J'ai marché dans mon ombre et cela me livra à l'obscurité. »

Il disait :

« La nuit est un grand œil creux ou encore une bosse à l'intérieur du vide ; je l'ai su lorsque mes yeux roulèrent au fond comme des billes jetées dans un vase. »

Il disait :

« Sans doute le noir a-t-il son ver comme tout fruit mûr, et ce ver est un charbon gelé qui devient glace au jour... J'ai regardé tes yeux et j'ai vu deux fèves brillantes sous tes larmes glacées... Ils avaient l'hiver en toi... La mer était ton sang sans toi... »

Et lorsque la voix se tut, j'entendis l'écho amplifié d'un cercueil vide que l'on cloue — Tout cela demande à être éclairci.

ÉPISODE-ROUFLEROUX

AU SOLEIL : le soleil n° 2, son col bronzé tourné vers la mer... Un peu d'orage aux ailes des baleines, autour des rocs de neige, qui plongent sous l'air, devenu vapeur d'eau, comme un jet d'eau à l'envers... Beaucoup d'orages : à ce moment je compte des signes insaisissables, des vides sans numéro d'ordre, des chiens en sang, des mains roulées comme des feuilles de tabac.

À LA NAGE : sous l'œil des monstres et des éclairs rouges, malheureux pêcheur, la blessure du navire s'ouvrira bientôt jusqu'à ton ventre !... Quant à moi, je rassemble le paysage dans un grand sac et je remue :

Une montagne en sort, comme un canard, dont la tête est une grotte.

Des orages, amoncelés comme des briques, s'allument sans briquet et nous savons ainsi que la terre n'est pas un gros charbon — sinon — et que le ciel est un pistolet braqué au hasard. Le même ciel n'est pas le chiffre 7, mais nous le retrouvons au fond d'une mine de sel, fixe comme le parquet du vide sous les pieds coupés court du sieur Frableventre[11].

Du fer devenu pierre, le feu sort en mouillant la mer.

De la mer d'acier une vague d'aquarelle bondit jusqu'aux cloches de la cathédrale (qui sont des vagues de bronze). Les maisons et les cieux croulent sous le poids des pans de rocher en porcelaine. Sur l'argile, nouvellement repeinte, apparaissent les premières fleurs-pourpre-sang...

Un orchestre trébuche sous les parapluies ; des groseilles et des rubis remplacent les vitres et les fenêtres s'appellent alors des glaces-grosbis. Mais tout cela demeure invisible ; Monsieur Puce se réserve la note.

Un coup d'archet : mais c'est un terrible souffle de trompette qui tombe de haut comme un immeuble de cuivre construit au septième ; la note reste en l'air ainsi que la couleur du cuivre... Cependant une certaine transparence dans nos mains et dans les yeux de nos compagnons nous avertit que nos corps n'existent plus. Hizal-Rex faisait brûler de l'eau dans sa bouche...

Méfiant, j'éprouvai la bonne volonté des pierres en crachant dessus ; elles résonnèrent, rendant alors toutes les vibrations et variations d'une bulle de cristal creuse, lancée de haut contre le manche d'un diapason. Les bras de XY enfermaient, dans le cercle d'une roue tournant à toute vitesse, un grand livre d'images où se trouvait racontée de plusieurs façons — comme tracée par les pattes trempées dans l'encre de l'araignée-mille-pattes — l'histoire de Dieu devenu Carpe.

... Une certaine Ague, pareillement nommée Hazel, déchirant sa poitrine d'un seul coup de dent, en agrandit l'ouverture pour nous montrer l'intérieur d'une bouche sans lèvres, dévorée par ses gencives, au fond de laquelle croissaient, les uns dans les os, les os dans les autres, quelques os-os bleu ou black, pareils à la mer contenue dans une ampoule de verre. Hazel maintint ouverte l'ouverture, mais, après l'intervention de la nuit éclairée par elle-même, elle tomba tout de son court et s'évanouit à travers le sol, molle comme ses gants. À la place du sol il ne restait plus qu'un long drap noué, prêt à être déchiré, dont les plis nous cachaient l'intérieur blanc de l'âme du squelette... Quant à moi, je faisais naturellement partie du mirage.

Je vis encore des dents allumées, presque l'entier d'un râtelier et l'apparence d'une boule fumeuse...

Ensuite, je retrouvai, satisfait, l'intérieur de coussin de mon sommeil naturel...

ÉPISODE TORNEVERGE

— Dans ma grande solitude, j'ai inventé le fruit de chagrin, cultivé dans la région du cœur, qui, mêlé à la farine et arrosé de vin vieux, représente un aliment presque complet quoiqu'un peu trop salé.

Solitude ; trait d'union entre une certaine souffrance et la grande joie, elle est un grand visage péniblement élaboré dans le silence des bruits et le vide devant soi. Elle commence par une chute et finit à l'extérieur du temps. Et quelquefois je l'imagine sous la peau d'un animal timide qui cherche une compagnie. La nuit la suit de près...

Solitude autour de soi, poursuivie à l'intérieur de soi, il ne faut pas en parler la bouche ouverte, mais joignez bien vos lèvres afin que son silence ne soit pas troublé.

... Quant à Torneverge, heureux, il escalade les rocs, il galope à travers les plaines ; il est un écureuil en même temps qu'un cheval.

Torneverge ou Tournesol, le bienheureux, écarte le temps, de ses petits doigts de lézard osseux, et, bien qu'il doive être très petit, il se sait très grand.

... J'ai délivré le temps du cadran d'horloge qui l'emprisonnait et maintenant, selon ma fantaisie, il peut prendre n'importe quelle vitesse.

Torneverge s'appelle aussi Verre-tournant et j'ai renvoyé du néant les envoyés au néant, ceux qui, exactement, marchent sans repos le long d'un couloir de miroirs concaves qui ne déforment pas les images.

....

Nous autres, nous marchions près d'étangs qui ressemblaient à des miroirs concaves ou encore à des monticules vivants, à cause des mouches, serrées les unes à l'intérieur des autres, qui les survolaient, et l'air devenu solide était présent, beaucoup plus pour être vu que respiré.

Il y avait aussi une forêt, mais les arbres, sans feuilles ni branches, paraissaient plutôt des cannes. Le rouge-gorge boiteux qui l'habitait s'y éclairait tout seul et marchait à reculons, droit derrière lui, comme à travers les ténèbres des autres, portant, à même la peau-plume, un feu rouge sous le menton. Son signe distinctif : une barbe sans menton, taillée en forme de parapluie retourné.

Vertonnant tua un lion.

Puis il prit dans ses mains son serpent — ou son épée — ou son paratonnerre — et trancha l'oreille gauche du lion, nommé Niol, ainsi que la queue. Sur l'oreille droite il vit pousser des feuilles, mais cette branche neuve se perdit.

De l'oreille gauche Torneverbe fit un masque, le perçant de deux trous profonds qui s'emplirent d'un sang invisible ou intouchable qu'il retrouva à la place des larmes (et les six sens en furent salés) ; quant à la queue, elle resta queue.

Et lorsque nous reprîmes notre marche, l'eau nous suivait. Nous nous retrouvâmes dans la barque sans fond ni bord, mais munie d'une voile mouillée par notre souffle et semblable à l'eau séchée et cousue.

INTERMÈDE-SOLUTION

L'atmosphère fait faux bond...

Quand l'Éternel voit la lune lui tourner dans les mains, il rétablit l'ordre des choses et secoue son parapluie avec sa tête usée. Son amitié n'est pas garantie, car il retourne souvent sa veste et sa colère est orageuse.

QUELQUEFOIS on peut le voir, sur sa montagne, taper du pied avec les mains ; c'est alors qu'il faut y aller, car, en ces moments-là, il prend tout à la plaisanterie.

— Regarde-moi, j'ai un beau corps où la nuit est entrée comme un couteau replié dans une poche. Elle est tranchante, ma nuit, et je m'en sers pour me raser.

J'habite mes mains de préférence...

Au mur il y a un chien cloué par une épée qui est peut-être celle de Tordreverge. Sa tête penche et tout son corps également. Le mur est éclaboussé de sang et ce doit être du sang de chien — à moins que ce ne soit le tien — Il y a une panoplie cependant et des armes chargées.

— Le ciel est un pistolet chargé qui part tout seul et quelque foudre est tombée là...

— J'ai vu une oreille de lion, mais ce n'était qu'un masque.

— J'ai vu une queue qui n'était qu'une queue, mais...

— Il y avait sans doute un lion devant ?

— Habitant de la chambre molle, TAIS-TOI ! Je voudrais que ton ventre soit le couvercle d'une boîte ronde où je range mes armes et je voudrais te déchirer avec une clef à dents.

... Tu es la voix d'une sirène devenue bègue après un coup de couteau au fond de son crâne.

— Ma voix serait plutôt un tube et les mots qui en sortent ressemblent à des cercles tordus, collés ensemble. Les lettres de mes mots sont des O mous, ou zéros liquides... Avec ma bouche ils font des trous doublés... Avec mes mains : je suis alors un Christ neuf muni de serrures à la place des mains aux clous... Liés deux à deux, enfin, ils sont les orbites creuses, les lunettes du squelette imberbe quoique plus âgé que toi.

... Malgré cela, le ciel est tourné vers la terre et il y a un pistolet braqué dans tous les coins. Les balles ne sont pas explosives, mais les tonnerres nous annoncent un événement qui ressemble en tout point à certains tremblements terrestres, quoique en plus bruyant.

... Il y a des hommes (des hommes de pâte, c'est-à-dire mous, des hommes de couleur, c'est-à-dire blancs) qui marchent sans repos le long d'un couloir de glace. Et, pour leurs yeux, les miroirs devenus mares ondulent comme un nuage de mouches et flottent dans l'air, bougeant avec eux.

Beaucoup plus loin, il n'y a plus personne, mais des étoiles, quelque part, s'étoilent de coupures sombres comme une omelette lancée dans la nuit.

– Dans le lointain elles cherchent peut-être un port où est la mer calmée ?

– Où sont les statues ondulées ?

– La mer est une plus grande statue couchée. Mais la mer n'a pas de mains, elle a des poissons.

– Poissons pétrifiés !

– Ils ont des ailes et sont bien muets pour des oiseaux !...

– Chut, Talmède ! Parle moins bas ou jette devant le vent un drap mouillé !... Mais un silence de plus et tout va crouler... Il y a des vides extraordinaires, ce soir !... J'ai bien failli dire en blanc un mot qui ferait rougir tes yeux et rentrer sous terre l'arbre aux racines de têtes coupées... mais...

– Mais ?

– Il y a des trous qui nous remplissent, Talmède ! Je partirai en toi pour un voyage qui laisse un tourbillon de sang à même les roues (lancées dans le vide). MAIS les voyages ne sont nulle part, Dalmète, MAIS, entends-tu ? CE SOIR, S'IL Y A DU SANG, JE VEUX QU'IL PASSE PAR TES CHEVEUX ROUX ! MAIS tu es un héros et je t'adore ainsi...

J'ai pris tes yeux, ils ressemblent à de l'eau morte...

L'eau est quand même une déchirure cousue dans l'air...

> *(Talmède, couché la face contre terre, rend son dernier souffle avec ses dents évaporées. L'*AUTRE*, qui n'existe plus, ne fait pas un signe de croix, mais demeure roide comme la croix de fer. Et l'Air, devenu une pente, les traîne ainsi jusqu'à la grotte du diamant d'air – cristal sans épaisseur et lumière solide.*
>
> *Alors, la nuit les cernant, Talmède et Dalmète se couchent l'un dans l'autre et se resserrent sur* SOI*, à l'inté-*

rieur d'un coussin mouvant, pendant que s'arrête, à la même place, le mouvement perpétuel.)

POST-SCRIPTUM

Où parlent sans tête ni sexe les personnages changés de doubles en leurs corps entremêlés... Monsieur Lorc, qui est peut-être Dalmète, se ramasse sur soi pour sauter dans le Nulle-Part et à terre ramasse une voix :

LORC. — Monsieur Amabol, je suis quelqu'un plongé dans très haut qui te parle. Je m'appelle aussi Lor ou Lours déplumé dans l'Ourcq : c'est pourquoi on dit que la mer, le fleuve et la flamme — ou simplement le canal — de l'Ourcq est une peau d'eau qui contient, dans ses veines, l'infini nain de Toutfini. Et sais-tu que j'ai des yeux... des yeux... ? (cela n'existe pas et d'autres utilisent la vitre de visage).

Mes yeux à moi sont des vis tournées dans l'eau vide, des pierres précieuses que de pierres j'appelle des Cieuses.

AMABOL-DALMÈTE. — Ils ont des disques de verre liquide traversés par mes cils, et en effet ce sont des cieuses (ou bouches) qui naissent au bord de l'air d'eau pour, après, mourir au creux des mains où elles se noient.

Elles se noient et elles sont moi.

LORC. — En effet, tes poignets sont rouges et sang quoique blancs cependant. Et ce sont presque des glaciers où s'enfoncent des gants gelés.

Ils sont des pieds autour de mes mains. La cieuse et l'yeuse font deux circonférences mal définies : l'O de ma bouche ôtée est un grand O doublé du Hic-de-cœur.

... C'est le même nom que porte monseigneur Pouf lorsqu'il change de nom... Sais-tu qu'après cette ombre vole la lanterne qu'on ne voit pas mais qu'on entend par des oreilles aux yeux ?

AMABOL. — Les lanternes dites magiques sont des plantes gamiques auxquelles l'éclairage de la nuit apporte le goût de feu... Et dis-toi qu'elles s'appellent LANRELETTES-TANTOINS, car tout porte un nom selon les dimensions de son poids et la largeur de sa longueur. Et le Tantoul le dit...

Il dit aussi : « Les yeux (ou yeuses mâles) sont des bouches troubles faites zieuses d'O... »

Mais d'autres veulent qu'elles soient sales.

Lorc. – J'y parle, mais je ne bois que du ciel ou du blanc, d'après la couleur du verre teint, quelquefois incolore, en mon œil-de-mer...

La mer veut la chaleur de mes nerfs et j'ai lavé dedans une grande larme née écume.

Et l'écume même sort d'une mousse d'un savon mou et froid.

Cependant je m'avale dans ta bouche.

Amarol. – Le temps d'un mot de trop prononcé avec la rapidité d'une chute et tu es mort. Tu es mort et tes mains tiennent des branches que le sang couvre de givre. Je vois de loin ce que cela donne lorsqu'on ferme trois yeux : ton squelette est un arbre boitant sur des racines blanches ; lorsque l'arbre se met en panne, il y a une bouche qui s'ouvre, ou bien une tombe, mais comme le tout reste très pâle, on distingue mal... C'est pourquoi je teindrai ma mort en rose ou bien en bleu, couleur d'un ciel qui a trop soif pour pâlir.

Lorc. – Il n'en sera pas moins un accent circonflexe posé à plat sur le plafond qui n'est Nulle-Part et même Partout... Mais si tu vois un autre ciel, préviens-moi, j'ai des lunettes...

Sinon, il est inutile de jouer aux anges. Viens, j'ai une machine-à-os qui n'attend plus que la roue non dentée de ta tête pour se mettre en mouvement.

(Ils sortent.)

POST-SCRIPTUM II
OU
DEUXIÈME TABLEAU DE LA MORT EN DEDANS

Lorc. – Monsieur Amabol, je suis réduit à l'invisibilité de tes yeux. Ma tête est chargée à plomb ; si tu y mets le feu, elle éclatera dans un ciel que je veux tuer.

... J'ai habité longtemps un Intérieur voûté comme le ventre d'un œil ; mon corps y était à la fois une machine à mouvements-répétitions et un obus couché dans son nid... Mais le jour n'entrait jamais et lorsque la lucarne devenait blanche, c'était qu'une dent de phoque cherchait à la briser.

... Les dents étaient alors plus blanches que des dents !

AMAROL. — Je m'en souviens ! À cette époque, j'étais en toi pour la durée d'une naissance, mais je naquis bien plus loin... Tu m'apparus noir comme des dents passées par l'épreuve du feu avec la cendre et je t'appelai Fantomâte. Ensuite, d'automate mou tu devins roue et, traversée ainsi d'un membre double-horizontal, tu m'approchas pour m'enseigner le supplice de la roue et la manière de l'utiliser. À ce moment, je criai...

LORC. — Tu te réveillas peut-être changé en souche, mais mon corps n'en continua pas moins son trajet chaotique à travers toi... Et maintenant, tel que je t'ai exploré, tu dois apparaître dans le monde des profondeurs-surfaces où nous sommes frères siamois...

Néanmoins, je connais un autre monde — ou ombre d'onde — et, attelé entre ses lianes, tu ferais un assez bon cheval...

AMAROL. — Quant à moi, je préfère l'intérieur sans issue d'une bouteille égouttée, changée en souricière. De même qu'il n'y aurait pas de fenêtre, ton corps n'aurait pas d'yeux et tu me verrais par tes oreilles recollées au fond desquelles je visserais un miroir rouge pour regarder au travers du sang.

Quant à ton sexe, je veux le voir en noir...

LORC. — Et la mer ?

AMAROL. — Nous n'en parlerons pas pour cause de mort dans l'eau... Mais les phares resteront des lampes de poche clouées dans les planches hermétiquement jointes de la nuit pour avertir les naufragés du danger d'exister...

Et maintenant je veux te marquer...

(Il plonge ses yeux dans les trous de l'Autre, il approche ses mains du visage de l'Autre, qui perd sa face et, parlant plus bas, change de voix.)

AMAROL. — En toi je vois ces larmes qui ne sont pas de la même huile que l'eau de la mer plate, quoique tout aussi salées... Elles ressemblent plutôt aux miettes cristallisées d'un sang rendu incolore quand le néant passa par là... et je ne sais par où elles ont coulé...

LORC. — Mais encore ?

AMAROL. — Je vois encore en toi une femme (peut-être un gouffre) et je veux que tu en sois une ! Dis-le-toi. Et dis-toi que je t'aime ainsi !

Entends-tu ? Tu es une femme et je te déteste.

(Il s'agenouille à ses pieds.)

Quand même tu serais vieille et laide, quand même tes seins seraient semblables à la bulle d'air qui crève et fait courir des rides à la surface du corps de l'eau, je t'aime... Et si tu devenais aveugle, mes yeux s'éteindraient... Si tu vieillis, je vieillis en toi... si tu perds ces mains, tes mains *(il montre deux gants vides)* je crois que j'en aurai quatre...

(Il ferme les yeux, baisse ses paupières qui ne sont plus qu'une mince couche de poussière sur deux ampoules mortes.)

Naître ou ne pas naître ?... Alors, réponds !

LORC. — La question est en dehors... Mais elle était Dedans lorsque je t'habitais dans l'univers d'une vie... Et maintenant, dis-moi plutôt quelle âme nous a quittés sur la pointe des pieds ?

... Si tu te tais, c'est que ta bouche est devenue un pied ! Tu as marché à l'intérieur d'une statue, car ton cœur résonne comme du marbre.

... Allons nous promener ailleurs !...

(Ils sortent pour la deuxième fois, qui est la dernière, pendant que le chœur-décor leur souffle dans la bouche :)

LE CHŒUR-DÉCOR-DE-LA-MORT :

Les étuis des vers de terre
Sont des serpents qui se figent
Et pour changer la mer en air
Ont la couleur du Transparent et piquent.

Les vers de fer se déroulent
Au creux creux des vers de verre.
Les fils de terre, quand ils coulent
L'eau devient boue de ciel-air.

Ton sang, eau de chair allumée,
Il n'est pas dans ton double, mais tes yeux
Le portent comme un œuf ou une veine doublée.
Il y a du sang rougi dans le feu.

Et tout cela est un extérieur
Qui fait partie de ton intérieur
La mort seule peut y tendre une vitre
— Pierre sans éclair, mais Transparent au cœur
Et ce diamant d'air saigne en toi — prenant ton poids.

(Janvier 1949.)

SOLUTION H
OU DU SECOND VOYAGE IMAGINÉ DE MONSIEUR H

Tracée à la craie, sur un cube d'air solidifié au contact des yeux, l'inscription suivante :

« Ci-gît, à la même place qu'un os transformé en battant de cloche, le corps – de Monsieur H – indéfiniment roulé autour de soi comme un tourbillon qui ne verra sa fin que lorsqu'il se saura changé en la masse puissante, quoiqu'invisible, d'une sphère pleine à l'intérieur et vide de ses contours : ce qui n'est qu'une supposition. »

... Et, derrière la vitre des apparences-suppositions, le fil (représentant alors l'esprit de Monsieur H) était tendu de haut en bas, avec un poids au bout, à travers l'espace compris entre le vide et son apparence creuse. Et la chauve-souris, couverte de la fourrure du chat, cherchait à s'y poser... Vue de dos, elle ressemblait assez à sept mètres de bras cousus ensemble d'hommes-pieuvres, car, à cause de son ombre, elle paraissait relativement longue. – Quelque part, il y avait une étoile qui n'était autre que le manque d'étoile et c'est là, là seulement, que les choses se passèrent...

... Monsieur H, sous la peau sans lumière du Personnage-de-la-nuit, suivait la pente uniformément raide d'un plongeoir penché de côté. – Et dessous, ondulait mon crâne assez plat pour ressembler à une mer rarement peignée. – L'Autre Mer était bien quelque part, mais nous ignorions où ; c'est pourquoi nous en conclûmes qu'elle n'existait pas... À ce moment, Monsieur H, corbeau-sur-un-arbre-perché, nous tint à peu près ce discours :

« Messieurs du voyage,

Il n'existe pas 36 nuits ; malgré cela j'en connais bien une centaine et c'est en la centième, appelée alors matière-nuit, que je disparus : c'était la bonne...

... LE CRÂNE-DE-NUIT était un vase ouvert sur un fond sombre mais hermétiquement clos quant aux yeux. Divers organes (comme un cerveau recomposé à l'envers) formant couloir, nous nous engageâmes dans un paysage dont ne reviennent pas les chats, pendant que le cœur-des-tempes battait comme les applaudissements de la mort – c'est tout ce que j'en sus...

Il y eut un moment de consternation générale, c'est-à-dire : le noir était plutôt noir, comme on l'a souvent constaté et, sous mes vêtements nocturnes, je crus un instant que j'étais la nuit... Je cherchai dans l'épaisseur de mon crâne terrestre les yeux de hiboux qui auraient servi de lames froides pour éclairs. – Je découvris un os dont je fis ma canne... Après cela, dans l'intérieur de moi, j'avançai sans bruit pour une durée qui devait correspondre à des jours numérotés au hasard et dont le nombre n'était pas fixe. Je passai là une éternité calculée avec une montre qui marchait mal ; puis j'arrivai à moi. Mais mon aspect me resta inconnu...

Alors, j'ouvris mes mains pour constater qu'elles étaient vides...

Et là devant, je me dis :

Que ce crâne, vu de près, était sans doute celui de J.-P. Duprey...

Que j'en verrai sortir, dans l'ombre, trois cadavres qui viendront m'embrasser...

Que des diamants n'éteindront pas ma soif d'air et d'eau...

Que ma vie partait en moi pour me laisser ici en face de moi sans que je puisse me ressaisir...

Que mes veines avaient tracé autour de moi la ceinture, définitivement bouclée, d'une Femme qui passe dans chaque vie avec un bruit de robe arrachée...

Que le Rubis-Pierre-de-sang n'était pas fondu en moi...

Et j'entendis :

... « Il n'y a plus de ciel, plus de soleil, plus de nuit, disait une voix, plus de lumière et les fenêtres ressemblent à des bouches cousues, noires mais sans dents ; il n'y a plus d'amis et ceux qui t'aiment penseront que tu les abandonnes ; il n'y aura plus de corps à ton âme — celle-ci n'étant que supposée — plus de ciel à boire, plus de sol sous tes pieds et le toit de chez soi s'ouvrira comme une main vide ou un sac sans fermeture qui perd en l'air ses richesses sans existence. »

Ensuite la voix devint murmure et ma bouche se fendit en quatre lèvres blanches pour prononcer les paroles :

« Dans la lumière absolue, j'ai reconnu l'obscurité absolue et le silence le plus profond était celui du cœur qui pleure avec le bruit d'une douche chaude arrosant la mer. J'ai cherché un vase où l'enfermer, ce cœur, et le vase fut une flamme creuse...

« L'eau-du-vent deviendra blanche comme le papillotement des yeux visités d'un sommeil de neige...

« La Fleur Pourpre meublera elle-même son feu.

« Les larmes dégèleront le visage de cristal...

« Alors, devant cela, je fermerai ma bouche avec un mouchoir de poche ! »

Et c'est dans un même ordre que les choses se passèrent, après qu'on eut noyé la mer et enterré la terre et, le feu étant brûlé, l'air disparut dans la fumée du nouveau feu réengendré de tout cela.

... Alors le jour entra en terre comme dans une gare ; les gares-du-Jour et les gares-de-la-Nuit se confondirent dans les débris sonores d'un train en marche et la marche des trains imita dans ses roues l'accent incohérent d'une phrase répétée cent fois par les secousses du vent et mise en lumière dans les lingeries d'un feu, phrase dont nous ne retînmes qu'un mot (reconnu le plus solide) : ÉTERNITÉ.

... Et le monsieur de l'éternité, appelé Père-Éternel et porteur d'une paire d'antennes[12] incombustibles, attend ici que des plis intérieurs de son Œil sortent un à un les membres imaginaires de la famille de son cerveau.

... Un à un, ils sortiront et le rideau de l'Œil retombera avec la vitesse d'une chute sans condition de temps.

... La forme du crâne est celle d'un crabe. – Et de celui-ci on ne remarque qu'une carapace montée sur des essieux rouillés et brisés. – Mais un cercle de cheveux couronnant l'ensemble fait plutôt penser à une couronne de mousse blanche et c'est pourquoi on ne doute plus de l'existence d'un crabe à tête-bulle-de-savon.

... L'intérieur de la tête peut sans doute être comparé, sans risque d'erreur, à l'intérieur d'un tambour, quoique la résonance cérébrale ne soit pas très forte lorsqu'un bâton, lancé de terre, veut en tirer un son et les raisonnements de cette famille crânienne laissent parfois à désirer ; ils ne sont pas infaillibles...

Le vent, chargé de blessures, fit descendre dans son trou les têtes unies de Doublestrôme et du double de Monsieur H, afin de se saisir du tourbillon de leurs cheveux mous. La terre élastique ne rendit pas le son creux d'une caisse pleine de vide, mais après l'évacuation de ses eaux souterraines jusqu'au goulot de la Grande-Bouteille-Bleue, et cela au moyen seulement de tuyaux de pipe non élargis mais multipliés dans le sens de la profondeur longue, après cela, donc, la terre laissa croître à sa surface sèche, ses filles – mille et une jointes à mille autres au carré, sinon au cube et ainsi de suite – ses filles, les plantes carnivores, c'est-à-dire les pattes d'une araignée gigantesque qu'elle enfanta, de la même façon que des plantes, celle que j'appelle la terre-araignée-au-ventre-unique-et-souterrain.

... En dedans, on appelle H la couleur du noir poussée jusqu'à son intensité extrême ; mais celui qui voyagea dans le crâne de J.-P. Duprey porte le même nom.

Sur l'écran imaginaire qui n'est autre que le dessus du képi d'un général décapité – écran découpé en forme de D

— Monsieur H, sorcier sans sorcellerie, mais aussi capitaine céleste du vaisseau-mystère (on peut le voir ici naviguer dans le film sans acteur), voulut bien présenter devant vous quelques scènes de cirque dont il ne sera ni l'âne savant ni l'acrobate-pitre...

SCÈNE PREMIÈRE ET UNIQUE

PREMIER CLOWN (*nez pointu*)

— « Clowns dans la vie, clowns dans la nuit, débordant avec la craie sur le tableau noir... Des gants d'orties et c'est la défense des mains ; taille d'éléphant avec un ventre renforcé de chiffons-papiers ; jambes de ficelle déboutonnées jusqu'aux derniers nœuds pour la liberté des gestes : Un acteur doit ce soir tordre des foudres dans les ressorts de ses yeux, rougissant jusqu'au-delà de son sang, et son image rallumera de vieilles lampes neuves devant la rampe de son angoisse, son rire, sa ruine diront amen à la foule dans l'attente, se maintiendront ainsi dans le pas de la danse continuelle et funèbre... »

SECOND CLOWN (*chapeau pointu*)

— « Pour les clowns, le comique est cette pique d'angoisse qui donne son goût à la farce bien connue ; c'est la blessure qui laisse passer une larme rose à travers le feuillage de farine blanche dont se couvre la face l'élégant partenaire de Pipo, acteur-moteur... C'est le sérieux... »

TROISIÈME CLOWN (*sur l'air de Turlututu*)

— « La sérénité ment dans la main qui repose. La sécurité tient dans un fil de verre tendu haut et tranchant les attaches du trapèze isocèle. Les clowns sont les jumeaux du rire forcé, du rire qui est une ride serrée entre les lèvres du Personnage-aux-larmes ou homme de cristal... Et maintenant que l'on a ri, tout revient à cela... Que les trois coups de marteau fasse se crever les décors !... »

... Et le stylo à encre d'eau de mer du sieur Sans-Nom,

c'est-à-dire H, capta ce passage coupé d'une conversation de loups, mâles et femelles :

— As-tu vu mon cœur, Fantôme, mon cœur régnant sur les chuchotements de la nuit, éveillé par les étoiles ?

— J'ai vu un cœur sous un ciel rouge..

— Qu'est-ce que le ciel ?

— C'est la mer vue deux fois en levant la tête et qui pleure quelquefois.

— Mon cœur est une île. D'où viennent les îles ?

— Elles ne viennent pas...

— Et que disent-elles ?

— Elles parlent d'une mer sans rive ni ride au fond de laquelle un soleil habite deux yeux tout neufs, deux yeux-veilleuses du matin. Et du soleil qui est la montagne du Feu et qui s'élève là-bas (elle désigne du doigt ce qui n'existe pas), j'ai vu un cœur éclater, comme une détonation d'un œil, aux nœuds des veines de celui qui fut l'auteur des jours et des nuits de Monsieur H. On m'apprit son nom : Lavella, il est tout rouge mais j'y tiens...

Quant à toi, tu peux bien t'appeler Loup, car le noir est ta couleur !

— Lavella, je t'aime en moi... Tu es la seconde personne de mon verbe Être au temps présent et je t'ai désignée pour être la brûlante place de ma nuit... De toi, j'ai attendu la Chose. Mon cœur a beaucoup battu à la place du tien !

— Mais bientôt, vois-tu, je me rendormirai... La nuit m'imbibera comme si mon corps se trouvait tout à coup coupé de bouches poreuses, molles et noires, attendant le baiser qui porte la soif ; pourtant tu ne me sentiras plus... Et déjà mes ongles fouillent un charbon qui donne à mes mains leur couleur de cendre sèche. Ma tête-de-loup cherche sans cesse le lieu des racines de ma présence ici...

— Et mes yeux, mes yeux, sais-tu qu'ils me les ont volés ! Sais-tu qu'ils me les ont noyés ! Et j'ai beau faire, ma tête est prise avec. Et le bol d'eau renversé a donc rendu à la terre trois cadavres dus au suicide, trois noyés dont les deux plus petits ressemblent presque à des galets marins beaucoup plus à leur place soudés, symétriquement de chaque côté d'une arête avancée, au fond des orbites d'une figure de roc...

— Je puis te dire une chose : deux yeux pris à part sont l'équivalent d'un feu qui se dédouble pour fixer l'unité... Quant à ton corps, pour le connaître, il faudrait l'avoir vu sous la forme d'un sac de toile... Mais tes cheveux se refusent au tissage à cause de leurs racines courtes et de leur existence encore incertaine, et la toile demeure vacante...

— Pourtant, j'avais une carapace !

— Et aussi la peau de ton crâne ; mais je te l'ai scalpé !... Et maintenant les espaces se resserrent et cette âme de boue, qui remplissait le fond, prend toutes les formes dont rêve la chair, comblant ainsi les sinuosités du vide...

Etc. Etc. Quant au reste, Monsieur H, son voyage se faisant à l'envers ou ne se faisant pas, ne put nous en communiquer que la scène finale du dernier acte, scène alors réduite à son minimum qui est un seul mot — sans précédent dans ladite pièce — que l'on put voir retracé sur l'écran décoré de deux oreilles de deux demi-ânes qui sont la somme d'un entier ; dans la bouche (dentée selon le nombre et les formes des signes de l'alphabet) des acteurs inventés ; et dans les yeux des lecteurs — ceux-ci étant porteurs d'un double point d'interrogation, de style inconnu, à la place naturelle du nez — Et le Mot de la pièce s'inscrivit en majuscules sur la porte verrouillée des appartements du sieur H, et c'est ainsi que l'on a lu, en quatre lettres dénuées de significations particulières, le mot : FIN.

LETTRE-CONCLUSION

... A rajouter à la page moins une afin que le Voyage, s'achevant par le début se recommence indéfiniment et tourne ainsi, pareil à une roue ou une hélice, autour de soi devenu tout : condition nécessaire et suffisante pour qu'il soit ABSOLU...

Messieurs,

Je suis dans un grand trouble, mais ce n'est rien auprès de ce qui nous attend... Ceci dit, vous pourrez donc imaginer le pire !...

... La donnée (du temps mis en problème) étant donnée, j'ai ralenti, autour de mon dedans, la vitesse des mondes qui se croyaient bolides ; le ciel me paraissait alors un parapluie grand ouvert, mais ses déchirures, sans forme spéciale, laissaient deviner qu'il n'y avait rien et l'eau de la mer, où j'ai fondu ma personne inséparable, était une ardoise posée sur elle-même (je cherchai bien un toit mais cette devinette demeura sans solution possible...). Celui qui se disait être le YEUR DE FOL me dit alors qu'il possédait, pour œil unique, le sexe incolore du Grand-Animal des profondeurs à double sens : quant à moi, je savais qu'il se trompait ou qu'il était aveugle, car la situation me parut trouble...

J'ouvris la pierre d'un sépulcre décoré en chambre nuptiale et vis :

Un cadavre imitant dans sa blancheur lunaire le rayonnement de l'œuf sans coquille — quoique le centre de celui-ci restât jaune malgré tout...

Un couple formé d'une femme et de celle qu'elle voudrait être — Le couple ne prononça pas le mot MORT...

Une boule de vide retenue au plafond par un fil et cela pouvait être le soleil prisonnier...

Une tempête de mer et ce qui suivit...

Le mystère à l'état d'embryon.

Et le YEUR DE FOL me dit : « Pour arriver jusqu'à nous, j'ai gravi la haute montagne de l'univers, mais, parvenu au sommet, j'ai su alors que la pointe de ton cœur était plutôt dirigée vers le bas ; néanmoins, tu me diras ton nom, car nous devons réaliser l'ACCORD PARFAIT. »

Et l'accord parfait se prononça : le corps à corps défait ; ou encore : des fées ; ou mieux encore : LE CORPS À CORPS C'EST UN FAIT (et c'est tout).

... Ensuite, pour s'exprimer, le Y. de F. inventa une langue inconnue et la situation me paraissant de plus en plus trouble, je m'abstiendrai de la définir...

Post-scriptum :

a) Le Yeur de Fol était un homme de taille moyenne, portant monocle. Son signe particulier : portait une jambe manquante et l'autre était si longue qu'elle paraissait double ; de plus, il allait tout nu, mais restait dans les limites de la décence élémentaire quant à ses rapports avec la nature...

b) La Tempête-de-mer, vue dans la chambre nuptiale, était due au souffle haletant du nouveau marié perdant un cœur-de-vierge avec l'eau-de-larme qui l'inondait...

c) Le Voyage, débuté à l'époque du commencement des temps, s'acheva bien avant la première heure du temps, mais je le continue encore...

d) ... Et pour ceux qui l'ignoreraient, je rappelle mon nom : Monsieur H ou Personne.

(Février 1949.)

EN L'AIR DE VERRE PASSÉ AU PHILTRE DU VIDE

Première partie

I

Relevé d'ailleurs :

— « Echéma, je te posséderai en enfonçant mes doigts dans mes yeux ; j'y reconnaîtrai la couleur de mon double, qui est toi-même ; et cette couleur a un contact... Si tu touches l'eau de la mer en la prenant par son fond, tu vois un enfer verdâtre colorer les yeux des noyés qui ne remonteront plus... Un éclair nous dit son nom : il s'appelle " Clef-d'or " »... Qu'en pensent tes yeux ?

— La foudre est un appel du sang perdu, mais le vaisseau incendié prend la mer dans toutes ses directions.

Cependant mes yeux vont du bas au plus bas. Si je cherche à remonter, je m'aperçois qu'ils descendent ENCORE...

Lorsque je serait tout à fait morte, ils auront droit à l'éclat livide de la ténèbre régnant sur le charbon flamboyant...

À ce moment les choses se rejoindront par leurs racines.

— J'en ai su plus : les yeux marins connaissent aussi la profondeur des soirs de coton qui sont des bâillons noirs sur la bouche des morts.

Dans l'air, un X manié avec d'infinies précautions... Un signe qui en dit long...

Quant au corps, désormais inaccessible, il se cache derrière une bouche blanche qu'il ne faut pas voir s'ouvrir à cause des dents... À cause des dents... Elles sont des yeux durcis qui mâchent dans ta vue et tuent...

— Qui se plantent dans la chair et muent à la façon des serpents... mais elles ne quittent que l'enveloppe vitreuse de l'œil-œuf... Et de l'œil-œuf jaillira bientôt le dernier-né d'une famille de morts...

Le feu d'après-minuit[13] sera SA prison étoilée.

En attendant, je possède son portrait et j'ai remplacé son visage par un masque expressif, à la manière de la face d'un crabe qui se croirait le vide. L'extérieur de la face sera collé par-dessus — travail aisé, somme toute, étant donné la forme cérébrale de l'intérieur de sa tête qui est une forme creuse — cela fait, on n'en parlera plus...

Cependant. Rien est une vitre qui existe...

— J'y ai collé mon œil et la transparence de cette vitre, devenue universelle, m'a révélé l'intérieur de l'Intérieur !!... »

La bouche d'Achama, tordue comme une lame d'acier prise au piège, aspire l'air ainsi prise à son propre piège.

L'air, devenu noir autour du soleil, est une nuit prise au piège du jour.

L'air devient vitre autour de la bouche métallique, mais la vitre est molle et la transparence apparaît ailleurs.

L'air devenu porte entoure également l'air d'un mur vide. La respiration d'Echéma est comme une secousse des gongs.

L'air flotte et ne flotte pas.

Enfin, le Loup-Maître découd sa bouche pour signifier que l'air et l'eau ne font qu'un et portent un nom double : CLEF-D'OR ou Éclair-Clef... sous la forme sans forme d'une flamme de verre à l'état de rêve transparent.

II

La chevelure, déployée à la surface de la mer, brûle. On apprend ainsi que le soleil tombe.

Il tombe et le fond de la mer s'en trouve changé en acier rouge ; on y martèle un nom : Echéma. L'écho rappelle : Achama.

L'Autre écho : Ach ! (prononcé Cham).

En même temps le temps tourne en rond autour d'un corps insensible. Le jour est une nuit blanchie... c'est-à-dire que les ténèbres durent.

L'éternité s'ouvre toute grande, comme un livre essentiel à la page marquée.

(Les images se succèdent sur le mur blanc comme un rythme et une loi volés au hasard.)

III

On vit alors le Loup-Maître écartelé entre les quatre barreaux de l'espace, et ses longues pattes d'araignée, réunies en faisceaux, s'agripper, comme des ongles, aux quatre directions. « Un carrefour s'en déduit », murmura-t-il, et en sa tête se trouva prise une croix, comme le point de rencontre de deux fleuves de sang.

ENCORE LE LOUP : ses yeux tombent dans les yeux de l'eau.

La mer passe à travers le ciel.

Le sang devient noir.

... Et quand tout fut assez noir, on appela la nuit universelle pour vérifier.

« Echéma, ton œil dort.

— Tes bras crient.

— J'ouvre mes mains qui sont mes fruits.

— Il faut les agrandir, les agrandir... après notre mort, nous y aurons un nid.

— C'est un isoloir ou une cave à cinq portes. Peut-on y voir sans yeux ?

— Ta vue et la mienne se rejoindront à l'angle de deux murs, deux fois droits, qui renferme à lui seul la signification de 180 degrés... La température de ton cœur n'en a que zéro... En toi je ne gèle pas !

— J'ai plus peur de moi que de ma forme future. Prends-moi la main. »

Une main sans doigts, demeurée toute blanche, ouvre la fenêtre aux vitres fêlées qui imite, dans sa forme, la forme exacte d'une toile d'araignée grandeur naturelle.

L'araignée centrale se cramponne comme un chat à la tête du soleil d'eau qui ne porte pas d'yeux.

— « J'ai peur... Est-ce bien ta main qui m'a mordue ? »

Un cheveu dressé ressemble à certaine patte de l'araignée, la plus souple et cassée à la racine dans le corps froid... L'éclair-clef vient remplacer les yeux engloutis du soleil.

— « Je suis le roi.

— Je suis dans l'ombre.

— Soleil mouillé.

— Pierre éthérée. »

Quatre personnages d'eau et de feu. Le feu glissait ; l'eau s'enfonçait.

— « Tu as dormi. Ta main mordue m'a mordue à l'heure d'une rencontre.

— Le sang a séché. L'air t'a respirée.

— Je t'ai tué pour nous faire vivre. »

Deux personnages d'eau et de sang qui en font quatre car ils sont doubles. Le sang a caillé l'eau ; l'eau s'est faite la couleur du sang.

— « Ton passé est une heure morte dans la nuit — que tu ouvres.

— Ta voix est une touche blanche dans l'instant bleu. »

Bientôt l'époque d'ailleurs les marquera au front... Une chevelure déployée comme une nageoire embrasée...

Mon ami, je prononce ta voix...

La Clef-D'or prend la place de l'Étoile-d'œil...

L'Étoile-deuil demeure stagnante au niveau du noir.

IV

Il arrive que la veilleuse des morts se fasse ténèbre pour mieux se faire épouser par les formes de la nuit.

La forme de deux corps fondus ensemble est éternellement blanche.

L'œil qui la voit ainsi est une éclipse du corps de cristal sacré où s'infiltrent les veines incolores de la Morcolore – la Faiseuse d'ombre dans l'ombre.

L'horizon, à fond de ciel, est le fond du gouffre.

– « Echéma, succubes ou incubes, morts ou mortes, nous sommes la même bouche...

– Le nid de nos formes est une forme éternelle.

– Échec et morte – le teint de celle-ci est mat quoique bleui dans le blanc...

– La Mort est un signe double. »

Un personnage d'air et de sang en devient deux car il est double et quatre en redoublant.

La chambre de la tour de la Mortodore aura quatre angles où dresser quatre bustes.

L'eau dans l'air est une flaque d'étoiles respirées.

Maintenant la nuit est une porte claire.

Deuxième partie

I

L'arrière-monde aux horizons arrêtés...

Le rêve de rêve y prit toutes les formes... La forme vibrante : celle d'une voix...

Cette voix est double... quoique soustraite d'un silence :

– « Laissez-moi reconnaître des yeux dans vos yeux, j'y apprendrai MON âme.

– ...

– Si vous êtes femme, je fais partie de tes bras. Si tu marches, je suis ta démarche.

— ...

— Ma vie prend la forme d'une vague autour de toi. Enfin... je sais ton nom : tu t'appelles Pointe-Flamme ; mais l'écho prononce : point d'âme.

... Et ce point est une île interdite à laquelle je tends.

... Et ce point signifie pas...

... Et chaque pas vers l'abîme semble me rapprocher du point.

... Et alors, alors, tu n'es plus rien... point d'âme et pas d'yeux... Et je t'aime par transparence ! »

Le jour nouveau donne sur la place d'une ville déserte. ELLE s'est couchée à la place d'une statue et le temps arrêté la maintient debout comme prise dans le moule de l'air devenu glace... Et maintenant l'air est abstraitement semblable à un ballon dégonflé, et la respiration de la statue dormeuse fait place au silence qui respire, pour l'esternité, le temps pris par la glace, sans jamais l'expirer.

— « C'est l'expiration du délai fixé par toi pour devenir ma Forme... Viens-t'en, MOI (c'est ton nom en nous), je t'apprendrai ma faiblesse.

... Mais auparavant brise ton miroir où ton image m'apparaît comme une projection-son (en effet, tu te parles de très loin) de la lanterne de glace magique (fixe ombres, fige flammes).

... Dans notre temps futur (pour toi je le décline au seul présent et supprime tous les autres temps), cette dernière deviendra désormais la Lametête (une majuscule s'impose ici car cette lanterne interne aura la taille d'un poussier d'ombre grossi à l'Absolu à travers le verre vert d'une mer de surface lisse, prise comme microscope) ; elle deviendra l'Ame-antenne du Mâs-Fixe autrement appelé le Mortodote-Glas, car son ombre retient, dans l'épaisseur d'un profil de verre, les battements du cœur à forme-flamme qui brûlera l'air de la Maison-Dieu (père et fils associés) fondée en l'an moins zéro à même la mort.

— Si tu tiens un secret, mes ongles sauront bien s'agripper au bord de TON abîme. »

La voix qui répond provient d'une fenêtre élevée QUE N'ATTEINT POINT LA HAUTEUR DES MURS.

— « Sinon... Mais ma tête à elle seule est un gouffre sans fond au fond duquel on te retrouvera brisé... Et si mon nom est MOI, tu t'appelleras, avec tes initiales toutefois, de mon prénom qui est ta première personne... Embrasse-Moi... ta bouche prendra mon pli...

— Je plie mes lèvres et cette lettre t'est adressée..

— ...

— Je relève ta marque.

— ...

— Mon sang te marque.

— ...

— Mon livre, ô mon grand livre où j'apprends à connaître la chaleur d'un corps double, je t'ouvre à la page qui manque. »

II

Vie : mal d'éternité.

Mort I : chute éternisée.

Mort II : Ex-termination par externité...

.... Et la dormeuse, réveillée par le froid de la pierre dont sa statue se trouvait faite, descendit au Noir de la pétrification aussi loin que le peuvent deux yeux en forme d'œufs transparents et, là, elle vit, décalqué sur le noir comme une carte de géographie intérieure, son rêve, c'est-à-dire son creux, c'est-à-dire son nid ou vie....

.... Et le loup-sphinx (bibelot transparent car son contact dépasse la glace quant au froid et son image n'apparaît que vitrée), et le loup-sphinx, réveillé de lui-même, c'est-à-dire de la mort posée en énigme, ouvrit toute grande sa bouche, qui est un phare donnant sur l'esternité, pour annoncer que l'avenir était maintenant passé, prévoyant par là le mariage probable — mais absolu — des yeux et des oreilles dans le monde qui le contient. Son poil a déteint dans l'air et c'est pourquoi il fait si noir... Sa voix de loup meubla le creux qu'avaient fait dans l'espace ses yeux de sphinx, vrilles du cristal :

— « Echéma, le soleil est trop grand pour ma bouche, c'est pourquoi je préfère la nuit ; elle couche en moi et si je coule au fond, je touche un Transparent à la taille de mes yeux, quoique parfois il me dépasse.

La mort (je l'appelle Marche) est le Grand Pôle des cristaux-tourbillons, et lorsque tu la fixes elle croise en toi des rayons qui prolongent ma vue ; néanmoins, il me semble que nos yeux l'ont filtrée.

Nos corps sont des moteurs stoppés au milieu de moi... Dis-moi : qu'est-ce qu'un diamant séparé de l'éclair qui en jaillit ?

— Quelque chose de tes yeux me dit que c'est une eau faite d'une seule flamme... mais l'éclair pris à part se développe avec l'apparition d'une flamme sans feu.

... Le corps d'Echéma est une robe enserrant les formes de la forme absolue (parfois j'en tire un rire, mais il résonne plutôt comme un aboiement dans le néant).

— Si j'étais toi, je serais devant toi ta propre forme attachée à mon ombre.

— Je peux te dire encore que le mot FIN peut s'écrire n'importe où et qu'il n'est plus que le diminutif de l'Infini... Fondu en moi, tu es mon commencement et je te recommence sans fin (avec la fin).

— Nous sommes de la même bouche ; ma voix répète tes mots...

— Loup, quand tu parles, j'entends tinter un glas... et ce glas est semblable à une glace qui reflète, pour nos oreilles, les battements d'un cœur tombé en externité. Qui es-tu, vu dans la glace ?

— Je suis l'hôte d'un pays sans distance et je cherche l'eau qui réveille en larmes la vue de dedans.

— Es-tu mort ou vivant ? Pourquoi tes dents refermées comme un piège sur ta voix qui fait une bosse ?

— J'étrangle ma voix, mais je garde en moi le diamant-son, germe du verbe. Le silence est un bruit détruit par lui-même en toute profondeur. »

...... Et le Silence, nid des paroles émises, couvre de l'ombre d'un sphinx les corps, ici même ressuscités par leur propre mort, que n'épouse plus maintenant l'air, mais la forme sans angle du néant qui n'est point non plus une courbe ni une surface plate.

...... ET LA DORMEUSE... Elle est morte pour ici et ses extrémités sont froides comme l'âme de l'éternité...... À ce moment, quelqu'un frappa trois coups et l'enchantement commença — ou finit.

On ne vit rien car l'obscurité était alors le spectacle proprement dit...

Les trois coups — secs comme le bris de trois os sous le Pied — furent le début d'une fusillade générale.

La bataille du désir-fin commença :

...... Le loup-femme à tête bleue évanouit le ciel.

...... La terre était la différence de deux yeux, l'un brun, l'autre vert, formant un couple détruit par lui-même.

...... Le feu inonda, mais, bu d'un trait, il laissa derrière lui une trace de sang-cendre.

...... L'air devint le récipient de forme nulle contenant nulle forme.

...... L'eau l'éclipsa, mais...

Éclipsée elle-même.

Les mondes se déchargèrent d'eux-mêmes. La négation des mondes fut, pour l'Œil, toujours grand ouvert, une pierre tombale marquée d'un seul mot : NEMO — mot de la Fin après (le préfixe A pouvant prendre n'importe quel sens et en particulier le sens nul) a-près la fin (traduire par fond) de l'Infini unissant alors son manque d'ombre au désir d'ombre de l'Esternité...

...... Et se leva d'entre la mort le Mort-Loup — Mort d'où ?... À cette question lui-même répondit : de NULPART... et néanmoins signa d'une certain lettre qui est une lettre certaine : L — lequel Mort-Loup appela l'esternité par le double de son nom, c'est-à-dire par son ombre alphabétique : ERTERNITÉ - EX - TERNITÉ — l'Air d'air ôté.

(Mars 1949.)

L'OMBRE SAGITTAIRE[14]

PROLOGUE

L'Orryforme
règne orryal

… C'est l'Orrye, froide et grise, qui court les eauflammes jusqu'au cœur éclaté en jets clairs qui la brûlent, c'est l'Orrye, aux veines très dures, qui croise dans tout l'air dégonflé ses doubles doigts aux ongles dévorants, ses racines-griffes vibrantes en Elle *et terminées en lames bleuies autour desquelles le vent fige, comme atteint par* SON *souffle durci… Et* SON *cri, son cri la meurt (cependant elle ne meurt pas)… Son cri, de lèvres rouges teinté, semble un baiser-à-mort donné* HORS LIMITES, *car…*

*… Car les paroles qu'*ELLE *crie se prolongent assez loin pour que nul n'en retienne la part de…, pour que nul n'en puisse saisir l'autre* MUET *dans lequel elle a mis tout…*

Et l'Orrye, dressée dans son Immense, soude creux à creux ses yeux porteurs du germe Noir – noir à l'état d'eau dure que rien n'enclôt… Noir : forêt étanche – L'Orrye règne et à elle seule forme un règne… Elle mène la course et détend les distances ; elle dirige la musique muette, rabat le rideau et rêve le reste.

. . . .

I

(L'Orryrêve)

... Et c'est l'Orrye... orbe d'elle-même – Son nom, porté en guise de masque, ne la protège point toutefois car il germa à l'Intérieur. Et l'Œil d'ailleurs, à force de rayons-fibres, pénètre alors en direction du cœur générateur ; il pénètre, de toutes ses forces d'astre mobile, comme une pelotte d'aiguilles molles roulée autour de la hauteur H – Celle-ci dépasse de l'Œil lui-même ; elle dépasse d'une hauteur égale à elle-même, enfoncée comme un pieu...

... Et si le pieu s'enfonce, ce sont les dents plantées du Loup de Fôl ou Yeur de H... Le sang giclé est d'une belle lumière lourde qui apaise sa soif... Le cœur mordu est un œil gonflé... Un soleil cloué... Le Loup de Fôl allume sa lampe... Son corps est étouffé à partir de son col. Cependant la tête existe, comme preuve de l'Impossible, et le corps, qui réalise à lui tout seul l'Accord Parfait, fait corps souple avec son ombre – portée dans le miroir, entre verre et tain – Le miroir qui les reflète s'éteint car leur image l'enclôt.

Le L de F, au corps piégé, à tête interne, lève le voile, écarte le masque... Il touche un corps, étendu là, une forme trouble, qui le touche de son souffle, le serre avec son âme.

Un peu avant il a ouvert ses mains comme des bouches supplémentaires :

Le Loup de Fôl. « Ma main aux doigts cousus est devenue le moule de ton sein gauche (sur lequel j'ai lu, tracé avec le sang, qu'il était de pierre tremblée) ; et la boule de ma vie s'est brisée entre tes yeux, avec assez de sang cependant pour mettre en feu LA TÊTE. Et MAINTENANT, lève-toi, c'est-à-dire rêve-toi et perds ton poids !

... Le soleil pris entre nous est bien pris entre deux feux qui, croisés ensemble, font une croix sur laquelle on l'a cloué. Mais ce crucifix n'est pas fixe car j'attends la nuit.

... Au clou de ton cœur j'ai fixé mon bras droit ; c'est l'aiguille aimantée. Lorsqu'elle te désignera un NORD – ou NŒIL – appelle-moi ; je trancherai tes veines qui boiront mon sang.

En attendant, prends mes regards et pétris-les afin d'en faire une Forme qui nous ressemble... L'Œil de Loup s'appellera : TOUCHE. »

Celui qui parle... celui qui parle[15]... il se souvient de l'Avenir car, piégé en surface mais battant un cœur de fond et le battant à la vitesse d'une rafale hors du temps, il a déjà vécu le second tour du cadran-cadran. Et sa tête, aux yeux sans larme cousus au feu, sa tête n'est emplie que d'un seul cri, ou lueur de gueule, faisant Forme avec elle[16]. – « Le four bleu d'une nuit à moi disait la Mort. – Le grand Nœil du Yeur de Fôl qui n'en use point d'autre disait le Yeur. » Et celui-ci demeura roide comme le cadavre d'un rai de lune gelé soudain avant même de toucher terre.

Alors la Forme trouble – Achama ou Echémer – peut-être quelqu'un d'autre – prenant le vent en biais, trancha, de ses ongles semblables à des dents, les fils, ses veines inutiles, qui la reliaient au ciel un peu mou, prolongé hors de lui-même. Cependant elle reste en suspens, entre éclair et chair[17], invisible derrière la vitre qu'elle s'est choisie.

Le Yeur de Fôl, maître des yeux, demeure roide, quant à son corps flamboyant, mais porté par sa voix, devance l'étoile-fusée dont il formait la tête :

Le Yeur de Fôl. Achama, femme ou flamme, fais-toi présente et allonge-toi face à la lampe qui secouera sur toi les papillons ardents... Allonge-toi toute nue dans ce cadavre qui sera ton lit... Et Il viendra sur toi avec les gestes lents d'une très vieille racine de chêne ; il viendra fouiller ton cri avec ses dents... Et de son cri durci il te prendra de force... Et son arête dorsale se fera scie à travers toi. Cependant il en mourra, quand sa morsure deviendra noire, et tu seras marquée, ou plutôt enfoncée, par cette couleur de naissance finale qui s'empare de tout mon œil et le transforme en loupe-de-nuit lorsque je l'ouvre trop grand.

Alors cette naissance inverse te fera prête pour moi ; à ton contact nous prendrons feu... Mais réponds-moi ! Éclate tes lèvres et ouvre toute grande ta voix, car ma gorge s'étrangle !

À ce moment il détache du mur — qui est la mer debout — LEUR miroir, où s'est figée l'image de la face exsangue, et le place dans le lit, plié comme un drap. Il lui parle avec la voix de sa couleur qui est la Blancheur, c'est-à-dire qu'il lui pâle :

Achama, Ame H ou Echémer (ainsi je t'invente), réveille-toi !... Je veux qu'en face de moi ton corps fasse avec le mien un grand H dont la barre horizontale sera ton regard plongé jusqu'à mon « Autre » (je le porte au milieu) ! Réveille-toi une fois pour toutes et tout entière cette fois... À ce moment tu deviendras la Yeuse de Fôl ou Madame H... Alors nos deux têtes feront la mienne.

... Et, nos deux têtes se trouvant refondues, nous entrerons, d'un même pas pour nous deux, dans l'avant-première dimension — Quant à moi, avec la quatrième, j'en ai bien inventé une douzaine !... Un jour que je vivrai « vie-Blanche », la quatrième dimension des H. ommes — je l'acquerrai en nous — fera de moi le YEUR À TRAVERS YEUSE ou encore le HORS-D'ÊTRE ; et de nous je retiendrai un corps complet retenu par un fil avec lequel j'aurai cousu une doublure de mon âme.

Un vide, ou vie de Rien, passant d'un geste invisible sous la paupière, lui rappelle l'existence des vitres.

(LE YEUR DE FÔL apparaît fou ; son Être hors lui-même, le chasse... C'est pourquoi il se dédouble — jusqu'à la forme informément finie et contre forme — et de toutes les directions parle à la fois) :

Y. de F. Echéma ou Echémer, si ton nom est, je puis l'écrire de deux façons — à la puissance zéro... ce chiffre étant multiplié de mon chiffre propre : moins-zéro ou mort chiffrée... Si ton nom est... Echémoi, ton prénon qui est JE, si ce n'est TU, me rappelle mon initiale-indice : Y... Cependant l'anonymat, indispensable à ma première seconde, troisième et ainsi de suite personne, exige que je l'entoure d'un X et d'un Z de même taille et même couleur. La trinité étant alors la figure géométrique de l'invisible-passe-partout-passe nulle part et ses trois angles étant alors les trois points terdinaux pointés comme un seul doigt (ils sont égaux et donc superposables car le triangle est équilatéral) vers POINT-LA-TERRE qui est le point du vide... il en résulte que la trinité n'existe pas.

... Ton prénom qui est JE, si ce n'est TU, me rappelle mon initiale-indice : Y... et de *Yeur* je me fais *Jeur* ou *Teur*... nous tuant tous deux afin que nos corps ne conservent que la quantité de sang portée par un Seul Corps qui se veut être : ÉCHO (et corps) DE NOUS.

... À part cela — et autre chose encore — sur la terre-tête (le cerveau H-ame la remplira), à part cela, la nuit est nue jusqu'à l'absence de lumière, mais elle te sera un excellent vêtement (de nuit).

... L'absence de lune sera, dans tes yeux, la preuve par deux, ou par d'eau, de ta vue sans quartier.

> Le miroir déplié déplie deux bras, qui sont deux anneaux brisés d'un choc, tendant, en forme de cercle inachevé, des griffes comme des morsures du verre. Le reste du corps est un rai de lune, soudain gelé, couleur du ventre de cette croix qu'on appelle Corps barré... et sur ce crucifix on a cloué deux seins ou demi-cœurs : derniers visages aux yeux rentrés... la pointe des seins étant une bouche tendue, sans coupure des lèvres, à l'Absolu nu.

Y. de F. Echéma, j'ai des paroles de trop ; prends-les à mes lèvres, je te donne le langage !...

... Quand j'ai pleuré, avant de T'être, j'ai pris tes larmes pour l'argenterie de l'Humidité... Si je crois que tu pleures, c'est que j'ai vu du fer fondu couler, comme d'une blessure, de l'Éternité. En dernière nouvelle, on nous annonce que l'Ex-ternité ne serait plus que le souvenir, hors de mémoire, d'elle-même ; ne serait plus que l'Après de sa fin, ex-terminée...

> L'Espace à double feu, la sphère sans cercle tournant autour de soi, à la vitesse de la Vitesse. Mort tournant autour d'un œil, rappelle par sa courbe

sans cou la silhouette, sans lumière des yeux puisqu'elle est Toute Lumière, du Yeur-de-Tête ou Yeur-de-Boule ; un nœud d'yeux à regards courts forme le Couple-Boucle qui n'est autre, dans la Boule où il est Tout, que les deux pôles réunis du mouvement-balancier perpétuel.

Le Y. Hachama, je t'apprendrai à exister sans être... En attendant nos mots sont vides et les morts ne les remplacent pas... Il faut les plonger dans le plomb et les fouler au fond afin qu'ils en deviennent plus lourds.

... Il n'y a pas d'horloge dans la mer mais les aiguilles des rochers indiquent une heure qui est sans chiffre... Si la mer est une montagne, les vagues seront des crevasses gonflées...

... Quand tu t'éveilleras — pour cela je t'endormirai jusqu'au Fond-de-sommeil de la veilleuse[18], bien nommée la Veille d'Yeuse ou l'Oreilleuse, fermée sur elle et jusqu'en elle comme un ballon à enveloppe intérieure — Quand tu t'éveilleras, le soleil aura refroidi — L'H.eure froide ou glacier-cadran — À ce moment l'aiguille indiquera la direction de moins-minuit qui est alors la direction de la tête H, à dimension Y, où se poursuit sans fin le voyage de pas — c'est-à-dire : non — à trépas... à travers une profondeur de trois pas et de moins trois pas dans l'espace.

Quant au reste du Reste, dont je n'ai point parlé, il n'est plus qu'une raie ou une arête amollie à l'intérieur du ventre — privé de vent — du Restevide.

... Et Monsieur H, Yeur en soi, invente, pour l'instant H de la post-ex-ternité, le cadran k, en forme de croix, où l'heure sans H, clouée une fois pour toutes malgré son mouvement, NE VARIERA PLUS.

... Hachama, H-en-moi, je puis te lire... Je t'apprendrai par cœur par l'Alphabet-phare aux 26 lueurs... À la coupure de ton Moitoi, j'ai lu déjà écrit par ta voix, avec du vent remplaçant l'encre.

« Le Printemps sera ce masque érotiquement fou, énormément houleux, éperdument confiant d'un corps à deux. »

Echéma apparaît, mais déjà a disparu ; son regard, s'il devenait une pierre, aurait l'éclat de l'océan vu à travers le fond d'une bouteille vide... C'est pourquoi on croit qu'Elle dort dans l'espace et la distance – le chiffre 10 étant dû au H.asard – dans la distance de deux Zieuses d'O-pales. Sa trace se perd avec celle d'une balle ; l'air est troué : c'est qu'on fusille le vide.

...

Cependant le chœur-moteur, déjouant l'ombre en ses détours, entonne, d'une voix de fausset la *Flammeforme*, flots et glaces :

Le Chœur-Moteur.

La Flammeglace battant pavillon Profond
Reste en Elle-même miroir Interdit
Où par transparence elle a saisi
L'eau des deux yeux faisant couple avec l'Airfeu
Tes yeux des œufs
Deux creux sans l'horizon
Qui
Te mettent à la portée des morts sans nom
Creusant du ciel dans leurs tombes

Quand il fait si noir on y perd les doigts

La Flammefolle court vers son but
Apaisant l'ombre

Son geste long a effeuillé
Les lumières de l'aveugle les noires brûlantes
Qui éclatent de par-dessous
Éclatementorsion de la roche sans yeux

Incendiaires fascinés

Or la Flammeglace était – est encore – ce miroir [Interdit
Qui casse les ailes d'un soleil haut-de-foudre
Et la Flammeflot encore barrière de l'Insensible
Pleine d'éclats d'éclairs éclos

Gèlera
De la même eau glacée
Que la mer
Aux horizons noyés

Cependant que la Tête penchera
Douloureusement dangereusement
De chaque côté de chaque côté
De chaque oreille
Et passera dans l'anneau
Dont le cercle entoure la Forme
D'ombres et de flots

... La bouche d'une seule pièce, c'est-à-dire sans coupure de lèvres, murmura encore quelque chose, mais à quoi personne n'entendit goutte...

INTERMÈDE

Ventouses du Spectre-Cœur, les veines-animaux de la nuit :

Premier Hibou. *Spectateur de ma nuit je découpe la tienne en tranches de feu rondes comme ma boule ou l'œil de Hibou-Taisez-vous ! Et que vos yeux écoutent le vol du Yeur-Hibou qui calcule, au loin, la profondeur de l'abîme !*

Second Hibou. *En degrés ou en minutes...*

Le Poisson-poison. *Je te tue ! La mer de sang me ramène à elle avec la marée.*

Premier Hibou. *7 spectateurs verront le jour que je détiens... Les feux noieront les autres.*

La Salamandre. *Salamandre verte, mante religieuse du feu, je détiens un hibou tout sanglant dans la mer de moi.*

Le Triton. *Il tonne !*

La Salamandre. *Saut de la Limande...*

... La transparence toute petite me tient coincée ; je ferme la bouche du feu.

....

II

a) PARLÉ EN SOI...

— Spectre-Hachama... L'Echémer navigable... La mer nattée comme des cheveux... Certainement elle sera blonde avec la lune peignée... Mais la lune est un peigne... Et le vent une mèche dans l'œil... Et le temps une tête rasée ou une flèche (sa trajectoire sera comprise tout entière dans la longueur de la flèche)... Et l'arc se tend et la flèche file sur place, de toute la vitesse du temps tendu, retourne sur elle-même, imitant en plus parfait la figure, déjà parfaite, du cercle vicieux.

... Et maintenant, le temps n'existant plus qu'en tant que roue dont seuls bougent les essieux, j'ai arrêté et tué le mouvement perpétuel alors sans défense, quoiqu'il affichât : DÉFENSE DE TOURNER, et je recule... allant toujours et toujours de l'avant devant moi jusqu'au commandement : FIXE ! auquel j'obéirai car il viendra de moi...

... Mais si le temps est une tête, alors il est une tête tombée !

... Et l'Echémer... je l'ai bien vue et même atteinte car mes yeux-touches, qui étaient mes boussoles, m'indiquèrent SA direction. Et l'air planeur, vitré d'une eau troublée comme un miroir reflétant l'image-airmage de la Mort ni mâle ni femelle, proposa l'Echémer comme seule héritière possible de quelques trésors, 13 sorts solides, à interpréter selon la forme de leurs ombres projetées sur le plan creux et clos de l'INTERDIT.

(Derrière le rideau-mur se forment déjà les têtes à saisir.)

— Ensuite, je passai outre l'espace à double tranchant et me quittai ici pour me reprendre tout entier dans le bruit de ma chute à double sens qui s'acheva en sens unique, contre le plein-vide du corps d'Echémoi, à l'instant très précis où éclatait, comme un pneu de commandement, le mot : FIXE... Alors, debout dans le sens de l'horizontale, je me raidis militairaterrement devant Moi-même qui saluait en passant ses troupes.

… ET MAINTENANT, selon le théorème-moi-même applicable dans tous les sens (le non-sens étant reconnu affirmatif) je reconstruis la nuit prise dans son piège et inversement proportionnelle au carré puis au cube de sa Profondeur-Zéro projetée à sa surface en forme de pyramide-ballon, d'outreflamme ballonnée ou de barque ovale, pareille en ce cas à un œil creux retourné et porté par la Nuit qui se retrouve alors portée par elle-même.

a) … Inversée, la nuit me casque ; inversé, je casque mon ombre… Et cette nuit-là s'appelle mon Surnombre.

b) … MAINTENANT : mis au futur il est main d'aveugle jetée en avant : Maintenavant.

c) … Un certain Cœur touché par la Griffe blanche (L'épée à 6 branches, rougie à blanc) éclate noir[19].

d) … Ainsi je dévoile mes couleurs que je dédouble et allume, à chaque lame de fer-éclair du chandelier à 6 pointes, 6 larmes sèches, ce SIX-SERPENTS à tête unique dont je suis le globe.

P.S. — Tout cela demeure très flou, mais celui qui tient la clef ne s'est pas encore déclaré, alors que j'appelai… Et si quelqu'un veut la parole je lui passe volontiers la mienne, laquelle se trouve comprise entre le bruit et la parole (toutes simplifications faites).

b) ÉCRIT EN SOI…

Lettre incombustible rouge blanche noire pour usage flamboyant

Messieurs,

… Le soleil est presque fou !… Je prévois ici l'extension puis l'extinction de la torche à flammes-feuilles-vitres au centre de la tête tranchée, je veux dire de la terre… Et, levant la tête et, puisque celle-ci est inversée, regardant en dessous, je vois, pupilles rentrées, l'Avant-Première Dimension traverser comme une aiguille la vitre-pont des trois dimensions déjà connues ; je vois… et je fonds dans ladite dimension à coefficient moins un qui est un Accroche-Yeur, messieurs, ou un Accroche-Croches, ou un Accroches-Trous, ou une main sans limite des doigts, ou un sexe géométrique dans l'espace, ou... ainsi de suite...

À ce moment (lequel ?) je passe derrière moi et, néanmoins, précède ma démarche et lave mon ombre, projetée sur mon dos, afin de faire ressortir de sa blancheur naturelle la Blancheur d'air de l'os, ou AS de corps déplié et étalé sur la table-du-dessous...

J'avais alors sur moi : une photographie du néant (un peu flou cependant), une dédicace de l'Éternité (avec point final indéfiniment répété à l'encre invisible), l'image de Dieu à l'image du Noir et l'arrière-fond, vitré et dépoli, d'un horizon vu hors mesure... Et, dans ladite dimension, avant-première en date, je glissai ce Fond arrière, bombé comme une loupe, entre mon nœil et moi — Ma tête en fut grossie...

ENTRE PARENTHÈSES

L'Horizon-en-profondeur (vu de Derrière ou d'Après car la tête, ou la lune, serait aussi, dit-ON, un cadran hors cadre variant ses heures avec les couleurs du visage, selon les lois et les besoins d'un hasard bien organisé)... cet horizon-là s'appelle l'Horifond. — Et j'ai su depuis que Minuit était rouge, mais qu'une subite pâleur de la face appelait l'aube... Cependant les cernes sous les yeux ne signifient rien quoiqu'un cercle tourne sans fin, un cercle que forma, dans un manque d'heure, le temps, serré en boule, à l'aide de ses deux bras joints par les mains...

... Et je me dis :

... Si la Mort était Femme, son milieu serait alors mille yeux, distants du temps, retournés vers eux-mêmes.

... Le sexe de la Grandemort X serait une bouche sans sortie proprement dite, emmêlant les mots.

... Les mots de la Mort sont comme des morts qui perdent peu à peu le sens particulier des mots et d'eux-mêmes.

... Enfin la Mort ouvre hors de... Mais l'encre meurt et l'Invisible apparaît, qui rend les mots et les lettres invisibles.

L'Après-Mort est près du Fond (j'y ai plongé et descendu peu à peu, mais le fond m'a RECULÉ hors-de-fin). Et je quitte cette mort-ci pour m'achever Ailleurs descendant ma montée jusqu'à ce qu'arrive... jusqu'à ce qu'arrive...

....

INTERMÈDE–FROID

... Et c'est l'Orrye qui hurle, roide et hors-cri, et c'est l'Orrye, dressée dans son immense, qui mène le temps et tend l'airpiège, prononce le silence, reste le Règne et l'Araignée prise hors de vie par la Mort-tuée !

Immense est-elle ainsi l'Orrye, gonflée du ventre de ses trois filles nées Elle-même : l'Ophye-Opye, l'Oglée et l'Ourdre... Certains coups de sonde et chocs de cœur donnés APRÈS *!...*

> *... Et le Chœur apparaît ; le chœur des Yeuses paraît... Ou plutôt des voix apparaissent, elles ressemblent à des sons retenus dans la caisse silencieuse du Violon-Voyeur :*

Première Yeuse. *Il neigeait toute ma vie sur la douleur, et voilà, au fond de moi je reconnus cette neige, au fond de toi je la buvais, au fond de nous était un corps ; j'étais le froid et je savais... Ton nom grandissait, ta voix brûlait, le feu sortait du sang...*

Deuxième Yeuse. *... C'est le bonheur, me dis-je, la neige de mon bonheur ; mais derrière encore sortait l'océan, et mes démons, et tes démons. Le feu de neige apparaissait sur les cités des loups, à l'heure maudite des fées perdues et des pierres ; et j'étais là, mon cœur percé, la rose de ta douleur broyée sur le visage...*

Troisième Yeuse. *Un nom était de trop ; nous le tirâmes au sort. Le crépuscule marqua ses morts, et, parce que j'entrais en toi, tu me donnas ton nom. La neige de la douleur luisait sur toutes les rampes ; la neige de tes couleurs sortait en moi ; les murs se rapprochaient ; et désormais, entre nous deux, un seul cœur fila le sang. La mort avait le pied, son pied de neige, croché derrière une ombre...*

... Alors vint le dégel. Il sera, m'as-tu dit, comme cette ombre mauvaise de demi-lune que je vois dans tes yeux ; il viendra à

l'heure H où les corps se reforment, où les visages prennent cette teinte éperdument fatale de la neige piétinée. Enfin vint le dégel... et nos visages étaient sanglants... Je me levai au fond de toi et je naquis...

....

III

a) À L'AUBE OUVRANT HORS DE...

(Recueilli par H ou Y ou la Diamantre sur feuilles de vitre à l'encre morte ; à l'encre morte, contenue dans un flacon pâle où l'Invisible-Un égoutte son surplus.)

... L'OPYE, en air lourd... vise des yeux qu'elle vivra — Son nom deuxième par ordre de pesanteur est aussi : OURDRE...

... L'OPHYE-SOLAIRE... saute le Double !... Et le miroir qu'elle fit geler devint ensuite le fermoir à airclef, auquel se heurtent et se brûlent les ongles, les Invisibles, les Invisieux et les Dividieux.

... Et l'Inviseur-de-mer ouvre la voix-Ophye-Opye comme une bouche-boucle de silences ; l'Inviseur fait jaillir de la Bouteille, pour les oreilles-lanternes des Grands Verres, les mots qui font des gouttes :

L'Opye-Ourdre. Ah !... Son cœur, son cœur, antre clos ! Vase cousu dans ma peau...

L'Ophye-Solaire. Et le SILENCE... à portée de mon ombre... l'unité noire qui dit beaucoup... le Muet de ma vie ! Et d'autres veulent l'éteindre car son creux perçant les brûle... Leurs bouches sont grandes ouvertes dans un ballon noir...

L'Opye-Ourdre. Car ils vont tous mourir !... Leurs cœurs comme des AS chavirés... leurs bouches comme des cœurs décousus et parlant... leurs corps comme des échos noirs...

L'Ophye-Solaire. ... Et leur sexe nouveau, unique après EUX-MÊMES, sera un cœur sans battement...

L'Opye-Ourdre. ... Et les loups seront très beaux car on verra leurs cris brûler sur leur gorge...

L'Ophye-Solaire. La direction à prendre est indiquée par l'ex-index ou le doigt creux...

... Quant à moi je m'éclaire de mes cris et déjà je n'y vois plus qu'en moi... À l'heure dite, si j'y suis, je mourrai une Autre vie...

L'Opye-O. Je bats mon cœur Ailleurs.

... Et mon chemin me suit !... Un peu plus en avant, et j'avance sur les eauflammes !... Et SOI devient une croix barrée en travers des membres.

L'Ophye S. Ailleurs encore, ton cœur te PRENDRA avec des veines-vampires... Il y aura mes veines après ton sang... Je te tuerai !... Mes griffes te donneront des doigts...

L'Opye O. Mais mon âme est ferrée ; tu buteras contre moi ! J'avancerai d'un bras mon destin !][20]

L'Ophye-S. Mais ma bouche est plus rouge et mes Dents sont plus blanches car je donne feu et froid ! Mes dents encrées à la pointe de ton cœur le continuent dans l'espace ajouté de ma Masse... Et bientôt je t'annule... Et ta chair étant en moins, ta vie criera plus haut...

... Mais non !... Ta vie criera plus faux et la mienne plus haut... C'est bien cela !

L'Opye-O. Je vivrai donc à mort ?... Si c'est ainsi, tu sera ma PERDUE, ni homme ni femme !... Prends-moi LE sang ; il t'appartient afin que tu t'y égares.

... Mais recule-toi... J'ai vu apparaître l'Inviseur-de-rêve, l'Inverseur de règne !...

(La mer s'inverse ; elle apparaît comme un casque retourné. Et tout au fond, ainsi à la surface, les Invisibles et les Invitreux, les Invisieux et les Dividieux serrent la Diamante aux côtes tranchantes qui, goutte à goutte, saigne dans leurs têtes l'Incolore liquide.)

L'Opye-O. Regarde-les... Ils écoulent une mer taillée dans le plus dur du vent !

L'Ophye-S. Ils me font signe et me désignent à leur index...

L'Opye-O. Ils résonnent un flot du cristal.

L'Ophye-S. Écoutez-les... Ils disent... ils disent...

Les Invisibles et les autres (sous forme de ballons transparents).

L'Ophye-Opye, viseuse visée ; à travers elle double, j'ai vécu toute la vue...

L'Ourdre Solaire : la horde-H des Êtres-Percés, séparée en deux creux dans l'air-trou...

La Diamante, ma Connaissance : vizieuse intouchable, c'est l'Être-larme que j'ai fait vivre en la taillant, en m'y tranchant. L'Odiamambre et le Flamboyambre sont ses gouttes et ses éclairs... ses fils...

... J'ai arraché son Être humain ; je défigure sa voix.

... J'ai glacé en elle la Femme, et j'appelle à sa forme et à ses faces, encadrées par la mer, les Êtres-Vitres, les Êtres-Trous qui percèrent dans le MOL D'HOMMES pour ressortir ensuite à la surface de l'Intérieur où le Grand Souffle gonfle son nœud.

(Ils plongent comme un seul sous cette mer intouchable qui signifie 7 fois la mort, et descendent peu à peu, mais le Fond les recule... Ils descendent peu à peu leur Montée de ballon jusqu'à ce qu'arrive... jusqu'à ce qu'arrive...)

L'Opye-Ourdre. ... C'est aussi le verre à l'âme, la vague à l'âme... Elle TE tombe et coule TON ombre... Tu es Perdue !... Je te suis due !...

(... La mer-Invisieuse : mer naufrageuse, naufragée dans les grands yeux... Et, chavirée par l'Ourdre, elle éclate de l'Ophye-œil... Et l'Ophye-Œil ?

L'Ophye-Œil est une paupière des yeux — Elle dépasse le regard et se perd par vision...

L'Opye, en air lourd, vise des feux qu'elle a vécus.)

b) À L'AUBE FERMÉE... LE NOIR REGONFLE

... Et l'Orrye achève son cercle, continuée autour d'elle par la Forme Oπ-nombre infini qu'elle multiplie par l'eau c'est-à-dire par une partie d'elle-même. Et l'Orrye verticale plante en droite ligne un centre qu'elle ne définit pas. Elle étanche son creux et s'enveloppe...

Elle développe son feu à cause des glaces qui lui renvoient l'éclair de son sang... Une certaine voix se consume lentement...

Une certaine voix broie à vide un tour éternisé du cadran à blanc... Il est Orr-heure :

— « L'Orrye, j'ai écrit dans ta tête et j'ai relié, en parchemin de ta peau, mes manuscrits futurs... J'ouvre ton règne Hors-d'être et la Toilarègne dont tu es l'araignée haute et basse...

... L'Orrye, fermée hors rive, ton nœil me noie, ta face me tue ; j'étouffe car ton rire m'est tombé du très haut de ton souffle avec une main sur ma gorge, et ma bouche s'en est fendue comme une courbe sabrée... Et ma voix reste outre cri...

L'Orrye, rire hors de rire, si tu le veux, je t'ouvrirai ma Mort avec la magüe-scule M muette ou Emclef ! Et, ainsi déchaînée, la horde-au-cœur te sera un excellent corps mordant... »

... Mais la voix, l'air l'a broyée, l'Airbouche l'a remplacée...

Quant au Noir, c'est un couloir sans bruit qui coule dans lui-même. Son nombre N (lettre comptée) est pair et impair !... L'Autre y est pour toute SA nuit au fond arrachée.

... Et la Réponse orryale — en forme de corps I ; ainsi vue par l'oreille — viendra en son heure qui est un œil au fond de l'horloge...

[... Et l'Orrye, rire hors rire, ainsi déchaînée, la horde au cœur, l'Orrye, dressée dans son immense, soude creux à creux ses yeux porteurs du germe noir — noir à l'état d'eau dure que rien n'enclôt, noir : forêt étanche — L'Orrye, couronnée d'eau, portant ainsi l'emblème de l'étendue qui ne la contient plus... déchire une à une les feuilles du grand Livre-Miroir, mais... se trouve prise à mort par la dernière page, vierge d'encre et de blanc, dont la couleur nouvelle la brûle.][21]

(Avril 1949.)

[Et, d'Ici-Bas, un être vit lui-même,
Tout brûlant mais l'œil glacé,
Sortir de sa peau, avec
La peau de rêve...
À ce réveil qui me glaça,
Je me vis debout près de moi,
Mes jambes ayant verdi au pied
De l'arbre qui rêva de soi...
(Comme la mer avait fleuri sur moi...)][22]

SPECTREUSES [23]

PROLOGUE ET LETTRE - A - FEU

Messieurs-de-Debors,

... Je suis ce que je suis et ce qui me précède — Ceci dit car je me double et dédouble. Je suis À L'HEURE *tournetonnante — exacte quand même — et* À LOUP *avancé jusqu'au tonnerre de l'horloge-tempête et du temps-fou — car j'ai bien vu mon être se battre d'étincelles qui seraient des yeux libres ! Je me veux donc Meurtre ou Mortre (ou à peu de chose près) selon le vent... Ceci dit pour maintenant me et vous dire que : ... le tourbillon dura trois jours — dont le dernier ne s'achève plus — et dans ce temps, la nuit, triangle d'elle-même, ferma la boucle et la bouche d'un soleil géométriquement démontré faux ou insoluble...*

— Ceci dit pour prédire que : le silence ou son problème, le silence nouveau-né, quoique d'Ancienne Vie et d'Informe absolu, prendra la voix qui mène à Tout et jaillira — comme d'un seul nez prolongé outre, puisque la bouche est close — et jaillira, Silence Seuleil, pour souffler la flamme blanche qui brûle la vie et pour appeler jusqu'aux « ténèbles » aux oreilles qui aveuglent, l'Astre noir, lustre d'eau, le POISSON NOIR, *lustal et spectal dans son fascinant-rayonnant...*

(Ceci dit et prédit, je prévois, tout proche de voir moi-même, que JE *deviendra* HIER[24] *et, dans les suites des temps, la mille et unième personne... concluant, de ce fait, la conjugaison restée en suspens, du verbe sum aux temps brouillés et confondus.)*

.... Enfin... l'Ortale est là créée plus tard — et je la cite pour me conclure, ainsi que cette lettre... et la situe hors d'ici — l'Ortale, à la Mortcreuse soudée — entre autres, car elle est Autre Philosophale — l'Or... au rêve noir, au secret Loup-Lueur qui veille à velours d'œil ; l'Ortale, pour fin, que déposa dans l'avenir, à l'entrée élevée — je dirai sans accès — du souterrain d'Orbetombe et Ombrebaut, le Maître Fou — signant ici — d'une main qui n'en peut mais, quoiqu'elle puisse beaucoup plus.

.... Et je me tais, car j'ai conclu, vous priant, toutefois, d'ouvrir vos yeux qui ne sont pas des étincelles ; de les ouvrir sur vos oreilles et d'écouter toujours, attentifs de vous — z'à — moi, car j'ai beaucoup encore à dire, que je ne dirai pas...

....

I

(AURORE MORÉALE)

En Ombretombe, esternité mouvante, impossible pour quiconque n'arrache la Face du Masque-Confondant et ne le porte, oubliant ses traits propres, en signe de deuil de son deuil...

... Les formes naturelles... les forces-fauves, après viol et mort de la grande Mortvitreuse, toute forme informe, blanche d'un sang qu'elle n'a pas.

— Aram, depuis l'éternité, le globe-glace et sa rampe où pèse ta main droite comme un poids qui nous lie !... Depuis l'esternité, la Chosemorte... le Chasse-sang... Et j'ose ouvrir tes yeux qui sont alors les coquilles des miens...

— ... Quille du navire qui m'emporte, que tu portes ! Se peut-il ?...

— ... Que tes mains lisent la dictée de l'heure totale, noire, car infinie ? OUI !

... Mais ton nom, Aram, reste voilé pour moi ; c'est une voile pour mon corps penché vers ta droite ; et mon corps rame, c'est-à-dire bat, car j'ai livré en lui combat à l'Invisible-Torve qui garde secrète et glace en nous la ténèbre qu'il dépasse. M'as-tu saisie ?

— Je t'ai saisie à l'étreinte de morte, à l'instant resserré qui s'imprime, en un seul doigt-épine, dans l'Œil-Pierre, dans l'Ombrepère. Je t'ai prévue, c'est-à-dire que je t'ai vue entière jusqu'en ta tête tranchée ! Ouvre-toi pour nous deux, d'un seul cri, et brûle-toi à moi qui te coudrai !...

— Aram, je serre la mort et je crois me serrer... Mes bras sont mes ventouses fatales... ou toi... Et déjà tu perds de moi comme je perds de ta pesanteur, comme je consume la mémoire de ton ombre, car, cette nuit, s'est donnée la solution du problème d'ÊTRE, et déjà, les fils de tes veines font partie de la toile que tissent les fils de mes doigts... et inversement. S'ouvrant en nous, il y a désormais un chemin qui n'existe pas ; c'est le bon et le seul. Prends-le et emporte-toi !

— Tes abîmes sont mes stations, Ombre-d'ombre ; je te suis !...

Les « apparus » resserrent l'étreinte ; l'Ombre-nature fait poids à vide...

Alors, les chairs prennent la forme voulue, quand, pétrifiées, elles ne saignent plus. Et l'éclair — le poignard — retrouve sa lame au fond, mais TUÉE, et donne vie-glace aux morts : Naissance au sexe Écarlate — Éclate-Vie — Naissance avec la Mortre par le Grand Ombe... Le Horsdombre...

... Et, tenues aux vases de l'Étang-ventre qui étouffent et expirent en bulles lentes, s'épuisent les Formes rousses et eaux, écloses comme les prunelles de l'arbre, aux formes encore horsformes et froides, tirées des griffes, accolées sans contact :

— Ombre d'ombre, ta mort me défigure, ta gorge m'arrache, tes lèvres me figent ! J'ai incarné ton sang, et, tout rouge, comme pris dans mon propre meurtre, j'ai levé de mon front qui te sent l'Être-Vif dont je suis père et amant...

... Et, dans son moule, s'est animé le petit corps exsangue, vaste car à jamais vague, au cœur d'humus mordu de griffes blanches, aux veines d'eau salée, lianes liquides, aux yeux verts-silence d'ombre, prises à l'Étang — Le vague remué...

— J'ai crevé un masque et ton rire a jailli comme une bouche neuve...

— Les yeux furent des scies ou des couteaux noirs... et, le masque brisé, le Brouillard de Devant devint pourpre et corps plein avec des plaies où la chair commençait...

— Et je me tuai... c'est-à-dire que j'arrêtai la terre en un seul point du soleil déjà fou et j'étouffai le CŒUR...

... Mais il me reste encore notre sang et ce qu'il tache !...

— Et maintenant, l'heure est venue de vibrer hors des cordes, viveflammes et griffes... Tu es marqué d'un cri poussé avant le vent. La Lumière Sourde t'illumine et me déplace vers ta présence, nous ouvrant jusqu'en ELLE-MÊME, qui est à notre image, comme des ailes inaltérables sans corps transparent !... Je serai ta Femme...

Et notre meurtre, car nous tuerons, nous sera plus facile, car il apporte la vie... Un bien beau meurtre ! Et le sacrifice est parfait puisque le sang ne se perd plus mais s'épanouit et NOIE la Proie au cœur d'elle-même, fuyant les veines vers les veines, jusqu'à la bouche qui SE boit... Et cette encre transparaît sur mes doigts, car j'ai signé, Aram, la feuille sans lignes déjà marquée d'un signe d'angoisse...

... C'est l'engagement d'un Infini qui se ferait mortel, fût-ce même en tant que mort, pour approcher ses lèvres d'une bouche, même exsangue ou de plâtre moulée, qui ne se dérobe pas...

— Chaque nuit, j'ai descendu au gouffre un corps incomplet, fœtus d'Après-Vie, et j'ai vidé la coupe ! ô ! serai-je assez loup ?...

... Et les « Ghôles »[25] *célébrant l'Heure Grasse tirent le fil rouge qui les lie comme une sonnette pendue se répondant elle-même.*

II

(AIGLEMORTRE)

Loin de la Tombe Commune, ou plus bas… hors de leur Ombre qui les abîme et les habille d'abîme… les Yeurs-de-nuit, les Zieurs-sans-zieux ouverts, s'animent, portés en Un seul qui se coupe… Et le couloir, s'ouvrant sur eux, sans mur ni voûte, car lui-même SE conduit Partout et finit Tout, le couloir ouvre leur marche, comme une lampe aveuglée que ses rayons effacent – L'obscurité la nomme ; les ténèbres l'ombrent…

Le Yeur Ier, le Ghôle-Vent, doublement Un, ardent d'yeux creux, s'anime, sans bouger, vers le centre de Partout et dresse entre « eux » ce qu'il serre dans « leur » poing ouvert comme un couteau invisible :

– Je t'inocule mon ombre, ou plutôt, mon poison. Désormais, pour toi, le voile s'est déchiré… et tu nous vois derrière. Ni hommes ni autres, entends-tu !… Et nos visages seront des mains qui mordent ; et nos cœurs d'identiques mâchoires-clefs aux dents communes, nos liens à mort, car je t'ai dans la bouche…

– … Et ma gorge continue ta voix qui m'arrache et me tord comme une toux !… Tu tues bien, Aram !… Et le bras de la Balance, qui est le couteau d'os de ton corps, TUE le Bien et son mal-poids… Mais ton mal d'Être se réveille et t'éveille sous chaque coup, à la lueur totale du gouffre (total absolu), car tu es tout-sang et brûlure ; et, si je compte les suicidés-reflets, voulus ainsi par toi, je compte également un nombre double d'yeux de ta face, mortellement vitrés alors, creusés comme des lucarnes du vide.

… Et je t'appelle, alors que ton cri m'étouffe d'un nom à deux : Le Yeur-de-Mour, la Goule-de-Mortre…

– Mais toi, qui es-tu ?

– Je suis Seule…

– Un rêve me rêve… Et je m'y vois me voir !… Et qui sommes-nous si nous ne sommes pas, Ghôles-Vampes pendues ? O ! j'ai peur de SOI !

– Nous marchons vers nous-mêmes ! Sera-ce notre

dernier crime ? Car le sol qui nous porte et nous déporte s'écroulera, touché par ton mal trop lourd pour être posé.

— ... Mais il me reste ta face !... Cette main ardente qui nous agrippe, qui empoigne l'Aigle... J'y ai serré ma plaie...

— Main mordue... poigne qui mord, écrite sans encre, avec la griffe...

— Tenue en griffes, le point du sang... le Centre pris !

L'un prend sa main et la lit ; l'autre lit dans le livre fermé comme une cage et trouve une main prise...

— ... Et l'on a vu les loups ouvrir des yeux la pierre des caveaux, ouvrir les mortes dont le cœur bat encore, entre l'os rouge, comme pour la chute totale de la seconde mort !... Et, proches de nous, nées à mourir, mortes pour vivre, des formes manquées, ombres brisées, comme des éclairs au ralenti, passent sous l'herbe de métal noir. Aram ! tu es mon puits et j'ai violé le rire sans coupure de ta profondeur ! J'ai pris de force ta force... Je tiens...

— Les sorcières dégriffent l'Arbre-antenne ; elles coupent, dans elles, le vent avec les cartes de l'esternité... Mais je t'étoufferai, Goule-de-Mortre ; je te goule et te roule sous mon creux qui m'enracine ; je me veux Seul et cherche ton ombre car je t'aime, car je t'aime avec le cœur-mâchoire qui saisit...

— Tu me tueras sans nous quitter... Je tiens ton double !

— Qui es-tu, toi, et QUI viens-tu ?

— Je viens Ghôle-d'eau et forme à demi... Goulevampe et Louverouge... Et tu m'es en chair !...

Dans cette mer éteinte, chaque mort, rouge et lente, est un sang bu qui nous lie...

Le masque-mère crève, au ras des profondeurs, et le rire intact a jailli, retenu à son Silence, comme une bouche muette agitée de lèvres d'ombre.

... Et, fusant vers en dedans, les flots-verts, jets brûleurs aux éclats de Larmes Précieuses, animent, dans sa dernière forme, la momie au rêve de Loup.

III

(DÉTAIL : ENTRAILLES D'AIMANT)

.... Au bord de l'abîme, une pirouette d'« infinis bonds » détache toute seule la tête qui pique après le saut, pendant que le corps, ou ce qui en tient lieu, reste penché, oubliant de SE voir et mouvoir, flanqué du faux-masque à machinerie riant tout seul de sa seule vie sienne.

(Un peu plus tard, avec la faim du monde qui se retrouve entrailles, les plongheurs, lancés du tremplin, se retrouvent dans l'étreinte dure de l'aimant final, vue de dos, car le DEVANT *n'existe plus.)*

... Un pas plus tard — on tire par les pieds quelques autres — on les installe sur la chaise parleuse — ... et on leur serre la voix :

— Carmillus, mon Or-d'Ombre, il me reste à te quitter ! Et le pacte qui nous lie se perdra de lui-même. Les plus beaux oiseaux ont des ailes coupées... Mais serre-moi une fois sur toi, car nous sommes Beaux-et-Blancs sur noir et formons à nous deux les deux parties d'un Livre que je veux encore sentir fermé.

— Ma tête te touche, mes bras te couchent, Carmilla, et tes bras me rapprochent... S'approcher d'où ?... Je te touche sans te tuer ; je lie nos départs...

— Quitte-toi !

... Et les murs se rapprochent, comme le sol et le corps de la lune tombée en perdant l'air... Et les machines-de-sang, les fusées-sangues et vagues, lancées chacune sans LA *vitesse possible, se rencontrent, pénétrées d'elles, vampires vampés, et explosent... et s'« implosent »...*

Et jaillit le Flot vert — étincelle des corps noirs qui lui cèdent leur présence — visant l'abîme, son sexe opposé, et fendant l'ombre en spectres dorés — SPECTREUSES TERRÉES.

IV

(AUR'HEURE MORCRÂLE)

En Ombredure, Esternité qui n'est...

... Le Poisson-Noir est arrivé dans un soleil de même couleur... Et, sous son signe, les sorcières prennent à la gorge, comme pour stopper ici la nuit, le vampire tourbillonnaire, le Mortraigle aux quatre yeux creusés à blanc, qui fait place à Lui-même, c'est-à-dire à sa femme mâle, passant en elle de par sa mort... Et la lumière perdue, car due à l'Externité, s'écarte des ténèbres comme l'écriture d'une grande page qui s'efface — jamais marquée d'empreintes — et devient le poids-juste dans la Balance qui pèse le pour-la-mort et le contre — ... Se font rouges les « Ténèbles » plongées dans leur cœur vide...

— Chaque nuit, est descendu au gouffre un corps incomplet, fœtus d'Après-Vie ; et la coupe est vidée — qui d'abord fut... un vide...

— Le Loup-Lueur, autrement et mieux dit : Carmillus-le-Morcrâle, entend s'ouvrir à hauteur de sa gorge, en signe d'infini, la face doublée de CELLE et de SOI...

(Il meurt les yeux dehors, c'est-à-dire qu'il amortit.)

... La mer qui s'ouvre est l'œil d'une bouche fermée... Et le plongheur morcrâle, cherchant ses lèvres, revoit son Double que lui renvoie, dans le miroir QU'IL EST, la « Mortheuse » aux morsures blanches, à bout de sang, la « Luminieuse » contraire de mort, sans ombre possible. — « ... Et c'est l'ombre impossible, dit-il, de mon amour pour toi ; l'Ombre Impossible est là !... Maintenant je te prends dans mes os que je boucle Autour, ceintures de nous... Et, comme je meurs, j'amortis notre chute, je vise, de mes piques d'yeux, la Vitreuse d'âmes, la Vitre-bouche, qui vit du vide (lequel SE vit de Soi) et d'ombre hors de teinte, de feu éteint et d'yeux de mort dont elle éclôt...

... J'ai retardé l'heure de l'avance du Temps, c'est-à-dire qu'il est JUSTE...

Et la montre, peinte en creux au dos de l'Harbre, indique une heure d'apparence fixe quoique mobile derrière le temps, qui vit... et que je vois...

... Que je force, de ma vie propre... et qui me mord ! — Les deux aiguilles s'écartent alors comme les battants d'une porte — les lèvres d'une mer — et le plongheur pénètre, exact au " Rendez-Nous ".

(Il parle ainsi et parle autant pour les murs, car CELLE *qui est Oreille répond " de Tout ", traçant sa voie, d'une écriture qui crée, dans les remous d'informe de la Pierre-Plante, aux dix sens superposés, mimée et vivante... Moureuse de formes, formant Dellemême la cage où se libère, en Absolu, celui qui s'y étoile, qui s'y... en soi.)*

— Carmilla, ma " Serplante " qui ombre les loups... tu m'as mordu, tu m'as mordu à cette époque où les serpents d'une mer moins bleue semblaient des branches parties de l'Harbre, des tiges en mue ; et ta sève, ce venin vert et foudre, m'acquit un sang de plein feu en des veines où tu étais déjà... Et je t'appelle — je me souviens encore avoir crié — et je t'appelle dans notre langue partagée, l'ENVERS DE VAMPIRE, car... ta gorge m'a mordu aux dents et j'ai brûlé, et j'ai brûlé, faisant partie de notre flamme, vidant le philtre jusqu'à la lie, nous liant ensemble d'une vie pour deux... »

Et le Morcrâle, gage d'absolu, devant le mort, tenant en main la coupe qui ne déborde qu'en Eux où est la source, tenant en âme le Lustre noir et vert, s'inanime tout d'un coup entre les chaînes qui désenchaînent, animé encore par la Lumiéreuse.

Pleine Forme qui joue ses yeux.

(Son suicide le met à vie comme à jour.)

... Et, délivrant ses lèvres en se livrant entier, Il voit, d'Orbetombe future — Esternité vacante —, son ÊTRE, né par deux, multiplié par Un, créant, dans un Baiser donné à bouche de Loup, l'Heure du « Macré-de-Haûl », le Spectreur de l'Ortale... en un cadran de lèvre quadruple.

....

Le Macré-de-Haûl ouvre la porte aux battants de miroir. MAIS QUI OUVRIRA ? L'Hermaphrodite solaire, plus nocturne que l'oiseau de même nom noir, le Chat polaire d'esternité aux mille têtes interverties, Hiboux debout... l'Être-deux-faces dont une seule est présente, quatre fois grande la demie de l'autre !...

Et maintenant, comme à l'instant précis où cette main s'enflamme :

... Que l'Intérieur qui est au noir prenne le soleil par son milieu ; le Lieu Sûr, qui est la source, deviendra Cœur du Corps-ès-Foudre, et la flamme de la mer — la Verte en profondeur — descendra du Très-Bas élevé sur le haut du Ténèbre-Gouffre.

... En gemme germé et gerbe de l'Esprit, de l'Étoile-Mont au fond du gouffre de l'Habhîme sur la montagne ! Et l'Arbre aux branches traçantes inscrira l'éclair muet ; ses gerbes de griffes allument, hautébas, l'Or éclairé...

L'Arme aux ailes éclatées...

Et que celui qui naît au ventre de la mort regarde de côté dans les yeux de sa mère et reconnaisse ses yeux pour ce qu'ils sont : les perles noires à perte de vision, les aigles-yeux, les noirs voyants et aveuglants de l'Hermaphrodite-Améthyste qui prendra vie dans une vision de la pierre filante.

Alors la parole — si elle existe — sera donnée au Morcrâle d'Esternité, Maître ex-mortalité, et les loups n'en continueront pas moins leur course vers un but qui n'en est plus un :

— Que maintenant le soleil me défende de l'appeler par son nom — ou par un autre sans différence de prononciation — si ma tête centrale ne se trouve pas traversée, d'une oreille double à l'autre nulle, d'un éclair sans consistance possible : en la présente situation : la Ténèbre réduite alors à sa plus simple proportion, à sa plus longue expression... un fil de la vie feue ou flamme tissée de foudres mortes, corde à corps de la tête d'Habhîme...

Cécité de nos oreilles... Se brisera bientôt la coupe de l'œil en fracas de verre teint !

Mais Je Sais et l'Habhîme me renvoie à moi-même... à l'envers car ses yeux sont retournés !

Et je conçois la terre par une formule différente. Je la veux plate et peu solide ; des glaces d'air pur en briseront les mers et, la balance étant réglée sans faute, un vide ébouillanté enfonce les barrières.

Ceci admis, on passe à autre chose... car le cercueil symbole repose ailleurs, hermétiquement clos avec un mort à l'extérieur...

....

.... Dès à présent la lumière peut se faire, mais nul ne la verra, car trop forte avec l'Étoile Unique elle ressemble à la nuit. La bête de Sacrilège étend des membres, ou lacets d'ombre, au creux desquels se débat l'araignée. Le vautour fou ouvre des ailes de bois d'où je détache, avec les plumes de la nuit folle, une main de dix doigts brisés en éclairs, fermés sur quelque chose de plus... Une main noire-tenace, petit cœur sans barreaux et bientôt enfoui...

Que la Lumière soit alors dans l'embrasement des mondes, l'Étreinte de l'Androgyne aux deux regards contraires, aux deux bras étendus – comme des branches parallèles – qui se rejoignent, cependant à la pointe du sang de la lune rousse. L'Etreinte sera alors un nœud dans le feu clos ! Et le Macré-de-Haûl donne le signal, pousse un appel très haut dans l'infini, d'une voix à casser le temps :

« – Que la Lumière voie ! »

Et la lumière fut Lui-même en toutes proportions...

....

.... Ensuite, apparaîtra, suivi de ses chiens maigres, le Moèrt-Zombreur, à peine invisible et presque sensible pour les doigts de la morte.

....

V
(FIN ET FORME QUI CONCLUT)

... Mais le Moèrt Zombreur veilla, cette nuit-là, pour achever... Il veilla et l'Interdit fut déterré, coffre-foudre qu'ouvrit et referma, d'un seul tour incomplet, la Clef-de-Zombre (La Mort alors devint Folle)... Il veilla, le Moèrt, Nombreur-Vibreur et Nombre — même de l'Entier qu'il dirige — en direction unique : Espace Pointal, « Horizair » — selon l'horaire spectal du vent-à-tout...

L'Eaurizon, sa mer-à-noir aux yeux sondeurs, au vague vitreur, l'Eaurizon qui bouche la dernière bouche, renaît au Poisson Noir, à la Fin-forme qui conclut... et déborde dans le Temps-pente (noyée une dernière fois et ce sera la bonne).

(L'arbre solaire égrène des fruits qui sont des poids de cœur dans la balance sans battement... Et l'Harbre cueille les fruits... les crânes multiples d'Estern au rêve de Moèrt...

.... Estern était aux loups, c'est-à-dire à l'heure d'avant les chiens... Il s'endormit, veillé par soi, éveillé ailleurs... Et l'Ortale était là, en forme informe de clef ; l'Ortale au rêve de Noir, tenant l'entrée de Orbe-Zombre et liée aux foudre d'un même secret qui se garde soi-même.)

... Et le Morcrâle n'est point un mort — qui s'est penché sur la fosse commune et vit ses yeux tomber... Mais Carmilla perdit son dernier poids et l'Être s'échangea......

(Les sorcières tuèrent un fou dont la voix les entendit et la voix s'entendit : — « Il se trompa de naissance ; qu'il se reprenne du côté du Grand Noir, car c'est sa bonne couleur ! » — Estern vit... et sa vie perdit ses yeux...)

... Et le Moèrt, père capital, leva alors le voile-de-Zombre muré au creux qui a brûlé, CAR IL EST UNE PORTE, et sans serrure postiche, ce qui, en l'occurrence serait une barbe de sûreté... Et le Reste apparut et s'accomplit comme il est décrit dans le chapitre précédent.

(Juin 1949.)

SPECTREUSES (II)
ou
PROSPECTREUSES

I (S)

La chambre verte – mais les couleurs n'y sont plus – où dort la plante qui fait mourir !... Sans plus de préambule, j'annonce le LOUPACTE *aux yeux qui grandissent l'espace :*

– Ce soir, les loups nous cernent ! Je l'ai lu dans tes yeux qui se creusent... Et les sorcières reprennent contact ! Ma voix me dit que si je t'aime, ce serait un grand meurtre...

Pris au piège, avouons nos âmes, mon Estéva. Nous sommes si près que nos crimes se touchent. Et que mon œil rie en éclat de pierre si la flamme H ne pousse plus loin !

Mais je t'appelle, mer de noir, rêve de moi !...

(Il déchire un rideau tendu devant le Trou qui sort lui-même de son trou.)

... Et que je sois le gel si la neige me frappe avant le sol... Je t'aime, silence, belle ou laide, car, hors de danger pour ce qui est de ta forme ou de l'informe de spectre...

Si j'ai mal à nos yeux, trois d'entre eux s'éteignent et l'Unique se quadruple ! Si je suis près du gouffre, mon corps me verra danser jusqu'à ta chute en moi ! Je t'ai... Prends-moi ta vie !...

(Il lui donne les mains.)

– Es-tu prête, Louve ? Ce soir, notre présent va plus vite que nous. Ce soir, où nous tuerons, le Mortueur ferme ses portes et ses mains, c'est-à-dire qu'il les referme sur le poignard...

— Il transperce le cœur sacré ou le sacré corps apparent...

— ... Transparent, cependant, car j'ai vu l'œil du Poisson Noir...

— Il prend contact... Et les sorcières aux cheveux faux de folles brûlent le soleil... Leurs têtes brûlées ne s'éteignent plus ! Et, puisse le feu[26] faire eau de partout et se noircir dans ton âme noire où baigner nos mains rouges !...

— Nous avons accompli... Et le cœur transpercé battra l'ombre où se débat notre ombre ! Mais j'ai fait une fausse mort ; j'accouche de mon bras...

— Et l'ombre a mué en tempête d'eau forte. Et le soleil est devenu fou, alors qu'il se faisait cristal, mais, quant à moi, je me porte assez bien car j'en tiens un autre...

— Estéva-Carmilla, il y a bien longtemps, je t'ai cherchée, je t'ai chargée... mais c'est un secret ! Je t'ai serrée trop fort entre mes deux serpents ! Je t'ai pendue à l'arbre vif qui mord ses branches et cueille et recueille le poison-contre ! Ma naissance fit un mort, mais j'ai tué mon cadavre et j'ai fermé ton corps. Et si je t'aime, ce sera un grand meurtre... Je t'aime !

— Naissance de serpent... Ortale étale... serpent-poisson dans le feu vert !... Le Poisson touche... et je te trouve noire comme d'autres se trouvent mal ! D'ailleurs, assez de mort (ma main en est témoin), car il est dit que notre éclair tombe. Et ce qui nous lie s'appelle l'Étoile Scellée ! Je te nie comme je nous lie... et je t'aime trouble...

— Je t'aime double et nous trouve en un seul... Linceul de corps !...

— Seuil de mort (mais ta voix dit que c'est assez !)

Et mon œil dit qu'il s'est vu quatre... ou quart entier !

— Et la sorcière, sœur d'elle-même, retourne la tête brûlée, grandeur nature. Et sa main crie en éclats du poignard qu'elle tient ! Mon amour sera lourd de tout mon sang-propre et infini puisqu'il me nie en face de nous. Il est centre car tournetourne, hors de cadran, percé dans son milieu qui est nous-mêmes, notre chemin pour un. Changeons de sexe !...

– Mais tu as peur et tes oreilles crient !... Ce soir, nous sommes cernés ! Ce soir, les loups nous suivent, traces de nous-mêmes, races de nos âmes ! Tes yeux se cernent ! Es-tu prête, ma Louve ?

– ... Si je suis près du gouffre, mon corps me verra danser jusqu'à ta chute en moi. C'est la dernière limite ! Et j'ai mal à nos yeux, car trois d'entre eux s'éteignent et l'unique se quadruple.

II (P)

Estéva, arrête un peu ton mouvement lunaire, car nous courons une mer qui ne fuit point la nuit, et si la lumière est, elle se fera en nous ! Si tu vois Monsieur Homme, serre-lui tes pinces autour du col, sans qu'il se meure, toutefois, car ses deux yeux et ses cris blancs nous seront très utiles !... Tranche plutôt les pattes filantes de l'étoile, cette araignée qui nous en veut, et fais-en des liens : tu pendras par l'anneau la tête folle au rire qui s'enrage[27] et, si elle rit encore à l'heure qui la précède devant le temps, je fais grand cas de notre force d'avenir.

Je joins nos mains pour une contre-prière ; et c'est là notre dernier appel – ou tel – vers en haut et tout commence d'en bas...

Mais je n'accepte pas que tu trembles de terre... car les volcans s'éteignent ! Ton seul cœur a droit de battre (mes tremblements mortels l'y portent) et d'éclater en nous d'un sang qui rendra neuf. ... Et maintenant, je ferme les vitres et toutes autres sortes de volets, car je crains que la lumière, fausse entre faux, ne me voie signer ici et te donner mon adresse, qui est : « NOTRE MILIEU » ou « LIEU CHERCHÉ ».

P.-S. – Monsieur Homo te donnera mon signe ; il le connaît car sa gorge est mordue, qui déjà était creuse. Et si son cri t'échappe, ouvre la boîte, où j'ai caché l'objet-méduse, et ferme le vide.

III (E)

Les assassins se sont trouvés, le soleil et le fou font feu ensemble, mais le mort les complète :

— Que ma main gauche se fende en sept ronces brûlées si je me mens !... Mais c'est assez ! Ce soir, mon Estéva, je suis situé : ton centre est mon milieu, pour former l'ÉTERNIXE... Ce soir, bouclons nos empreintes, fermons le mort et son chemin rentré ; faisons un pas, j'ouvre la marche... un... creux... proies et cadavres... Si je dis oui, tu nies ! Mais c'est égal car nos paroles font bloc ! Et l'*Éternixe* te bloque si tu te coupes... À quel rendez-Nous es-tu attendue ce soir ?

— Je t'attends devant le mur tout en sueur... Il se mouille de mes yeux, mais ne transpire pas d'encre, car le pacte signé à l'heure dite sinon redite, brûle de nos mains qui bullent de sang-braise...

— Cependant nous avons tué ! Sommes-nous des hommes ?

— TOUT À FAIT FOU, je suis encore vitral (un autre dirait vital)... Mais ta question reste mortelle !... Je foudroierai le feu d'un cri que tu ignores, ou bien alors... que ma voix se taise car la gorge n'a point de vent !

Je m'étends à la lune. Mais le scorpion, dont la couleur fabrique de l'or, s'est suicidé par couple ! J'ai son dard dans la main ; il la traverse et, prenant la courbe de la queue, ressort, saisi de vie et forme le cercle voulu...

— Les assassins sont immortels ! Mais j'ignore le grand jour dans les yeux clos... Estern, mon âme est possédée ! Je serai très mauvaise avec la nuit qui est ma foule ; je jouerai des os noirs et déjà j'éclate des serpents...

(Elle tord ses poignets.)

— Tu m'as fait mal... tu me fais mal jusqu'à mes dents qui peuvent s'allumer mais ne peuvent t'oublier !... Maintenant le volcan où gonfle mes veines devient ma rage. Vue de profil, c'est la gauche du visage dont je maudis la droite... Entends les sons qui, d'autre part, éclatent leurs lèvres, vibrer à toi comme des mots-gemmes. Car le cristal remue et son gouffre, aveugle-sourd quant au vertige, pierre un langage qu'il a frappé.

... Carmilla, je penche tes yeux ; j'ai peur qu'une profondeur, que j'ignorais jusqu'à un point certain, ne recule devant moi ! Je désire la défaite comme je veux gagner.

(Il sort à gauche, visible toutefois.)

— À présent, c'en est fait ! Nous sommes fixés, Estern, quoique situés et centraux en nous-mêmes. Et maintenant la sorcière « qui m'est d'âme » peut me venir de très loin où je suis, car je la connaîtrai à la teinte de mes mains !

— ... Je te tuerai !... Si mes mains tremblent, tu meurs de convulsions...

Et la voix de métal
casse des vitres où pendent
des soies. La ventouse
d'âme résonne où sonnent
les griffes :

De l'Arbre vertébral les racines blanches,
Perdant des dents moulent
Et roulent dans leurs orbes l'Éternixe qui est
(Tombe de vide tombée en LUI sans fond),
S'ouvrant les yeux comme des ailes secrètes.
... Son ombre qui n'est à passé dépassée
Avant d'y être entrée...

... Sortant en LUI l'œil s'est soufflé,
Flamme chargée de la flamme, noir
De la profondeur. Et sa paupière, peau tirée,
Retenue pierre sépare
Au-dedans et au-dehors l'Obscurité.
(Ombre folle, ombre chargée de l'ombre)
S'ouvrant les yeux comme des ailes secrètes...
S'appelle alors l'appel ; l'appel des LOUPACTES !

IV (C)

La connaissance de l'Amour commença dans les lignes de la main pour finir dans une giroflée de deux chairs différentes... Et si mon ombre rejaillit sur papier-foudre, je veux croire que la folle avait raison (ceci m'explique) !... Car j'ai bien vu – vu et relu – l'étrange éclat de vide de rire rayer la tête en fusées frénétiques tirées du froid qui les reconnaît dans ses glaces – FUSEAUGLAS !

... Verre de rêve... Mon étoile est bien forte, qui m'est un faisceau noir à travers le corps-cœur (l'Essaim-Enceindre) !... L'Œil vitreux dans mon sang, mon cœur... se fait borgne en sa triple vue ! Le corps a dit : « Encore » et ses mouvements grandissent dans l'éclipse de verre noir.

... La solitude de l'Amert... si les figures de la mer retrouvent des yeux noircis... de la dureté bleutée de l'enclume, mes bouches cherchent le cœur dans un baiser pleuré à la pointe de l'âme...

... Excétéra... Ex... Et je m'arrête, faute de souffle et des mots-gemmes, quoique je sache et ensache le Vide de Vide dans tout ce qui contient mon double.

... Bien le bonjour... à ceux QUI VOUS SONT (ils vous ont l'étoile folle) et à la Nuit de ce que vous serez !... Mes bouches se ferment, béantes en intérieur, sur quatre rangs et absolu de vide. – Mes souvenirs de sommeil ! Quant à moi, je me souhaite pour un cristal de fin, l'Éternité, l'Esternétixe et l'Isternétale...

Et, comme le Rire raye ma tête désormais pétrifiée, puisse le cristal m'ouvrir des oubliettes-tempêtes, des lampes de force pointées du Noir entier au Voir-de-nuit... Puisse-t-il alors s'ouvrir et me mourir une transparence où je ne sois que Soi, que Toi, solite ou insolide, mille fois redite et chaque fois différente, hors de certitude, dans mille et infinies facettes diamantes !

... Ceci dit, Carmilla, ceci dit et pris pour toi, je te rejoins à l'épine du soleil et du feu...

V (T)

Estern ouvre la cage, et sortent les H jumeaux. Le soleil et le fou font ombre ensemble ; Estern, dans la cage, ouvre sa voix.

– ... Ne m'en veux point si je te tue !... Mais, puisque tu es là, mes excuses tombent à l'eau, car ta bouche salive et ton ventre saigne !...

Monsieur Homo te donnera mon signe ; il le connaît par sa gorge que j'ai percée... Et j'épingle mon rire... Je l'épingle, monté sur dents aurifiées, mais bonnes assez pour la morsure des étincelles !... Au reste, tu te verras, car j'emporte notre miroir !

Et si ton cri m'échappe... j'ouvre la boîte où j'ai calé l'objet-méduse-métal... Où j'ai caché l'objet-méduse et je te casse la tête de vide. Ceci dit, on fermera la boîte ou notre corps.

....

... Mais je l'ai tuée, bien sûr, en l'espace d'une pensée-chute ! Je l'ai tuée et retrouvée dans l'espace pointé... Et mes mains tremblent...

... L'Aigle-Flamme... Volcan éclos... dévore-foudre !... Trappe de tête (bouche plongée) bouillante pour le métal du ciel et du sol... Stop...

À présent, tout disparaît pour faire place au miroir vide, éteignoir, la place du vide, volcan-fermoir.

... La boule tourne, des deux bords, montée sur dents qui allument... L'Œil-foudre-à-bouche... Point-Pacte... Le poignard à lave d'acier... Top !

... L'oiseau de proie, son bec d'incendie...

... Volcan à flot... vol corps à corps avec les cœurs brûleurs...

... Volcan tremblé... Col d'incendie... Stop !

À présent, la Bouche-Pointe, ouvre bords, roule sur soi, renversée, montée sur dents qui écument.

... Givre lent. Stop.
Le révéleur-explosion...

L'œil d'air... Cratère de verre.
Hauteur de Fond.
Corps éclos.
Règne de cendre. Stop de sang. Top.

A présent, la cage se vide ; mais la voix se fait proie... puis aigle et prend la proie. La terre a pris l'haleine de la bête de sommet :

Perçant l'Œil, l'Aigle-œil-de-fond
Règne enlacé aux glaces brûlées,
Rêve de flamme, l'aile éclatée,
Battue à l'intérieur du globe-flots
Le Révéleur-explosion.

Le Révéleur malgré le nombre.

Malgré le nombre, le nombre,
Les blessures font des couloirs
Et les plaies des rives du Noir...
J'ouvre ta tête où la tempête est folle.
... Où sonne le soir, le noir des arbres se marbre.
L'ombre finale devient vitale
Au Point-Pacte où se lient les deux courbes
recourbes

Et les ailes parallèles
Sorties d'Elles qui battaient
(Devenues pierres ou têtes jumelées,
Vol plombé et chair de verre)
Les ailes s'entredémêlèrent en vol pesant perçant.
... L'Épine solaire pèse le fou-père.

VI (R)

[a]

Au bord de la folie... entre deux yeux de néant... à la dernière limite des foudres, s'élève, dressée d'elle-même – en une seule pointe-filante plongée au CŒUR DU BAS *– la* DERNIÈRE *tour du château d'Estern.*

... Et très au loin, très au loin, les « ghôles » sont en plein vol, vampires des morts et des yeux rouges dans l'air-feu, avides d'un vent qui siffle des fouets de sang.

... Un coup de gong — le dernier ou le premier — sourd et prolongé dans la nuit d'avant les temps, dans l'avant-vie de la nuit.

... Puis un cri, suite de cris très au loin, ou plutôt... un effort vers le cri.

... Les ombres confondues d'Estern et d'Estéva... Leurs voix portées par l'orage de pierres.

ESTERN. — Il est minuit, mais l'heure est déchirée et les douze coups n'en ont fait qu'un. Entends-tu, Carmilla ?

ESTÉVA. — Oui, Estern, le coup de gong, le coup DERNIER... et la coupure d'un cœur atteint d'un mal de néant, mais qui frappe encore quelques secondes au CRIMOROR...

ESTERN. — Grimace de cadran !... OUI, c'est bien l'heure !... l'HEURE qui me fixe, hors de moi-même, d'un seul regard d'envoûtement et qui me fait crier, sans voix, hors de la vie...

ESTÉVA. — Et j'ai déjà senti tomber sur nous tout le poids mort d'un silence d'interdit !... Un geste de la vie me ferait rire...

ESTERN. — Et c'est l'heure où ta mort — car je t'ai tuée — t'ouvre vivante et plus encore, au cœur de moi...

ESTERN. — ... Mais si je suis le maître, je veux que mon crâne s'ouvre, outre cette profondeur de sourd-muet et d'idiot-né... qu'un vent de la stupeur béante m'ouvre les yeux ! Ferait-il jour ailleurs ?

ESTÉVA. — Il fait noir avec des ailes de nuit pendues aux murs. Mais j'ai fermé la porte, mais j'ai roulé et j'ai poussé la pierre... dans un grincement de toutes nos dents.

ESTERN. — Et cet œil noir qui me visite chaque nuit, c'est la lune de scorpion ! Je l'ai sentie jusqu'en mon cœur étanche et les branches de mes côtes s'écartaient...

ESTÉVA. — Pierre d'iris flamboyant, mais sa lumière est fondrière !... Le piège-vision des démons aux déments... Piège et pierre de cristal du devin de tes visions, de tes dix yeux...

ESTERN. — ... C'est la lune de scorpion... Et son dard est un reflet mortel ! Je l'ai senti jusqu'en mon cœur dans une terreur de poignards noués aux mains d'un AUTRE ESPACE !

ESTÉVA. — MAIS CES MAINS SONT FLOTTANTES !

ESTERN. — ... Et c'est encore le Foudreloup aux ailes-paupières !... Son vol traverse des villes mortes !... Mais tout œil meurt en nos yeux...

ESTÉVA. — « Et tout œil meurt en nos yeux »... Et si cette mort n'était qu'une suite DE REGARDS VIDES ?

ESTERN. — ... Mais tout aveugle connaît nos yeux... Et je ne verrai plus jamais que cet éclair en transe de mort, que cette lueur de ténèbre qui danse ma mort... JE SUIS AVEUGLE[28] ! Et cet éclair sera mon dernier cri ! Mon œil pénètre un vent violent, comme il mesure au fond de moi l'intérieur d'un silence de crime parfait...

....

ESTERN. — Mais j'étouffe de mon venin et mes côtes me sont des aiguilles noires !... Et que la terre devienne SANG et que ce sang me brûle !... Et que mon corps devienne alors Géhenne, puisqu'à la Géhenne, je tends...

[b]

Au bord d'une folie double — qui se connaît — entre deux yeux du néant... à la dernière limite des foudres, Estern se dresse en ombre qui cherche l'Ombre Commune et la Formule de la Touteforme... Et, très au loin, veillent les ghôles, au plein vol-sifflement qui coupent des ailes le vent nouveau comme des cordes vocales ou vitales...

— Oui, c'est bien l'heure... C'est bien l'heure où je VIS mon cadavre ! Et comme chaque nuit, le château ouvre ses portes invisibles aux deux yeux d'Estéva, au feu double de la Carmilla, cette ombre-envoûtement, cette ombre spectre et femme, qui me hante nuit à nuit, entre le chien — qui est un loup — et le grand chat sauvage. Et désormais, ELLE ne me quitte plus, pesant sur moi le poids commun d'un silence à doublevoix... Et, comme chaque nuit, ainsi, elle me fixe d'un regard de feu noir au fond duquel je perds mes yeux ; et son contact, alors, qui me pénètre au-delà même de moi-même, me fait crier hors la vie... dont on annonce la projection sur d'AUTRES PLANS.

VII (E)

CONCLUSION, DÉCONTRACTION

Cette femme que je tuerai, le jour de notre mort, cette femme est ma poitrine, mon cœur-décor où je me forme de sept corps différents. J'écrirai... que le soleil est fou : en fait, il l'est bientôt, puisque tes yeux le foulent au sol de la basse nuit. – D'autres raisons encore admettent cette conclusion !...

... EN CONCLUSION : Il m'est permis de rappeler que le soleil lunaire, le soleil numéro 2, mais premier quant à l'éclat, éclata au bord du vide comme une bombe qui touche à son but. – En la présente situation, une bouteille à retardement nul...

Mais tout s'explique... Et la belle folle, qui en sait plus qu'elle n'avoue, sent le froid aux racines fixes ouvrir dans les os des lèvres exsangues : – « Plus de soleil, alors »... Et la nuit, veuve de forme, ferme le puits sans possible ouverture.

La mer est un regard de terre... mais c'est aussi une avance sur le ciel ! Et le ciel devient fou, car la couleur retourne au rouge après bleuir et éblouir. – Et le tournesol de fond prend double taille et double touche, la faute en est au rêve multicolore, chimiquement impossible, pour lequel le ver luisant qui recommande la mort blanche à minuit, a déjà beaucoup fait.

... Et, maintenant, pour achever l'inachevé, je réalise l'accord parfait en appuyant, de suite et de force, un Point Final demeuré vierge puisque jailli à l'instant même, quoique j'en eusse déjà frappé beaucoup.

....
....
....

Cette femme sept fois physique, quoique de mille ans mon ombre, s'ouvrira, sept fois ma femme, la veille d'une création, le jour de notre union... Son ombre m'emporte beaucoup plus loin, laissant ici mon nom – je l'oublie sur cette page car il est dit – mais un langage obscur n'importe – « Le Maître Fou est mort, mordant l'Éternité » – Estern, mon nom ainsi écrit, s'efface alors en lettres perdues de sens commun sur la tombe de Sa naissance qu'Elle entrouvre, Carmilla, qu'Elle entrouvre, puisqu'Elle ouvre les voiles... Et Elle les ouvre... Elle lève le Voile noir d'âme de cheveux clos, pour qu'un visage paraisse ! Et si le visage n'est, Elle lève le vide – La Voix-de-Haut est une pointe du Bas...

.... Mon Arbre est le plus beau ; ses branches sensitives caressent avec le vent qui se dévoile, un air nu qui hante la forme nouvelle : car je me sens unique dans le sens certain du double et, quoique très seul devant le vent, je me vis dans un passé futur et... mieux que l'heure aux paupières transparentes (en l'occurrence, un verre ôté), je vois la fin d'une autre histoire. – Cette plaisanterie est nécessaire, car le besoin se fait sentir d'un rire d'œuf qui fasse ses preuves !... C'est maintenant pourquoi je m'abstiens d'en dire plus long ! le Poisson Noir, qui fixe l'Acte Muet, prend la parole...

(Juillet 1949.)

....

....

LA FORÊT SACRILÈGE [29]

Pièce en 3 actes

Personnages

Ueline, la Noire - numéro 4.
Estern (l'Étranger).
Le Boiteux, fou comme furieux - numéro 2.
La Sorcière ou Extervitreuse - Personnage Noir.
Le chef des rôdeurs.
Le deuxième rôdeur.
Premier homme.
Deuxième homme.
Le numéro 1.
Le numéro 3.
Le Double d'Estern.
Le chevalier.

ACTE I

Scène 1

La Forêt sacrilège. Il fait très sombre, mais l'éclairage se fait presque violet. La Ueline, dont la silhouette se mêle à des ombres qui changent. Ses longs cheveux rabattus sur le visage. Elle va d'un arbre à l'autre et semble chercher...

UELINE. — ... Peut-être celui-ci ? *(Elle touche un arbre)*... Non ! Celui-là ?... Non plus !... Ou celui-là ?... Ou celui-là encore ?... Peut-être me suis-je trompée, peut-être est-ce ailleurs ?... Ah ! Voilà... peut-être...

(Elle s'agenouille au pied d'un tronc noueux et creuse des mains... Elle se relève... Elle semble cacher quelque chose dans ses mains.)

UELINE. — Je vivrai avec ton reflet, mon petit germe ! Tu battras avec mes années comme ce soir la lune qui hurle pour les loups et brûle les yeux des chiens...

... Un joli cercueil se ferme là-bas, sous un miroir de glace qui ne fond plus, et pourtant je suis vivante !... Mais oui, je suis vivante, vivante et mon visage le prouve, qui peut aussi s'ouvrir comme pour rire *(Elle rit)*... Bien sûr j'appelle les loups ! Je ris comme je brûle et comme je hurle... *(Elle s'assoit par terre et joue avec des cailloux)*... J'ai fait signe au Grand-Ombre et par trois fois il m'a crié : « Dénombre-toi ! »... Aussi je cherche le nombre juste et je compte les cailloux... Un... creux... croix... Mais les pierres mentent !

....

UELINE. — … Mon petit être grandit en moi, au noir du sang dont je l'alimente, ma petite plante !… Je l'ai caché sous cet étrange visage qui fait partie de ma poitrine. Enterré très au fond, il pourra croître avec des branches et des fibres rouges et vertes dans mes membres car c'est le germe d'une vie que je me prépare…

(Elle se relève.)

Tout cela est une grande folie… Mais JE SAIS et je suis LA NOIRE ! Ueline-la-Foudreuse se cherche au noir de sa vie…

Mais j'entends un bruit. Quelqu'un ?

(On aperçoit alors Estern rampant entre les pierres.)

UELINE. — Si tu es un serpent, relève-toi, car je te fais homme ! Mais qui es-tu ? Je te connais et te reconnais pour ne t'avoir jamais vu. Je sucerai ton sang, et, si tu te nommes Estern, nous pourrons boire la mer ensemble…

(Estern s'est relevé. Il porte un masque. Il s'approche de la Noire.)

ESTERN. — Les oubliettes de la mer et du déluge savent à quoi s'en tenir et ce que nous tenons ! Se peut-il que la chance nous vienne ? Mes côtes sont tombées. *(Il se frotte les côtes)*… C'est qu'un nombre égal de couteaux est tiré ! Beaucoup de crimes alors ? Et le monde redevient puisque le meurtre y tend…

UELINE. — La soif de nuit est infinie… Et la ténèbre fermera notre marche.

ESTERN. — Mais où donc es-tu ? Quel crime t'a fait briller pour que tu m'apparaisses comme un rayon sans milieu ? Où t'ai-je vue, sinon à mon envers ? Et si un vœu peut nous enlever ensemble, je jure par l'herbe morte d'achever l'ombre au très froid de la nuit…

UELINE. — Ne parle pas ou parle à mort ! Cela alors devient égal, puisque nous ne sommes pas… Fais-toi donc !

ESTERN. — Quand même ton cri ferait deux fumées hors du feu, j'appelle notre époque ! Avant notre rencontre, je piétinais la place qui nous est due ; maintenant notre marche nous dépasse... Mais je veux encore crier un crime... et parfois cela m'arrache la gorge...

. . . .

Estern. – Cependant la situation est nette : je me fais homme en toi !... Et tes seins durcis d'ombre funèbre s'aplatissent sous ma peau, égalisés d'une chair brûleuse où éclate l'œuf ardent...

Ueline. – Et c'est l'éclat de la voix basse. Le ciel ouvert rougeoie de notre amour et siffle nos serpents. Les scorpions tournent une roue que leurs queues qui se dardent courbent encore... Nos hiboux font mouche à tous yeux.

(Ils s'en vont.)

Scène 2

Arrive le fou-furieux-comme-boiteux. Inquiet, il regarde autour de lui et hésite...

Le boiteux. – Personne... personne... Je serai donc seul si l'arbre le permet...

. . . .

Le boiteux. – Je suis l'idoine, l'idole en retard ; et ainsi fait, à un pied près, je revendique mes droits, ceux de ma bête qui me doit tout et même le cœur, ceux de mon nez trop court pour faire une jambe... Ma parole est que ce monde est ingambe ! Aussi j'y boite, à défaut d'autre chose, quoique je puisse faire beaucoup mieux...

En attendant d'être au complet, c'est-à-dire de me porter sur les semelles de mes pères, j'envoie au diable, et même à tous les diables, si cela compte, une pluie qui fait tinter, comme crâne de minuit, le casque éteint de lune...

... Il pleut, c'est sûr, et le soleil en conviendra, qui n'a de flamme alors que dans mes yeux... Je l'ai choisi entre tous, mais il m'est inutile, car je préfère le noir !

(Il jette la pierre aux arbres qui taisent leur feu et perdent des branches avec un choc d'ampoules brisées.)

LE BOITEUX. — ... Et maintenant, qu'Estern vienne ! Il verra son ami dont la joue se tord en corde de chair, ainsi figé, puisqu'il rit sans relâche, puisqu'il ne lâche jamais plus la planche de rire, son ami, le Fol furieux... Estern viendra ! Et sa femme, entre nous formant alors l'angle central et la tache d'aigle, deviendra vraiment femme avant que mon pied-bot frappe le sol, couleur terrestre, d'un seul coup qui en vaut plusieurs...

LE BOITEUX. — ... Estern est mort, c'est entendu, mais son cœur bat en double la charge vive et j'ose ici ouvrir pour lui un coffre de mon corps, enraciné de mes ongles, qui contient notre chose.

(Il déchire sa chemise.)

LE BOITEUX. — Selon cette loi dont notre nature fait grand cas, j'arrache les barreaux ; et que la bête de ma poitrine saute aux yeux !...

... Je sors sa vie *(geste imaginaire)*... mais son numéro d'ordre ne me dit rien car il est faux. Je sors le feu *(geste)*... C'est une herbe qui pousse en nous...

... Enfin le cercueil rouge, racines et os, rejettera ta voix qui s'éclaircit, ton corps qui se consomme, ton rire aussi... et c'est là l'important car l'animal-minus, qui t'agace la gorge, demande des circonstances comiques.

(La voix d'Estern en coulisse.)

LA VOIX D'ESTERN. — Tu veux mon ombre, c'est bien cela... Mais une croix te suffit car un bras double, qui ressort des deux épaules et s'accorde avec la barre droite, fait une ombre assez semblable à celle d'un homme qu'on voit crier dans une solitude de pieuvre... Par ailleurs, cette bête-là t'est toute dévouée ; elle dépose dans l'air de notre mer des bras-scies qui proposent la mort-meurtre comme seule solution possible.

(Paraissent Estern et sa femme Noire plus présente par son ombre que par elle-même.)

LE BOITEUX. – Je te baise l'ombre à cloche-baiser, Estern, puisque je cloche de mon pied gauche... Car je ne mens jamais comme tu le vois ! Tu viens de loin, Estern, mais cette forêt voyage très vite avec ses racines noires sans attache dans l'Ailleurs ! ... Ce sont mes pieds et toutes mes jambes présentes... Ta femme est belle, en sa couleur familière, et mon cœur fait un bond aux trois quarts fatal.

Et maintenant, assieds-toi sous notre ombre car la chaleur est dure ici avec ses pierres saignantes tombées d'un glas !...

ESTERN. – Se peut-il que les cloches nous écoutent d'ici et sonnent le feu avec nos mots sur le tympan de l'espace où résonne l'air flambé ? Sommes-nous seuls, mon fou ? Sommes-nous présents plutôt ?

LE BOITEUX. – Les arbres ont des oreilles, mais mon rire les éclate. Ils se sont tus ce soir, à l'approche de la nuit qui fait partie de l'aube... Quant aux cloches, je les invente chaque jour et seul je les entends !

ESTERN. – Écoute : ce soir j'ai doublé d'âme et mon corps s'est fait homme... Ainsi je triple l'ombre qui me fut donnée ! Cède-moi ta main, veux-tu...

(Il lui prend et arrache les mains.)

ESTERN. – ... Je vois ta ligne de vie, mais elle m'enrage, car ses racines sont celles d'un hêtre où gîte un nid de guêpes. La main m'indique encore l'orage... Sans doute fais-tu du feu au fond de l'âme ?

... Ta ligne de cœur peut s'appliquer, avec des chances de s'y superposer, au grand os du chat-tueur comme à l'arête dorsale du poisson d'air liquide dont la queue est une pièce de choix. Enfin, je lis ta jambe : elle deviendra la trique du vent quand le temps le voudra !

Une autre fois, je lirai tes lueurs ; selon ma loi qui devine tout, elles jettent au loin tes yeux en phares de vide. Mais cela n'est qu'une incertaine supposition.

Et maintenant, dispose de toi comme l'entend ton destin ! Quant à moi je te destine invisible pour mes yeux...

(Il se jette sur lui et le frappe pendant que l'autre se sauve, dressant les arbres avec ses cris heurtés de chocs d'épées comme de poings et pointes rouges.)

Scène 3

ESTERN. — ... Vampires et ventrevies : Ce soir je tuerai ! Et si ma main retombe cent fois, que la centième soit pour te prendre ! Nous sommes hantés, ma Ueline...

(Il se jette à genoux.)

ESTERN. — Et puisque mon corps est noir, maintenant que nos êtres se permettent une couleur, sois, pour une vie recommencée sans commencement ni fin, sois ma Noire-de-moi, mon aurore de velours qui me masque et me dévoile tout à la fois, comme cette fois-ci est la bonne !

UELINE. — Mon amour t'ensorcelle, Estern, et les vampires seront brûlants du sang qu'ils t'auront bu car tu leur appartiens. Mais puisque le sort nous a liés...

ESTERN. — ... Le sort nous a liés...

UELINE. — Puisque le sort, lié aux ténèbres, nous a joints ici, je masquerai nos âmes afin de n'être point vus... quand bien même ce ne serait que du néant !... Car celui-ci, s'il n'est plus rien, a néanmoins les yeux de Rien et je nous veux uniques à nous seuls, visibles pour nos seuls yeux lorsqu'ils se ferment d'un même battement, tangibles pour nos seules bouches lorsqu'elles se touchent et ainsi de suite...

ESTERN. — Ma Noire, dont j'éternise, écoute-moi bien : désormais je ferme notre univers, c'est-à-dire notre crime qui est certain ! Nous serons libres, ma parole.

(Il se relève.)

ESTERN. — Mes membres tremblent et peut-être mon corps est-il en feu ! Dis-moi si c'est ainsi que tu me vis ?

Ueline, je tuerai seul si ta parole me manque ! Mais je t'aime... Et si jamais je perds ma loi, que je retourne alors à la fosse des fœtus où n'accède plus jamais la conscience de mémoire, si ce n'est en perdant le contact... et le bon !

... Et l'Ombre Sagittaire nous ouvrira bientôt une forme de bouche ou une apparence de porte où nous pourrons passer, puisque mon centre te vit... Et si nos nuits sont différentes, du moins que notre cruauté réciproque nous plonge l'un dans l'autre dans une mêlée de foudre de duel dont nul bientôt ne sortira unique-indemne !

(Il saisit la Noire par les épaules et la secoue.)

Estern *(criant)*. – J'ai la rage froide, Ueline, et que la foudre se fasse en nous, si...

Ueline *(elle se débat)*. – C'est assez !... Nos êtres vont se battre, mais déjà j'affronte ta taille de toutes grandeurs ! Désormais nous sommes humains ; du moins pour le tangible. Mon amour est physique, quoique immortel ! Il me donne un secret de destin et m'ouvre la finale d'une bataille de fouets et de bras dont je me sors vaincue, plus relevée que le vainqueur cependant, lequel d'ailleurs n'existe point... Mon cœur présent m'a défendu de l'appeler mais je le jette, d'un bond qui lui sera fatal, devant toi comme devant l'arc-de-vie, l'acte vital...

Estern. – Ueline, je veux encore un crime car cela m'obsède : Fends-moi tes bras comme un flot sombre dont le sang a la première part !... Ouvre ton sang entier...

....

Estern. – ... Maintenant... c'est fait ! Cela est bien et c'en est fait !... Et quant au fou ?...

(Tête du fou à travers le feuillage. Rire du fou.)

Le boiteux. – ... Tu me liras les cartes et les lueurs de mes yeux...

(Il disparaît.)

Estern. – Quant au fou, fœtus de chèvre, si je le trouve, je lui rejoins la tête avec le pied-bot, et je lance cette bosse sans forme dans la mer des serpents d'où son rire ne jaillira plus qu'en bulles de venin vert qui ne seront point les siennes...

(Il part en courant.)

VOIX D'ESTERN. — ... Et je te rejoins la tête avec le pied-bot et... je t'arrache !... Le monde boite sous lui, mais, de sa jambe qui est une trique, je fouetterai son ventre pour y marquer profondément cent et infinies traces noires, pareilles aux fils de toile de son araignée, sa bête fendue de bouche comme les rayures de son dos... Et je te broie les os !... Et je t'étrangle !... *(Cris en coulisse.)* ... Et que son sang coule dans ses larmes car il ment !

(Estern reparaît dans le fond. Il laisse échapper son poignard qui roule par terre.)

ESTERN. ... Et dis-moi qu'à elle seule cette bosse de bête et bête de sa poitrine vaut bien un poumon !...

(Il s'approche.)

ESTERN. — J'ai vu aussi son cœur... il battait des coups sombres. Mais ces derniers ne partaient pas car ils étaient comme des coupures d'un sang mort !... Mais cette forêt me fait voir des tempêtes continues dans des branches de chair ! Partons d'ici, ma Noire, partons d'ici !... Je t'ai donné mon Tout, mais la terre me rend jaloux... Prends ma main ou mon corps car les ronces et les épines de la mort feutrée ont la rage immobile mais laissent des griffes comme des signes dont ton sang serait la réponse...

UELINE. — ... Je t'attendrai demain à la pointe du feu ! mais tu viendras APRÈS TA MORT car je veux te donner une vie qui m'appartient...

(Ils sortent.)

Scène 4

La scène est vide. Paraît alors le PERSONNAGE NOIR, *dont le masque laisse percer, comme des brûlures sans blessure, deux yeux des loups, si ce ne sont ceux — flammes et cendres — de la Sorcière ou* EXTERVITREUSE.

LE PERSONNAGE NOIR. — Des morts, on en voit suffisamment. C'est par les nuits brûlées ou sortilèges comme celle d'ici qu'ils se prennent pour des peaux neuves et qu'ils usent des pieds froids portés à même le sol, sans se faire annoncer ; témoin moi-même qui vous honore...

À part cela... les tombes sont des lieux vides puisqu'on n'y loge que des serpents... Ces mêmes serpents d'ailleurs n'ont de reptile que la forme : ce sont des os verdis qui ne croissent plus quoique la mousse grise leur offre un nid très élastique.

À PART CELA, encore une fois, je préviens les spectateurs que ce qu'ils pourront voir n'est qu'en rapport assez lointain avec ce qui se passe en vérité derrière nos yeux...

(Il s'éloigne lentement, parlant toujours ; sa voix, ou ce qu'il tient pour telle, se perd dans le lointain, quand...)

ACTE II

Scène I

Décor du premier acte... Coin de forêt envoûtée où tremble un feu. Il fait sombre, avec les branches et les herbes qui étouffent... Des rôdeurs accroupis ! Certains dorment.

LE CHEF DES RÔDEURS *(il marche de long en large)*. — Le tonnerre n'a point paru, qui pousse la nuit sur le sentier du feu ! Ce soir j'ai vu deux loups nouveaux pour moi ; ils m'ont promis la mort de nos ennemis et d'autres encore. Mais peut-être ai-je rêvé ?... Cependant il fait bien froid, bien froid, et la neige ne réchauffe point quoiqu'elle approche, lorsque j'y pose ma lanterne, quoiqu'elle approche alors de la couleur d'un soleil en avance sur son éclat... d'assez loin d'ailleurs, j'en conviens !... Et si quelqu'un a quelque chose à dire ?... ... Mais d'où viennent ceux-là ?

(Il indique du doigt deux ombres serrées dans l'ombre. En ces dernières, se cache peut-être Estern...)

LE CHEF DES RÔDEURS. — Et s'ils ont quelque nouvelle, qu'ils parlent... dans la même langue que la nôtre !

(Il s'assoit près du feu.)

L'ÉTRANGER. — Sire, j'arrive avec la lèpre !... C'est-à-dire que la forêt va s'entrouvrir et verser dans l'air déjà obscur un fruit cérébral mûri des crimes dont la terre s'est nourrie !... J'annonce aussi les loups, que tu as déjà vus, les loups faits hommes... Et ces derniers viendront bientôt, avec la chasse lointaine, brûler vos mains sur les pierres.

Ils sont très beaux, comme tu verras, et par contraste ma face est le venin fait image... Je suis hideux ! Regarde plutôt !

(Il arrache de sa main gauche la toile de l'araignée aux pattes cassées... Reste alors l'araignée qui saigne, par deux trous symétriques, l'eau noire de ses larmes perdues pour la lumière.)

LE CHEF DES RÔDEURS *(il se dresse)*. — ... Assez, bête de chien fou ! Assez... Et cache ta bête que tu appelles ta face ou je t'étrangle sur place avec ses pattes mêmes !

L'ÉTRANGER. — Tu vois mes yeux, mais ma bouche te reste inconnue, et c'est alors une perte d'horreur pour ta vue !... Quant à mon compagnon, ne l'écoute point ! Ce n'est qu'un double de mon apparition ici...

....

L'ÉTRANGER. — ... L'Horloge de cette nuit t'apprendra son but fatal lorsque les deux aiguilles se marieront, d'un même geste d'automate, au nombre XII qui déclenche la sonnerie...

LE DEUXIÈME RÔDEUR. — Que je te crève l'œil froid, ce pli de maladie, si mon oreille supporte encore ta voix à tordre ! Je t'ouvrirai la gorge, de ma sainte lame que j'ai trempée dans l'eau bénite du crime parfait, à la place où tes plaies perdent des poux !...

(Il tire son poignard et s'approche, et... Mais l'autre s'est levé...)

L'ÉTRANGER. — Adieu beau sire, et puisses-tu faire la preuve de ton salut éternel car si demain je repasse par ici et me trouve devant toi je ne saluerai plus que ton cadavre...

(Il le salue et se retire.)

LE DEUXIÈME RÔDEUR. — Cet homme est fou... Mais qu'est-ce qu'un meurtre puisque nous avons la bonne lame ? Je le suis...

(Il part en courant.)

LE CHEF DES RÔDEURS. — En attendant, j'en finis avec l'autre !

(Dans sa main il tient une pierre. Il vise alors le double de l'Étranger, qui n'a point bougé, et lance sa pierre... Le pardessus s'écroule, vide de corps comme de fumée, et la pierre roule...)

LE CHEF DES RÔDEURS. — Debout vous autres ! Ce soir je trace le signe de la mort à tout prix. Que vos moignons deviennent des bras de force triple et coupez-moi des branches d'un vieux saule pleureur et fureur !... Des branches qui soient alors des arcs de tonnerre car la Chasse Lointaine est commencée...

... Et celui qui en réchappe, qu'il m'enterre nu avec ma croix jumelée d'un os de porc et qu'il plante des clous partout... Car si ce dieu, monté sur barres de bois croisées, est mon témoin, et si c'est bien un dieu, je lui en veux mortellement et je désire qu'il passe de même que moi... et qu'une part de cochon le représente !...

(Il frappe sur un gong et tous se dressent dans une folie de cris hurlés, de chocs des fers, de coups frappés selon la taille et le poids des armes.)

Scène 2

La scène est vide... Comme le rêve d'un appel qui existe, la voix d'Estern...

LA VOIX D'ESTERN. — Tu es ma femme, ma femme dont j'ai rêvé, une certaine nuit longue de x mille ans, et qui m'est restée, réalisant ce rêve !... Cependant, es-tu sûre de notre étreinte ? Crois-tu que je t'aime ? Que mes mains nous sont des chaînes de découverte ? Que nos corps sont une coupure de l'Ombre qui ment, oui qui ment, de toute son exactitude ?

Mais pourquoi t'ai-je connue si ton cœur est une épine qui figure ma blessure, et pourquoi nos deux ombres, qui sont deux transparences, se ferment-elles mortellement, d'un seul bloc de pierre lorsqu'elles sont liées ?

Et puisque ainsi la Nuit-phare ne veut que nous seuls pour nous-mêmes, je demande à tes mains de me briser la mer et de la révolter dans le gouffre de mon gouffre.

Cela dit, tu peux entrer en scène ou remonter jusqu'à sa source le cours de ce miroir qui nous saisit car le sort est jeté... de même qu'il jette nos ailes en obstacles déments et doubles au-devant de l'aigle sans corps...

(Paraît Ueline, suivie de près par Estern ; ils portent les masques verts, allongés comme la tête de chien.)

UELINE. — À la conquête du physique !... Que la tempête de notre corps devienne profonde, profonde, afin que je t'y gagne !... Que l'amour dont nous allons survivre devienne lui-même tempête et que ta tête s'y foudre ! Que ma poitrine délire toute seule si je te perds de double-vue. Car nos âges ont le même flot, Estern, et l'obstacle insurmontable où le ciel s'est brisé le sang nous laissera imprenables en nous seuls après le dernier tour de clef !...

Imprenables, je dis bien, car pris d'un seul élan au cœur nous jouons l'éternité !

ESTERN. — Et puisque nous avons la FOLLE...

UELINE. — Le Sacrilège s'accomplira, selon les lois en vigueur... Je commettrai la mort, c'est-à-dire le coup de grâce dont la grâce n'est que pour nous...

ESTERN. — Et puisque nous COMMENÇONS...

UELINE. — Nous finirons par le début, ou plutôt par le BUT que j'avais épousé, commettant en cela un inceste puisqu'il était mon père...

Mais soyons un peu plus fous, avec une voix de la raison, et cachons-nous derrière nos vrais visages car voici nos hommes...

(Ils jettent leurs masques. Apparaissent les hommes.)

ESTERN *(criant)*. — Qu'on m'apporte la tête du fou et que ma peste lui serve de perchoir car dans la lueur j'ai vu qu'il a menti ! Il ment comme il boite, ses pieds mentent et il boite de toute la tête. Et sa patte gauche serait plutôt une patte de mouche... Pour la liberté de notre espace, considérons-le comme mort... Qu'on plante alors sa gauche de jambe, jusqu'à la garde de son pied-bot, au plein cœur du chêne où j'ai tracé la marque de sa grimace !... Tout à l'heure, et désormais pour toutes les heures possibles, je viole mon propre corps jusqu'à ce que mort s'ensuive ; et je le viole par la force même de la Ueline, ma Noire... Mais pour cela il me faut l'espace libre et le vent libre ! Car j'agis toujours pour mon propre compte, sans recompter deux fois le même cimetière !...

... Et le feu termine vos yeux, si...

PREMIER HOMME. — Maître...

ESTERN. — ... Oui... c'est cela ! Mais un suicide n'a pas l'importance d'une torche qui brûle sur moi, puisque JE N'Y SUIS PAS ! Allez vite, et faites aux loups la part qui leur revient !...

SECOND HOMME. — On annonce la mort de l'auteur ! mais personne n'y croit. Qu'en pensent tes gestes ?

PREMIER HOMME. — Maître, la terre pleuvra, puisque le ciel crevé est inversé. Et tous ceux dont la route n'est pas une impasse, nous les accculerons dans l'angle sacrilège. L'aigle se foudre, ce qui veut dire que tout est commencé. Demain j'aurai tes morts contre ta vie...

(Ils se retirent.)

Scène 3

ESTERN. — L'aigle se foudre et la Chasse Lointaine est commencée de même qu'une chute sans fin au fond d'un gouffre DONT LE FOND n'est qu'en nous !... Et cependant encore une fois je t'ai retrouvée dans ma nuit, ma Ueline, et ton cœur en sortira très fort de tout mon sang !... Vampire de mort et feu, Foudre Toi-Même ! Je veux que tes dents saignent au contact de ma gorge, que tes poignards se blessent dans ma poitrine, que ma souffrance de toi te fasse crier à toute force aux cent mille tortures possibles !... Je veux que notre amour devienne un feu alimenté par lui-même et qui ne brûle que de lui seul !... Et l'Ordre ainsi renversé, nous trouverons peut-être un monde possible à notre exacte grandeur ! Où courons-nous, ma Noire ?... Cette basse forêt m'étouffe, avec ses arbres comme des flammes noires et cette basse lumière d'araignée brouillée dans sa toile...

UELINE. — Sur un monde de fourmis tombe un monde de magie. Désormais nous sommes coupés du reste des mortels ; nous coulerons à pic au fond de cette messe d'enlisement. Et la mort n'a plus d'importance, témoin celle du fou...

ESTERN. — Et s'il renaît celui-ci, d'une vie empruntée, je le tuerai deux fois comme je l'ai déjà tué en toute bonne foi !... Mais, si rien ne compte plus, quel sera notre sort ?

UELINE. — La mort numéro 3, la mort vitale, ou encore vithrale, qui commence à partir de l'instant où ta tête subit pour de bon les battements de mes tempes, où un double de rire éclate une poitrine seule, peut-être la mienne, brûlante d'un vent de sorcière !

Aussi tu dois mourir deux fois — mais à cela les poisons ne peuvent rien — et la troisième seule sera la bonne. Et maintenant adieu ! Je te retrouverai entier à la pointe du feu, après ta dernière vie...

(Elle s'éloigne.)

UELINE. — ... Au reste ce monde est au complet ; et si une place y reste libre, c'est que celui qui ne viendra pas l'a déjà retenue...

(Sa voix se perd. Estern est seul.)

ESTERN. — Reste l'épreuve et demie ! Demain nous conduira...

(Il sort du côté opposé.)

Scène 4

*La scène est vide. Paraît alors l'*EXTERVITREUSE*, la Sorcière aux mains libres puisqu'elles lui manquent. Elle suit la lumière blanche qu'Elle seule a le droit de voir... Et c'est d'ailleurs tout ce qu'elle voit car elle est aveugle.*

LA SORCIÈRE. — Ainsi ils sont partis... Je le sais par mon aigle dont j'ai faussé la vue puis arraché les yeux selon ma propre image...

J'ai su par mon hibou qui est sourd-muet, mais auquel je permets, en certaines circonstances, de faire exception à la règle... J'ai tout vu, j'ai tout su, et d'avance j'avais tout deviné car je ne suis point une souche et par ailleurs, de sorcières en sorcières, à travers les ombres et le temps, je reste La Sorcière, ou plutôt, je la deviens chaque fois. Je suis très belle, je le savais, et la Noire me vaut bien ça : que je sois à la forme absolue ce qu'elle est par rapport à moi !...

Mais je n'ai point encore atteint l'âge des bras et des yeux à jour car le monde est trop jeune et dans le fond il est très noir et son contact est faux... Et lorsque l'ombre aura la taille d'une chatte géante, mille fois finie et infinie, contenue non sans peine dans un ciel blanc qui a grandi, je me verrai telle que je suis et me prévois : L'OMBRE SAGITTAIRE, celle de l'homme à sa fin écartée, l'heure à demi, entière infiniment, qui blanchira les os de ceux qui restent, alors que les couleurs auront changé de sens.

. . . .

LA SORCIÈRE. — ... La tête aux étoiles-cris n'est plus car je l'ai dispersée ! Mon ombre et l'ombre nature sont les seuls poids pour la balance. Et mon visage me dit qu'il va sourire, ce que d'ailleurs j'avais pressenti, et qu'il fera très froid, très froid dans ce monde et sa projection dans l'AUTRE...

Scène 5

Même décor, mais l'herbe semble avoir brûlé et les arbres tournent au rouge. Dans le fond on entrevoit — mais peut-être n'est-ce là qu'une simple impression — brillante comme l'affolement du fer, l'Armure mâle et femelle, visière baissée, jambes et bas-ventre pris au sombre, c'est-à-dire incertains pour ce qui est de leur existence propre : Le SPECTRE SORTILÈGE, *chevalier Sagittaire.*

Debout et ombre de lui-même, Estern, lui-même lové dans l'Ombre... (Estern est l'animé des morts qui l'appellent par son nom et son mal. ESTERN, *identifié à son Éternité possible et absolue, finie ou infinie, raidit son corps nouveau qui tient du mat ou homme-serpent et de la vipère inhumaine.) Son masque vert moule ses remous et tient et contient sa face comme l'étouffement.*

ESTERN. — Ma Forme cherchée c'est la Formule perdue... et si je tranche les liens de mon passé, qui est l'ombre de moi-même, je suis un mort sur place. Mes veines seraient des vipères aux crocs rouges que le sang n'en fouetterait pas moins un vent envenimé dans les jointures de ma dépouille !... Je me veux donc vivant et debout dans mon Être-à-deux-faces, malgré la mort chiffrée d'un double zéro... qui est depuis jamais ma tache de naissance. ... Le sang n'est noir que pour tracer en signes confondants la première formule de la nuit. Mon centre est en tous sens... Le premier Œil commence avec les paupières closes : chute immobile des pierres des sommeils...

(Vu de face, il s'avance lentement de quelques pas ; et ses mains tremblent avec sa voix.)

ESTERN. — Et que le SPECTRE SORTILÈGE m'ouvre une armule où bat le cœur-de-la-formule dont le prix n'égale plus le poids de mes épaules car...

. . . .

ESTERN. — ... Mais non !... Car maintenant les Apparitions se font plus rares. Et j'en appelle au Feu dont je déclare la cendre unie d'un même secret à l'ombre dans mon ombre...

(Son Double sort de l'Ombre, dans l'ombre du Spectre... Sa voix le précède... Estern cache sa face dans ses mains...)

LE DOUBLE. — Mais tes mains sont tes vitres, Estern, et ton visage ne les confondra pas ! Elles ont gardé le contact impossible et ne fermeront pas, quoique assez souples cependant, le cercle des soleils du feu...

ESTERN. — ... Mais si mes mains me sont des pinces d'os impossibles ou d'eau trop pure sans fond possible hors de moi-même, elles ne le sont QUE POUR NOUS SEULS... Au reste je suis masqué et tu connais mon chiffre ! Mais je t'en veux, Estern, car maintenant je hanterai un espace IMPOSSIBLE de prison dont les murs auront TOUS NOS VISAGES...

... Et pourrais-tu entendre des coups maintenant que l'heure est à la nuit sans issue et qu'elle est sombre jusqu'à la couleur du silence ?

....

ESTERN *(criant)*. — Si tu te tais, LES PIERRES ENTENDRONT...

(Il retire une bague de son doigt et la jette vers Son Double.)

ESTERN. — ... Voici un Œil qui crie de tous ses yeux et facettes sans blessure ; c'est un diamant de mon sang car il est rouge, quoique taillé dans une eau plus pure que mon cœur qui désire ta mort...

LE DOUBLE. — J'ai les oreilles d'une meute qui hurle au Solitaire d'une seule voix demeurée vierge... La meute des loups annonce la MORT à pas de chiens, de minuit à mi-vie, la Mort Vive et CELLE à demi-mot ! Face à moi-même, je veux alors te livrer un secret, ESTERN, et faire de toi le maître et le gardien de ce que je veux perdre...

ESTERN. — Mais que serai-je devant un miroir ?

(Il se retourne brusquement, MAIS IL EST DOUBLE ET, VU DE DOS, IL SE RETROUVE ENCORE DE FACE... *Sa face n° 2 n'est point masquée, si ce n'est de sa propre image...)*

ESTERN. — ... Miroir ou milieu noir... Mon secret te tuera !

(Il s'efface dans le fond, suivi par Son Double.)

Scène 6

Même décor, mais la Nuit est devenue verte.
Deux hommes sont assis.

LE NUMÉRO 1. — Nous sommes au minuit vert, le 3 août de l'an zéro, et tout à l'heure lorsque le coq crachera par trois fois...

LE NUMÉRO 2. — ... Le coq n'est plus, car l'araignée l'a remplacé. Elle chante mieux et plus fort avec toutes ses pattes qui sont ses trompes... Elle éternue pour de bon !...

LE NUMÉRO 1. — Quand l'araignée aura craché trois fois, lorsqu'elle aura filé sa voix de toile grossie par ses béquilles de trompettes, le monde aura changé de sens et la terre de nom. Et déjà j'entends dire que l'avant-garde de l'armée des cadavres a mis le feu aux tombes et proclame l'avènement de la liberté par le cercueil...

LE NUMÉRO 2. — Et les rôdeurs de la forêt verront leurs têtes voler au-dessus d'eux en projectiles qu'ils n'auront point lancés. Ils les verront, ceci est sûr, car leurs cous bien rasés et flambants de leur sang seront des yeux large ouverts... ma colère en est témoin car je vois rouge.

LE NUMÉRO 1. — Des corps pendus comme des cloches inutiles... Les arbres auront toujours des fruits.

LE NUMÉRO 2. — Mais l'araignée-mille-doigts en aura long à filer et les linceuls seront très rares. Notre maître Estern, qui sait faire de deux pierres un seul coup, nous accorde la liberté d'être ses chiens. À son signal, nous aboierons d'une seule gueule dont manquent les crocs et, c'est certain, la bataille sera gagnée !

(Il se lève et tire son poignard.)

LE NUMÉRO 2. — Il me reste à coudre les arbres pour le voile de notre Maîtresse car je me proclame tailleur...

(Il enfonce son poignard dans un tronc d'arbre.)

LE NUMÉRO 2. — Les feuilles crient et quelques branches saignent...

Mais cet alcool de tête de bois n'a aucun goût. J'ai soif !

(Il boit.)

LE NUMÉRO 1. — Cependant l'heure avance ; et puisque Estern, notre seigneur et maître docteur-ès-esternité, nous le permet, sous peine de mort, soyons des chiens ! Mais voici quelqu'un ; j'entends très bien le silence de son pas à cause de mes deux mains sculptées en moignons de porc sourd et percées d'antennes d'âne... à cause de mes pattes supérieures, plutôt, lesquelles sont mes deux oreilles supplémentaires !... Ceci explique que j'entende deux pas doubles...

... Mais rajustons nos masques !

(Paraissent les numéros 3 et 4, aux pareils masques de chiens.)

LE NUMÉRO 3. — Je vous salue de tous mes crocs ; et que la lèpre achève vos déguisements ! Mon camarade, qui est une femme malgré les apparences, arrive de loin avec l'annonce d'une grande nouvelle. À l'heure déterminée d'un chiffre exact qui est XII — et cette heure-ci ne varie plus — apparaîtra, au carrefour des espaces manquants, le chevalier Sagittaire dont la monture, la monture de spectre, piétine un soleil de disque !... Le résultat n'est point prévu, mais je prédis en conséquence la fin prochaine des hostilités de la paix...

Au reste, la bataille fait déjà rage et c'est la rage même des cadavres en liberté qui mène le vent bon et mauvais.

(Il jette ses armes. Le numéro 4 femelle s'approche.)

LE NUMÉRO 4. — Bien le bonjour selon la coutume et les politesses de chien ! Je serai donc votre obligée...

(Elle arrache alors son masque... pour apparaître sous les traits authentiques de LA NOIRE, *femme d'Estern.)*

LA NOIRE. — Debout ! Ou plutôt... couchez-vous, selon la manière de mes chiens et serpents de béquilles ! Béquilles vous-mêmes ! Et puisque vous me devez obéissance de liberté, je vous coudrai les os avec le fil de votre vie, si...

... Mais je préfère fermer le livre au cœur duquel j'ai souligné vos noms, ou encore vous voir ivres d'un sang de toutes vos veines qui n'éclateront pas !

(Pétrifiés ils demeurent, mais ACHEVÉS. *L'un s'est durci, à même la pierre sur laquelle, roide, il est assis, mais sa tête penche. S'est écroulé son compagnon de toute la taille de ses deux mètres, qu'il n'atteint pas, de loin... Le numéro 3 s'est éclipsé.)*

LA NOIRE. — Mais leurs lèvres étaient vieilles, leurs veines séchées ! Leurs membres étaient de bois, des croix qui les suivaient ; et leurs yeux des œufs éteints !... Ils sont morts, mais cela fait des pierres de plus et il n'en manquera point pour reconstruire notre château.

(Elle touche du pied le corps étendu qui ne bouge plus. Elle regarde autour d'elle, d'un œil qui cherche l'Œil qui a vu ou n'a rien vu.. et quitte la scène.)

Scène 7

Inanimés, ILS SE RANIMENT *et leurs corps les dressent. Le numéro 1 démasqué. Ils frottent tous deux leurs membres courbatus.*

LE NUMÉRO 1. — La mort n'a point d'importance puisque ce n'est qu'une sorte de génuflexion. Mais mon bras s'est heurté et mon crâne me fait mal, qui s'est ouvert sur un gouffre à l'intérieur de moi...

LE NUMÉRO 2. — ... De même mes anses... ELLES me dévoilent un vide flottant dedans mon vase de corps ; et je verrais plutôt des blessures dans mes doigts ou ailleurs ! Mais je ne saigne ni ne transpire...

... Mais je boite ! Et ma patte gauche se trouve trop courte pour moi...

(Il arrache son masque et reparaît sous tous les traits du fou-furieux-comme-boiteux.)

LE FOU. — Un signe me manque ! Mon pied-bot en est témoin.

LE NUMÉRO 1. — Rêve de vampire... Verre de la mer et mort triple en mes yeux ! Le vent nous construira un édifice public et le ciel de cette tempête qui vient sera notre salle d'armes. Viens ! fou si tu veux, mais viens !

(Il l'entraîne et la voix identifiée au chiffre 1 et au numéro de même nombre s'éloigne derrière eux et se perd...)

VOIX DU NUMÉRO 1. — Nous sommes en retard mais tant pis !... Mordons les morts et faisons aux vivants des signes impossibles auxquels j'attribuerai, toutefois, un sens nettement négatif. La bataille fait rage... Mais nous laissons ici nos insignes de chiens...

ACTE III

Scène I

La salle sans fin. Estern...

ESTERN. — ... La salle d'attente sans fin... Est-elle carré ou cercle ?... Et les murs sont faux. *(Il cherche les murs)*... Il fait très sombre et presque noir car les fenêtres sont fausses... ou plutôt les murs sont faux et les fenêtres n'existent pas, comme les portes n'existent pas... comme les murs...

... Pour d'autres, il fait grand jour peut-être ; mais quant à moi je suis aveugle. *(Il titube)*... Et j'étouffe. *(Il arrache son col)*... Cependant un éclair... Ah ! Mais mes yeux brûlent. Ma tête s'éclate et sans doute l'éclair vient de là !... Un éclair !... Le premier éclair en une seconde et sa demie d'éternité... par l'œil-témoin du devin, par la face blanche de l'horloge au rire de zéro heure et de 1 000 secondes par minute... J'ai très chaud car je brûle aux glaciers. *(Il s'essuie le front)*... Je devine tout ; ou plutôt, je dévie entre deux vies ! La forêt sacrilège... Ah ! Je deviendrai fou !...

... *(Criant)* L'éclair sera la rame-solaire brisée avec les ongles !... Avec des angles de tous degrés et plus encore !... Il fend la salle — avec tonnerre-intervention — de haut en bas, d'un angle-au-sol à l'autre au plafond... Le plafond se referme, noir sur noir, dur sur vide et plein en flou. ET... Mais ma tête me referme ! *(Il porte ses mains à sa tête)*... Elle me referme mais reste ouverte... Araignée vide, housse fauve et boule au banc de sommeil.

... L'ombre des mains à tâtons et prisons. *(Il cherche ses mains sans les trouver)* ... L'ombre de l'ombre et de l'ombre, sa forme barrée imite en noir les cinq pétales jaillis d'un cœur exsangue qui se creuse. *(Il s'essouffle)* ... Rayons des ombres alors... barreaux sans fenêtre... Mais le souffle de fosse et les doigts prisonniers s'y emmêlent comme des fils noués au fil d'une ombre sans fond...

(Il s'écroule dans un choc sourd. Il halète ; sa voix s'étrangle.)

ESTERN. — ... Au fond du flot... l'Armure mâle et femelle... statueuse de spectre et spectre-fer-d'éther... Mais l'éclair anime... statué en soi... le SAGITTAIRE SORTILÈGE. Ah !

(Sa tête sonne sur le sol. Après un dernier sursaut il s'immobilise. Paraît le Double d'Estern.)

LE DOUBLE. — Le reste suivra son cours, noyé sans fin d'attente sans commencement, et les ténèbres, courant dessus, gardent l'Intact flou, inconnu pour la vue et sans vie pour les vivants.

(Il siffle. Entrent des hommes qui enlèvent le corps.)

LE DOUBLE. — Sera bientôt fermé le cercle-tourbillon des soleils du feu ! Et cette roue où tourne la foudre verra son centre, le grand Astral Perçant et Cristal de contact, s'élever droit au vide, roide à l'Œil, et se construire de toutes les neiges fondues en une seule pierre de nuit blanche, et se monter comme une seule tour qui s'efforce et pointe ses forces... Et ce sera la Tour du monde visible pour l'invisible, et l'Arbre de terreur du Château Sacrilège...

Et l'attente prendra fin car on se bat pour elle et j'annonce la victoire. *Estern sait.* Son corps l'a précédé devant son ombre. Toucher son rire me ferait crier ; mais son contact lorsqu'il s'endort, à peine visible alors, devient pour le sommeil des rocs le fer-de-touche et pierre de toutes les touches.

. . . .

LE DOUBLE. — J'ai vu Estern et sa femme Noire ; et je pose une question, d'une voix muette et sûre d'elle-même... Et la réponse me viendra de l'autre côté de moi...

(Il s'éloigne. Voix lointaine de l'autre côté de la scène... lointaine et creuse, mais forte et gonflée comme d'un déluge qui commence. Peut-être la voix d'Estern...)

LA VOIX. — À la limite du mystère, l'aurore prochaine aura sifflé ses brumes et, noir de flamme sur noir de rosée, s'étendra à perte de ma triple vue le Château Sacrilège où naissent et s'accomplissent les crimes trop purs pour le grand jour. Au fond d'une tombe, Estern a ravi son propre corps. Il transporte en secret la Gemme Sagittaire qui retient, vivante et meurtrière au trouble de ses faces, la gerbe des fusées folles sinon mortelles avec les glaces et le germe des miroirs AUX PORTRAITS DE SILENCE...

Scène 2

Au Château Sacrilège. Point du jour. Une chambre où ne dorment point les morts. Mannequins roides le long des murs ! Estern *ou plutôt son double sous les traits de l'Étranger...*

L'ÉTRANGER. — Estern, apparais et souffle la flamme pour que ton ombre paraisse sans ombre ! Ton but est impossible, c'est pourquoi tu seras infaillible. Face à toi-même, face infernale, dresse en sursaut devant la Goule béante ton spectre Sagittaire — toi-même — et ton poignard, cette arme froide et sortilège qui chasse d'un seul perçant l'IMMONDE des limons de pestes-bas-fonds et la FIGÉE boueuse aux fers d'enfer...

Ton absolu ferme l'image de ton image. Ton visage créera ta Face nouvelle et nue, et fermée d'un voile de basse voix CAR LE PORTRAIT D'ESTERN... Et, comme tu cherches ta formule, tu trouveras la forme de ton amour au double de toi-même, au souffle-foudre de magicienne. Ton amour te sortilège... Et cette femme spectre ton corps, cendre les ombres autour, comme tu marches dans le feu... ... Ta femme te gît comme tu la vis ; rêves-lui toi-même en Brasier Majuscule dans l'« à-peine-solitude » car SA FORME EST TA FORMULE...

Et maintenant que tu connais ton Simple, puisses-tu saisir la main voyante de la MIRAHULEUSE, puisses-tu ouvrir et pénétrer l'Armure Vithrale au cœur casqué à même les tempes... et pénétrer la muraille sagittaire derrière laquelle, derrière laquelle... Mais le secret saura te deviner ! AU CHÂTEAU SACRILÈGE tu t'attendras bientôt et ton Double t'y accueille avec tous les honneurs dus à ton rang d'épreuves dans un monde de magie.

(Il se retourne, face à l'une des portes qui est fermée.)

L'ÉTRANGER. — ... Mais te voici, Estern, et celle qui t'accompagne a déjà, au plus fort de toi-même, accompli tous les RITES par la magie de l'amour ! Quant à toi, tu souffleras la flamme pour qu'apparaisse ton ombre sans une autre ombre. Ton but est l'Impossible, mais maintenant il est trop tard pour un retour en arrière !

(Il se retire, par l'autre côté de la pièce.)

Scène 3

Entrent alors Estern et la Noire...

UELINE. — Depuis le jour où j'ai reçu ton âme, ne sommes-nous pas détachés des illusions puisque nous nous aimons uniquement ? Nous sommes fous Estern, ou bien alors la mort nous accomplit dans un même rite...

Depuis le jour de notre vie, je n'ai pu empêcher toutes les digues que j'avais construites au cours des âges de se briser contre notre passion ; tu m'emportes pour toujours et j'ai renoncé à ma solitude Unique pour vivre par toi ! Moi aussi je veux mourir dans tes bras après t'avoir caressé de toute l'énigme de la vie, après avoir harpé pour toi sur les secrets juste assez pour nous porter aux paliers et que tu saches tressaillir et sentir comme moi l'épaisseur animée de certaines d'entre les choses. Et ensuite réaliser ensemble la Vraie Vie, si tu m'aimes toujours, Estern, et si fort que soient accomplis les rites par la magie de l'amour, comme ils pouvaient l'être aussi, mais mutilés de l'un de nous, par le détachement...

ESTERN. – Je serai fort de notre amour... Ton absence m'est une mort lente, je suis aveugle pour le reste...

UELINE. – Cependant bientôt je serai installée en nous ainsi qu'au cœur d'un diamant. Mon amour, immense, Estern ! La vie ne nous cadre pas, nous aurons peine à nous y adapter, à moins de découvrir la tour qui s'élève au cœur de la forêt...

ESTERN. – Ton Œil magique se fait en nous.

(Il se rapproche d'elle. Un seul obstacle les sépare : l'ombre d'un mannequin.)

ESTERN. – ... Tu m'ouvriras avec ton corps et ta main droite pour retrouver ensemble les anciens passages.

UELINE. – Puisses-tu toujours me préférer ainsi morte avec toi que vivante sans toi !

ESTERN. – Et que ta forme soit toujours ma formule sagittaire !

(À ce moment une porte s'ouvre. Paraît un chevalier armé, visière baissée...)

LE CHEVALIER. – Les ombres de tes ombres s'impatientent. Tes hommes te font signe !...

ESTERN. – Que la mort les livre... Et la mort vient de moi.

(Sort le chevalier. Sons lointains de trompettes. Estern dégaine son arme et la pose sur la table.)

ESTERN. – ... Nous serons seuls ! Et les corbeaux auront une voix muette pour nous saluer... Les hommes seront tous morts que notre amour leur survivra, que notre chair se fera plus jeune en absolu avec un sang très libre sans condition de temps... S'accomplira la Norme Sagittaire !

UELINE. – J'en mets le ciel au défi ; tu es l'air et le feu, Estern !... Ce matin, j'ai retrouvé la trace des loups, ils sont « pattes mortes » pour les autres, vivantes d'essence pour moi et nous retrouvons ensemble les anciens passages...

(Elle ramasse le poignard posé par Estern.)

UELINE. – ... Un chat-tigre gigantesque nous est venu, c'est la chatte sorcière de la forêt. Elle est venue en même temps que moi, verte et rousse, je cherche son signe, elle fait peur aux habitants... Mais tu meurs de ma main, si...

(Elle lève le poignard et... mais coup de gong au loin, avec un bruit de fers heurtés. Le bras se fixe et retombe. Et le poignard glisse par terre.)

UELINE. – ... Mais la mort n'est point ton heure et je ne puis plus rien contre nous ! Viens... pour ma vie. Viens ! Et que le vent agite un flambeau de perles mortelles car nous allons ouvrir les choses...

(Ils sortent ensemble par une porte dérobée.)

VOIX D'ESTERN. – Je te suivrai comme tu me suis partout !

Scène 4

Décor des actes précédents. Coin de forêt envoûtée. L'air est vert et noir. Les numéros 1 et 2 marchent de long en large et se croisent plusieurs fois sans parler... Ils semblent avoir vieilli ! Leurs vêtements sont déchirés et sales. Le numéro 2 porte une barbe, il est voûté ; s'il boite c'est avec exagération et ses cheveux sont maintenant plus longs sur ses épaules. L'Autre tient son masque à la main.

LE NUMÉRO 1. – Le temps d'un éclair et c'est notre vieillesse ! Cent ans et le double se sont écoulés, mais personne ne s'en est aperçu... À quoi attribues-tu cela ?

LE NUMÉRO 2. (FOU-FURIEUX-COMME-BOITEUX). — Nous avons l'air du temps et ma folie a fait des petits... Je laverai l'eau du ciel et j'apprendrai le feu au petit-fils de la carpe, plutôt que de me voir en face de toi ! Mais notre crime doit être bien grand et nous dépasser d'une bonne longueur d'intelligence puisque nous ne le comprenons pas... ... J'expie ma faute en la jetant sur tes épaules car j'expire !...

(Il s'écroule de tout son long. Le numéro 1 se voûte à son tour. Il ramasse le bâton du fou.)

LE NUMÉRO 1. — Et maintenant, me voici double... J'attends le pire, mais c'est égal car je suis double... avec deux forces pour supporter mes épaules doublement lourdes. Tout cela est donc parfaitement équilibré et je ne m'en fais pas pour si peu...

En attendant d'être un cadavre plus authentique, il me faut faire un mort afin d'avoir droit aux remords du double de crime qui m'est échu. Adieu ! Estern et la Ueline viendront !

(Il s'éloigne.)

Scène 5

La scène s'assombrit et l'éclairage paraît presque violet. Paraît Ueline, ses cheveux rabattus sur son visage comme au début du premier acte.

UELINE. — Que l'araignée s'endorme car le sommeil file tout seul et le soleil vibre de couleurs folles. La mort-qui-vire donne signe de vie. Le pacte est signé... Moi-même j'ouvre le livre impossible, et qu'ai-je lu ? Qu'ai-je vu ?... MOI-MÊME en mes deux cieux, en mes deux yeux à vide dont j'ai la foudre en moi ! ...

Infernaux d'enfer-nous-mêmes !...

... Alors je donnerai pour jamais mon vrai nom et ma vraie forme ! et c'est UELINE-LA-FOUDREUSE devenue femme avec son Grand-Ombre qui persiste.

UELINE-NÉE-DANS-LE-TEMPS. — ... ou plus avant puisque à nous deux nous le créerons ! Et le destin fait bien les choses qui lui apporte l'âme double et flamme folle d'Estern-le-Folloup...

(Ses mains glissent sur un tronc d'arbre.)

UELINE. — Il fait bien froid autour de l'arbre, froid sur l'arbre, d'un gel qui ne fond plus... mais ton sang battra sous terre la charge vive du petit cœur, du petit Germe au visage péniblement remué de prunelles qui veulent percer... Tu battras dans mes années mon arbre noué, avec tes doubles branches de racines, tu battras de toutes mes forces avec l'oiseau de pierre, gemme de nuit, dont l'œil est une lampe noire, et avec encore ce soir la lune qui hurle folle pour les loups et tombe en pluie d'ailes noires sur la paupière des morts... Et, ce soir, comme pour un soir marqué de la nuit de l'Aube, Ueline et Estern ouvriront bien, d'une seule main qui se joint, la porte dérobée de la Tour aux éclairs de fenêtres-yeux.

... Le Vent-à-Deux aura un feu unique et fouet et clef d'éclair dans l'espace.

... Le Cœur rougi à la pointe de l'épée éclatera en deux parties rejointes devant un corps de terre centré sur un visage-deux-faces...

... Enfin le deuil de mort emporte tout, et c'est la vie qui ressuscite...

(Elle s'éloigne.)

Scène 6

Au Château Sacrilège ; la chambre où ne dorment point les morts. Les mannequins n'y sont plus. Il fait très sombre et presque noir. Estern semble attendre...

ESTERN. — ... Et vrai, je serai une horloge si mon front est chiffré — mais XII est la limite ! Mon crâne : ENFERRE-TOI ! Et la toile d'araignée — ma chevelure filée au fil des âges — a pris et noué en son centre l'image déjà troublée de l'ILLISIBLE FÉMININ — spectre aux roses saintes des trois seins noirs, et Sexe-Braise des armures folles, dans la mer vierge au crime, ce qui tue... Mais ma parole m'échappe car mes pensers poussent plus loin !

....

ESTERN *(criant)*. — Ueline, ta nuit me tue ! Et si nos cœurs ont ensemble battu le fer rouge, le mal n'en a pas moins ouvert le feu dans ma poitrine !

(LUMIÈRES. Estern, hagard... Sa chemise est déchirée. Traces de sang... Une porte s'ouvre, paraît la Noire.)

ESTERN. — Je mettrai un masque car, de tant vivre dans la mort solaire et solitaire, mon visage est devenu noir...

(Il met son loup.)

ESTERN. — Il me faut l'ombre de ton ombre !... Ueline, ton sang me brûle car je crois bien qu'il coule dans mes veines... Tes doigts sont des grilles ; écartons-les !

(Il lui prend les mains et les tord ; mais sa violence le fait tomber à genoux.)

ESTERN. — Tes jambes me verront plus avant plonger au fond de nous car ma marche est infaillible.

(Il se relève.)

ESTERN. — ... Je suis ivre sans doute car je te vois double ! Mais peut-être vis-tu mon ombre ?

UELINE. — Regarde tes yeux, Estern, car les miens y brûlent !... Si ta poitrine saigne c'est que mon mal s'y ouvre...

(Estern se cache la vue, sa tête dans ses mains.)

ESTERN. — ... Je suis aveugle !... Et le vent tourne tourne... Et la terre nous effondre... Et le sang nous englobe !... Et mes bras seront des os calcinés si le feu qui me brûle ne passe dans toi pour faire eau de tout mon sang !

UELINE. — Mais l'air est une forge et j'y frappe nos ombres !... Bientôt en moi tu es solide comme la lame du meurtre ! Je t'infaillible...

ESTERN. — Je suis jaloux.

UELINE. — La sorcière a fermé ses boules de cristal où se lira l'avenir de tes yeux... Elle les a fermées, ses deux boules, mais c'était ses yeux ! Et d'avance j'en sais l'image future... car c'est la tienne ! Et tu m'es tout... Et tu m'es les yeux...

ESTERN. — Je suis aveugle.

UELINE. — Tes paupières sont baissées. Mais la pointe noire les éclate comme à l'éclair.

ESTERN. — Je suis jaloux.

UELINE. — À la pointe de mes yeux... ton rêve te force ! Tu vois en moi car tu m'as prise... Tu m'es TOI-MÊME puisque tu m'as vue... et notre pointe de vue atteint la pointe de vie, puisque bientôt tous les sommets nous sont acquis...

ESTERN. — Point de mire d'absolu !... Mais je suis jaloux. Et de toi-même je suis jaloux...

UELINE. — Les loups ont des voix fortes ; ta jalousie vient d'eux !

ESTERN. — ... ET SI JAMAIS LES LOUPS N'HABITENT VRAIMENT LA VIE ?

UELINE. — Bientôt, Estern, la nuit n'existe plus que dans l'éclair qui la sépare !... Les points de mire de tes yeux-gouffres... les fausses-lunettes sur mes yeux-noirs ! Bientôt tu me fais signe et c'est un signe double. Notre amour crée le chemin du SOLITAIRE SAGITTAIRE. Suivons-le !

ESTERN. — Mais notre amour me tue !... Et cependant je ne tombe pas car ton ombre me soutient. Viens ma Foudre, Ueline-ma-folle, et que le feu nous sursaute d'un mot comme d'un mort !...

(Il veut l'entraîner et la prend dans ses bras.)

UELINE *(contre lui)*. — Ton souffle me tuera... Et le cercle se resserre ! Et cette force de mort nous promet une durée de vie illimitée !... Estern, cette nuit, coupe la Racine, le germe de moi-même enfoui au noir de la forêt depuis la création du vent et du feu, depuis ma vie la plus lointaine... Arrache-la cette mandragore, Estern, et ses branches vivantes et ses bras, qui vivent de tout mon sang noir, reprendront nœud au cœur de ton cœur et se multiplieront ALORS dans tes seuls membres !...

(Elle s'échappe des bras d'Estern.)

UELINE *(criant)*. — Sur un monde de stupeur tombe un monde de terreur !... Mais la lumière viendra.

(La scène s'assombrit. Ueline entraîne Estern à la fenêtre.)

UELINE. — Regarde, la nuit est toute-flamme !

ESTERN. — ... Et les ghôles ne viendront pas ce soir...

UELINE. — Et les vampires verront leur sang tarir... tarir avec l'eau glauque de ce puits au fond duquel je perdais ta mémoire et ton image depuis des mille et des mille époques...

ESTERN. — Les vampires seront morts, ce soir... Mais, de leurs ongles acérés, ils traceront alors, avec du sang séché, le signe de l'infini !... Ueline, JE VAIS MOURIR, mais je t'épouse dans d'autres profondeurs !

(Il tombe aux pieds de la Noire, demi-couché sur le sol. La scène s'obscurcit encore.)

UELINE. — Tu as dénoué nos chaînes et ton élan te fait rompre les foudres ! Et désormais tu me verras telle que je suis, sans flambeau dans l'espace.

(L'obscurité se fait complète.)

VOIX D'ESTERN. — Et les épreuves sont terminées... Et le sort est gagné... Et le pacte est signé...

VOIX D'UELINE. — L'oiseau noir, son bec aigu crève les yeux du grand-jour ! Je lis ton nom : tu es MOI-MÊME ! Et l'interdit étant levé, que le château se frappe alors de ruines comme de fumées car voici s'élever le Spectre Sortilège !

(Roulement d'orage. Une voix lointaine mais forte.)

LA VOIX. — ... L'OMBRE SAGITTAIRE...

RIDEAU

(Août 1949.)

[LE TEMPS EN BLANC][30]

(Affiche de prédiction)

PROLOGUE, MOUVEMENT

... Ainsi prévu, ainsi connu, ainsi saisi au point-vision de l'œil qui porte son soleil... de l'étoile-totem à la pointe vive du total des pôles...
*À quatre crans d'horloge l'*HEUREFLAMME *s'accomplira... s'accomplira de minuit à Mivide... À la mi-mort l'Éternité porte le temps en blanc sur son grand livre sans fermeture d'espace...*

JEVIX

Naître : *l'Œil-Œuf réchauffe, comme une petite tête, sous sa paupière, sous sa peau de pierre ronde, réchauffe le cœur, la Tête-de-clou rousse qui s'enfonce, qu'on enfonce sous la coquille d'une poitrine solaire — Le O-de-vie, œuf éclos, nœud des formes de la nuit blanche d'Outre-Ciel.*
4/1 - Je le dis de la part de l'étoile, en face d'une étoile comme à perte de vue dans tous les sens où je m'étoile : Cette nuit voilée boucle la gueule des trois vampires — 17 janvier, 1 heure de l'aube, 7 femmes du mort vous briseront la glace et livreront l'Œil-de-tout-dire (étourdir) : Boule lumineuse ténébreuse, qu'est-ce que c'est, qu'est-ce que c'est, sinon la roue ? — Et bientôt l'éclair en témoigne...
Un soleil de demain et sa chaleur de cruauté-cristal vous saisiront DEMAIN *— comme nous en reparlerons.*
4/2 - Et l'Oiseau Noir relève les traces d'un grand incendie. Le Passage noir garde les marques d'un oiseau de nuit.

AVRIME

4/3 - Le ciel joindra la mer par la queue du Poisson Noir. La nuit sera le crible blanc et le visage solaire jaillira au milieu du miroir envahi.
Les cavernes sauvées.
À la 1 heure, cette nuit-là, brisez une glace où s'est jeté l'éclair de lune et lisez-y la lueur de votre mort.

JEMUNE

RENAÎTRE : *le nœud des formes de la nuit blanche d'Outre-ciel, coquille, renoue les fils du vent qu'il tend, enfante les fils du temps et respe... respire dans le poumon-ballon, dans la pomme d'éther, dans la paume de la main-outre palmée d'une peau qui gonfle — coquille...*
7/5 - ET LE MIROIR SERA FORCÉ *— la vue plongée — La mer-de nuit figera l'air et l'eau l'eau pleine, sa chevelure d'esternité polie et pâlie que la marée ira jeter et rejeter, comme des filets, en vagues de froid, en verre dépoli...*
12/6 - Et tu t'endors face au vampire, et ton sommeil aura des ailes noires...
(Quelques signes retrouvés contiendront pour jamais, en toutes formes ainsi fixées, l'alphabet des anciens passages).

JITAL

9/7 - L'Aube Sortilège se lèvera face à la Tombe-Tempête.
19/7 - L'Ensorcelé deviendra Ombre : ombre du sort qui est jeté, qu'il a jeté, qui l'a jeté. Au moment dit, la lueur se fera pierre dans l'œil...
Or cette nuit sera double... et triple son tranchant. Et l'Oiseau Noir va droit au Solitaire, perdant sa direction.

APPEL AU SOLIMORT : *le Sol de Cristalallume un tranchant d'éclair noir...*
13/8 - Mais nous verrons une tour s'ouvrir avec une porte des ténèbres. Et c'est l'heure où les feux sont des yeux exorbités lorsque la mer est un seul orage distancé.

Alors le vent sera sur sa pente folle, les murs balanceront et quelque chose viendra qui n'est pas annoncé...

OCTÊME

X/10 - Puisse en ce jour X, le masque inaltérable se corrompre et faire la ruine autour des yeux, car vous verrez alors le Grand Distant dresser en face de votre face une orbite creuse.
La catastrophe s'annonce prochaine...
Et si le flot s'élève encore, les toits prennent feu, cependant que les lumières s'éteignent. La mer sera cette boule-diamant au fond de laquelle délirent, jusqu'à la flamme-vertige, les glaces vestiges intérieures.
Et après... mais sous la neige spectrale battra peut-être la chose morte !

DÉVONE

H/12 - J'ai compté douze figures dans le cadre violet. Et les 12 signes rappellent une seule ancienne figure fixée au clou de l'Étoile Veuve où les tranchants de la Grande Pyramide se multiplient.
Y - Mais peut-être, cette nuit là, là, apparaîtra à la minute de derrière les horloges, certain Chevalier Noir, maître d'un monde sans clef où gît l'Aurore Cristal fusée d'une déchirure de la nuit possédée qu'un bond ne franchit pas, qu'une main du feu n'éclaire pas, qu'une porte battante n'ouvrira pas.

(ÉPILOGUE épitourbillonnaire)

... Restent : Blanc de glaces et poudres d'os à l'horizon de même couleur — À la taille des neiges interdites...
Prise du vertige de la profondeur. PROFONDŒIL.
Le Pôle Mort, porte-au-blanc et Pôle Néant, porte vitrée...

(fin 1949-1950.)

« J'habite mes mains de préférence. »

RÉINCRUDATION [31]

Les dames de biscuit valsent l'une après l'autre,
tournoient sur elles-mêmes,
sans jamais se toucher,
chacune uniforme en sa couleur :
robe rose, visage et cheveux roses ;
robe jaune, visage et cheveux jaunes.

En robes longues, évasées,
raides jusqu'à terre
avec un feston qui dépasse
elles tournoient sur le gazon
et je les guette, debout,
sur un coin de la pelouse,
sachant qu'elles sont creuses,
tandis que leur ronde me frôle
et qu'elles n'ont pas de pieds.

Je suis au manège des cavales de biscuit
et les anneaux qu'il faut cueillir
sont leurs poitrines que j'éclate au passage
d'un coup de roseau bien taillé.

Elles n'insistent pas
et chacune s'évanouit
dans son explosion poudreuse.

C'est ainsi que je suis venu à bout du réel et depuis, toutes les dames du monde, toutes les formes du monde peuvent bien venir !

et il faut bien dire que les molécules n'ont pas à s'efforcer dans des moules trop précis, car cela ne trompe plus grand monde de nos jours.

Il n'y a que la neige et le brouillard qui me semblent un peu réels, lorsque je jette un coup d'œil paysagiste sur le paysage.

Ce qui me reste du réel ?

Une cathédrale invisible dont, seules, les sculptures apparentes ponctuent l'architecture cachée. Les unes ont le sourire de la Dame du portail de Saint-Laurent, les autres l'effrayant sourire des gargouilles. Ce sont là autant de points visibles jalonnant l'édifice que je connais mal encore. Ce sont les points de repère que j'installe comme des lampes sur les façades et dans les corridors et qui m'aident à explorer, un peu à tâtons, cette structure abritant mes hôtes, sécrétée par moi : mes prestiges et hors de moi : l'invisible.

Mes prestiges ne dessinent pas une structure continue, régulièrement éclairée, dense, rassurante. Non. Ils sont tantôt de la nuit, tantôt du jour, et, dans l'un et l'autre cas, révélés par des rayonnements qui les font apparaître, hors du contexte, comme des ongles blancs sous la lumière noire.

Lors des périodes diurnes, mes mains guident et conseillent leur information filtrant de toutes parts ; elles recueillent et installent les bourgeons d'un jaillissement lent et continu, persévérant à s'exprimer avec l'insistance des constructions biologiques. Ces arrangements sont doués de squelette, de chair, de membres ayant leurs ardeurs, leurs avidités, leurs fatigues, leurs grâces, leurs retombées et leurs repos. Il est assez difficile de les rendre dociles, mais ils acceptent plus ou moins sournoisement les disciplines, pourvu qu'ils puissent se formuler. Bien entendu, nous cherchons des appuis dans les essais naturels et dans certaine mythologie.

Ainsi, cela se laisse vivre et se rassure, content d'être au monde. Puis survient la demi-lumière. Des crampes se manifestent, un certain déséquilibre s'installe dans la position des sculptures : les dames damnées naissent. Je les laisse s'affaisser, je les couche, je les étale en plans, en reliefs ; ainsi la matière se repose et s'assouplit en cette zone de libration. Elle se laisse moduler. Libre, dans sa couche extérieure elle admet le mouvement, les injonctions ; mais déjà elle vit de ses racines pétrifiées qui plongent dans l'immobile et l'obscurité. Le dernier remous s'apaise et je sais que j'entre dans la période nocturne ; mes mains se fripent ; elles donnent encore naissance à quelques petits cadavres et la période des rêves commence.

La période des rêves est mon cycle nocturne, je n'y suis pas mal installé car mes phantasmes sont à l'image du noir de mon âme et, tout étant comme il faut, j'y trouve une sorte de paix. Pourtant, au début, je lutte toujours avec acharnement contre l'engourdissement, craignant l'immobilité finale.

C'est ainsi que je descends l'escalier d'une maison
[inconnue,
un soir, sans tenir la rampe, car l'escalier
est large et les marches faciles. Et puis, tout
de même, la rampe est si lisse, d'un éclat si
[soyeux
que je suis tenté d'y porter la main. Dès
[que je
l'ai effleurée, je sens en contrepoint le toucher
imperceptible d'une présence derrière moi. Avec
un peu d'effroi, je continue à descendre et
[cela descend

avec moi. Je me hâte et cela se hâte derrière
[moi.
Je me retourne et vois une femme grande
[et mince
qui me suit, sans faire le moindre bruit. Son
vague sourire me rassure et je la regarde mieux pour
être tout à fait délivré de mon épouvante. C'est
alors que son sourire se déforme, tout en
[douceur
vers plus de douceur et qu'elle semble descendre,
toujours sans bruit, imperceptiblement plus vite,
gagner sur moi, réduire la distance qui nous
[sépare.
Son sourire, attentif à fixer mon regard, se
[fige
et c'est alors que je vois ses dents.

Durant ces périodes, la sculpture est en sommeil. Je dois attendre, apprivoiser mon rêve, le rendre docile, me familiariser avec Cela qui veut éclater, jusqu'à la nuit où je rêve que je laisse Cela descendre jusqu'à moi, malgré son sourire épouvantable, que Cela se fige et devient statue.

Alors la statue me tend une pierre blanche, trop blanche, trop lisse et je sais que c'est la matrice du vide.

(Fin 1958-début 1959.)

LA FIN
ET
LA MANIÈRE [32]

I. QUI DIRAIT

DE DERRIÈRE LES LOUPS

Comme les loups hurlent la nuit resserre l'écrou,
La terre s'arrête de tourner
Pour que le ciel se mette debout.
Ce soir, la terre est transparente
Au soleil-deux, sang noir, vent glissant,
Déployé dans le sens
Du plus profond qui s'ouvre sur lui-même
En ses tours de cent visages.

Visage de derrière les loups
Où la nuit trépasse, passe
Un bras d'épouvante.
... Lisse comme un miroir
Où l'on se glace à la vague des yeux.

Le visage de derrière les loups,
Comme un silence vient à peine de maudire,
Sa vie d'espace
Dépasse déjà la cordillère des sens.

Frappe le visage, frappe
Le visage lisse comme une glace ;
Passe le couteau sur ton visage,
Prends ta vie par les deux bouts
Et fais la roue,
Fais la roue...

CHANSON À RECULONS

Monté dare-dare sur mon cheval Pied,
Moi qui né pour, qui n'est point, qui n'est plus
Qu'une épine que j'existe
Dans son propre pied,
J'ai pour une main cinq gallons,
Dans le temps j'ai un : Allons !
J'ai à la tête un encerclant,
Enserre quand et qui et quoi et clou,
J'ai dans la bouche un trou
Cerné de clous.

Mais qu'est-ce que ça ?
Mais qui
Mais qui s'en va-t-à ?...
Voici venir l'Être qui va
Sur l'air de n'être pas.

Et des dents et des dents, dedans
J'ai.
Ma tête dans la bouche ne fera pas,
Ne ferme pas ce qu'est affaire de mort,
Comme font les mots de rien
Comme de tout, comme du tout,
N'est pas du tout totalitaire.

Mais qui,
Mais qui s'en va-t-à ?...
Le tout sur l'air de pas...

C'est ici, l'air roulé à point,
À pas, à plus, à moins qu'une boule,
C'est ici l'air de quoi ?
Mais qu'est-ce que ça ? – qui n'est pas plus –,
Mais qui,
Mais qui s'en va-t-à ?...
Voici venir l'Être qui va

Sur l'air de n'être pas.
Et pour un autre et batterie baptisée Corps
Voici la manivelle Etcétéra...

CHANSON À RECULONS

Un, deux, droit sur l'épaule de son sort,
S'en remettant,
Un petit peu, en petite peau, à petits pas,

Le camarade Ballant
Disait : Je ne m'encombre pas
De ma mort couchée en roue
Dans les anneaux de mon être rond.
Mon affaire est sans prospérité
À la lumière de ce qui est.

Mon affaire a sa personnalité
Dans les anneaux de mon être-roue
Et ma personne se couche en rond,
Dans son encombrement personnifié.

Voyez, voyez, et maintenant recommençons,
Le décor a toujours raison.

Voici celui, sans tête, sans pied,
Qui n'en peut plus, qui ne peut rien
Et qui n'y peut plus rien,
N'ayant pour se déplacer
Que le coup de pied.

Voici, voici le Ballant ballottant,
Saluez ici le Bâillant bâillonné,
Sans bras, sans pied,
Mais en rond seulement.

Ballotté de Rien à rien
Du tout, dans tout complètement ;
Qui n'est que boule et
Qui boule seulement.

Mais comment, mais comment ?

Parce qu'au commencement...
Parfaitement, parfaitement !
Car il faut un commencement et
Recommençons-le par le commencement.

CRI

Un cri barré de foudre en jet enlumineur,
Appel happé sur un fil d'aiguille...
Au tranchant mouillé d'ombre,
Contre quoi s'est troquée
La tête mouillée noire,
L'oiseau de mal-passage
S'est barré les ailes en croix.

Armé de foudre sèche, un cri
Arrache la voix et crache la bouche...
Muet, creusé de sang, taillé
En pointes vives,
La mort a desserré sa voix et morcelé
Son rire
En glaçons épousant les regards bleu-noyé.

Le glas fait pierrement au coulement du froid.

Au tranchant rouillé d'ombre,
Contre quoi s'est troquée
La tête mouillée noire,
Le cri file un ciseau de deux pointes fermées,
L'oiseau d'ombre-passage,

S'ouvrant le corps au souffle bas,
A labouré la houle sourde.

Puis
Retenu, griffé, forcé
S'est encastré aux griffes basses.

MOUVEMENT

Mouvement plié au corps de la vie
Dehors, la nuit neigée a l'étendue
Dedans, le mort qui n'attend plus
Qu'un seul battement d'aile
Dont l'endroit
Est encore ombre de l'envers.

Et cet endroit est cet envers
Passé à travers cet endroit.

Mouvement sans poids sur les mains
Dont le dos
S'applique aux vitres sans mesure.
Lentement, peinant de quatre membres d'air.
D'air engourdi,
Passé comme à la lenteur des murs,
Le mort appuie l'ouvert de sa tête.

QUI DIRAIT

Croisement de l'œil avec la nuit
Fermée bout à bout
Sur le cerveau, comme qui dirait
Cerceau, comme qui dirait
Le saut en rien.

C'est une bouée qu'imagine
La nuit,
De blanc fer imaginaire,
Étale, comme qui dirait
Pétale, comme qui dirait
Spectrale devant un cri.

Or le cri devenu bouche
C'est un cerceau, nul doute,
C'est un cerceau
Fermé, dirait le rouge fer.
C'est moi qui serre, comme qui dirait
Et je saute, comme qui dirait,
Bouée de sang au bout
À bout de l'ombre courbe,
À bout de souffle sur son cri.

Or le cri devenu chair,
C'est cela, comme qui dirait
C'est bien cela, comme qui dirait...

II. DANS LES LANDES DES AU-DELÀ

LA LANDE DES AU-DELÀ

J'habite l'intérieur de la maison des ombres, aux parois vertébrées comme la coquille du chien. Chaque nuit, je m'enfonce un peu plus profondément, selon le rythme de la grande pendule de légende dont les aiguilles n'avancent qu'à partir de vingt-cinq heures.

Les fenêtres sont laissées à l'extérieur, car la maison est réversible et des chemins s'enfoncent partout.

JE M'ENFONCE DAVANTAGE, et le monde qui s'allonge s'écoule goutte à goutte devant moi et derrière moi, en une rue de sable mouvant.

Et les voix me rejoignent ; les paroles retrouvées contiendront à jamais l'alphabet des anciens passages :

« Si tu t'endors face au vampire, ton sommeil aura des ailes noires.

— C'EST L'INTERDIT SOUS PEINE...

— L'interdit d'entre-les-vies !... Et le mot est lancé : Sésame, et pour ces âmes, ouvre-toi !

— Mais l'interdit jette un défi, comme les éclats de la dernière vitre. Ton âme sera le souffle de la chute suspendue ; et le trait d'union du monde se trouve frappé d'un point de suspension... »

Alors MYSTÈRE-CHAT se fait jour à travers l'heure de cristal. Sa tête est cette arme fourrée, jetée à la tour du Sein-

Tourbillonnant, bosse cubique du temps, dont trois faces retiennent les fers du vent.

À même ses yeux se trouve inscrit l'exergue de son grand livre, hommage à la toute souveraineté des ombres :

« Un château sera cet animal hanté, noir de plumes et sanglant, vert des yeux. Son miaulement appelle des voix. »

« Où en sommes-nous, demandait-on ?

— Au château de toutes les métamorphoses, de tous les enchantements dont les tours sont l'enveloppe des ombres, dont chaque créneau égoutte minuit à l'heure invisible. Et, si tu vois des meurtrières, sache qu'une main noire y est crispée.

— Où sommes-nous encore ?

— Dans la chambre souterraine dont les fenêtres ne donnent que sur elle-même.

— Qui es-tu ?

— Je suis le reflet de ton ombre, quand elle se tient face à la nuit. Mais sache que tu n'existes plus si tu me parles, que tu n'existes plus pour la carcasse des mondes car, alors, elle s'est refermée derrière toi, beaucoup trop loin. »

La chambre rêvait tout haut et dans son rêve soulève un coin du rideau. Une paupière de l'ombre a cillé et la ténèbre file une maille, avec la souplesse d'un peu du serpent... L'œil qui se fait, flou, très flou, l'œil, qui se fait, voit :

Flous, très flous... personnages comme les rêves, personnages sans réveil, enchantés par leur présence, renversés sur leur absence, en un tour de passe-passe, se sont donné le mot de passe, le mot qui passe :

« J'ai déchiré mes yeux dans les chevelures ; ce qui passe, ô Merveilleuses, n'est qu'un retard sur l'avenir.

— L'après-midi après la fin ! J'ai vu une longue route envenimer la terre, en sa couleur de pierre mâchée à la langue des loups.

— Et la lande des au-delà ?

— Elle tue bientôt le ciel mêlé au sel ; cela donne notre mer.

— Tu y dormais ?

— J'y rêvais seulement. Et plus tard, quand j'arrivai, quand j'arrivai devant notre présence, les murs s'étaient ouvert des îlots pour nos yeux.

— C'est l'histoire de la grande chevelure ; ce rideau-là étant tiré, tu peux entrer jusqu'au crâne.

— Et ensuite ?

— Tes paupières inversées effacent l'image de la nuit. Le monde se met à plat, comme le dessus d'une grande table. L'extrémité de tes doigts isolerait l'empreinte de la route des morts. »

La chambre obscure s'est dérobée. L'être penché a renversé ses yeux. Dans les rainures de ses veines, l'eau coule sans battement, trop lente pour la vie.

LES ÉTATS-RÉUNIS DU MÉTAL AUX CHUTES COMMUNES DU FEU

À l'intérieur de son caveau, l'Ogal a poussé ses mains comme des tiges. Ses ongles, retournés dans un creux de l'espace qui s'étend en creux, écorchent en lui le petit cœur rouillé jusqu'à l'odeur du sang.

La main s'étend par une blessure de la carcasse, la main à cinq langues fourchues, qui se fourchent, se fourchent, se fourchent, se fourchent...

Et c'est alors la vision du grand Brillant des flammes, hérissé de griffes et gestes durs... remontant, à force de tranchants, le cours d'un âge où bat, avec des décharges de lune noire, l'aile sifflante et perçante, l'aile, aux plumes-facettes, de l'oiseau-lame.

Et l'Oiseau-Noir relève la trace d'un grand incendie.

Le Passage-Noir garde les marques d'un oiseau de nuit.

C'est ici, disait une voix, c'est ici que j'apprends à défaire mon corps... J'ai déchiré mon corps, cette mâchoire autour d'un creux. Et mon geste, c'est l'espace cerné, le moule, en griffes radiées, réversible à l'image d'un gant de la nuit cloutée... Et je préfère m'ouvrir les mains.

Mes yeux se sont jetés partout, perçant le voir et le dormir.

Les fantômes, s'ils apparaissent, auront la couleur du vide de la demi-lune noyée sur le plan du métal.

Ce qui est rouge s'épaissira jusqu'à la consistance du noir.

Un soleil de demain, en sa chaleur de cruauté crispée, nous saisira DEMAIN, comme nous en reparlerons.

Adieu... et en meilleure forme... Comme les tombeaux se font vieux, si moi je rajeunis ! Le Sombrefer, mon compagnon devenu fille par la grâce de la femelle d'acier et de la foudre de même sexe, le Sombrefer, mon éclaireur, aura des petits de ma mémoire.

UN SAFRAN DE MARS

Le maître de l'Amour se maintient au carreau de lune. Ses yeux, tirés du blanc, découvrent l'ombre de Ce-qui-n'est-pas.

« Donnez-nous, disait-on, ce qui manque à l'étincelle pour faire du bois, ce qui manque à la rivière pour mouler une forêt en feu ! »

La machine de l'Amour battait la campagne, hâtait les saisons. L'échelle de son ombre dépassait l'horizon.

Il y est un soleil et quelques allumettes perdus dans la boîte du vide...

Une étoile avec la chair de l'œuf.

Un grand rideau d'objets. Rien devant et tout APRÈS.

LA ROSE DES CENDRES

Une main de roses clouée sur un objet noir...

Que reste-t-il, que reste-t-il ?

Du ciel, il n'est qu'un grand tissu froissé de revenants et les yeux n'emplissent que les orbites du vide.

Une araignée déplace la nuit, elle est le rêve d'une morte.

Elle a en elle le sexe ouvert de la nuit et ses petits iront noircir le sommeil des vivants.

Un pas secret ferme le trou du silence.

Et l'étoile pâlit.

Dans la chambre nuptiale, c'est la culture des cœurs noirs. Loretta... Olim, pourchassés par leur ombre. La balance a versé du côté des abîmes. Tout au long des murs s'allument les chandeliers qui n'éclairent pas, mais reflètent les yeux des morts : les habitants.

« Et maintenant, en avant TOUT ! » ordonne le caporal spectre.

ATTENTION ! Une profondeur de souterrain, un appel de sous les mondes chute la sonde aux Sombres d'Antérieur. Un appel prolongé !... C'est la réponse aux cloches du vide, aux cloches du vide, au vide sous cloche...

L'encoche-fossé au plein cœur de la vie.

Ô l'épine plantée dans l'histoire du monde !

C'ÉTAIT

C'était à la je ne sais quoi, et bien avant et bien après, à la minute qui n'était plus, à l'heure qui ne sera pas, et le temps était ailleurs. Cela commençait à la demeure sans fin ni lieu, avec l'étendue du soir comme une main trop lisse pour cesser de s'allonger. À l'oubli des horizons s'apparentait le rêve de l'être qui se formait.

Une seule nuit fut distribuée pour tout l'or du monde. — Minuit est toujours présent, si le soleil s'annonce comme la cendre — Et chaque instant s'anime des minuits, en une horloge qui compte TOUT À LA FOIS.

Et voilà qu'un passé se prend dans des racines. J'ai dit aux loups : « Brûlez vos yeux, que le soleil ne s'y retrouve plus ! » Et voilà que le feu lace des cordes rougies sous les pas.

La neige était grandie par un linge du fantôme et les noyés n'avaient d'yeux qu'une longue rivière minée de glace. À l'intérieur d'un pays long se rejoignaient les mers sans épaisseur, aux vaisseaux comme des lames tranchées sur le luisant d'une vitre.

Un être se permettait la construction d'aubes continuelles autour d'un lieu sans objet. La tour qui existait parallèle au mouvement perpétuel avait toute la forme des limites du possible.

Et voici :

Les murs sont des places toutes debout, dues au sommeil. Si tu t'éveilles, ton rêve marche dedans.

Et voici :

Que les miroirs s'enchaînent à la suite des murs. Les aubes amoncelées ont creusé dans la nuit les corridors des grandes eaux, les couloirs sans partage, où nulle part est partout, à partir d'un toujours, toujours reporté.

Et voici que, par ces lumières sans passage dans le présent, par ces lumières en guise d'épieux, je sondais l'eau d'un grand cœur d'argent... J'étais à l'horizon d'une mort passée à demi vive — cette différence l'avait rendue muette, sa stupeur était contagieuse — et les êtres de toutes les nuits se répandaient derrière ma nuit, comme je changeais de place à côté de moi-même.

« Les fantômes déchaînent des rites », ma voix disait cela, s'accordant aux échos de l'ombre.

Et je me disais :

... Que le soleil était tourné en fer rouge dans une plaie sans consistance.

... Que le niveau de l'ombre se reformait partout, barre verticale, incolore dans tout un retard de lumière.

Et ma bouche m'entretenait de cela – et aussi de ce qui n'était pas là – et me faisait dans le même temps, et dans le temps juste, le récit de mes aventures.

Car j'allais par des couloirs désertiques, dont les angles rarement droits bouclaient entre eux la bouche d'ombre – celle qui bâille souvent – se renvoyaient entre eux de multiples visages de l'ombre – ceux qui n'apparaissaient pas se conduisaient vers des lieux de Nulle-Part – qui, elle-même, s'avançait pas à pas dans la ténèbre incarnée.

C'était alors – cela m'apparut sur mon être imaginé – le lieu de ma présence tranchée sur le vif, le lieu de ma présence ici, qui me faisait frémir une certaine éternité en petits feux fatalement noirs.

Alors, je perds la face – la face penchée par-dessus moi. Le ciel est ouvert lorsque l'on dort... Les gants sont plus vivants qu'une main... Mais les miroirs sont surpeuplés, car je n'y vois plus rien.

LA LUNE DE SEL

I

En cette nuit-là, en cette nuit blanche comme les dents, il n'y avait plus d'ombre où s'accrocher la peau, plus de retard où écouler le temps, et le cœur avait usé ses battements. Tout était calme, disait-on, calme et plus long qu'une chevelure qui n'en finirait plus de se détendre à la place de l'eau.

On se disait :

« Elle est longue, longue comme personne...

– C'est un chemin changé par les vents.

— Une paupière qui flotte ?
— Un beau temps, ma foi, le temps des coulisses dans la vie ! »

Il y avait des hommes couchés comme des draps et des fleurs durcies. Il y avait des choses sans consistance, des odeurs qui rendaient vieux. La lune avait l'haleine rouillée de ce qui couve sous la cendre.

Il y avait :

Un diamant plus bleu que des yeux... c'est l'étoile que l'on boit, le vent qu'il faut briser pour respirer.

Une rose cueillie aux abords de la mort ; son pétale réfléchit le sang.

Des caresses qui coupent...

Nous en étions alors à la saison de toutes les grandes saisons annelées dans une seule chaîne qui n'en finissait plus de se forger. Et le temps coupait court ses dents sur le velours des ombres... le velours des ombres...

« Cela me fait penser aux ongles qui s'allongent, qui s'allongent pour remplir les pierres », disait une voix.

Une chambre rêvait d'or noir, le miroir des nuits et des nuits l'étirait sans cesse. Les miroirs, eaux massives, épuisaient tous les bruits... Qu'un cri éclate, et l'air aura la consistance brouillée des grandes profondeurs !

Tiens ! La terre change de sens et les murs d'épaisseur.

Un corbeau se fit corps par une déchirure de la nuit et ses ailes éclatèrent du noir partout.

Depuis longtemps, il s'est posé sur l'épaule d'une femme accroupie... Et la femme jure qu'elle n'est pas ici, qu'elle ne peut pas y être, que sa vie est ailleurs, bien plus loin dans le temps, bien plus tard ou bien plus tôt, et qu'il lui faut attendre, attendre encore, car elle n'a pas encore ouvert les yeux.

Cependant, ses ongles effilent des larmes, ses yeux sont deux diamants mangés de roses noires qui s'effeuillent goutte à goutte...

Et, des deux mains, elle joue la mort sur un nerf de la nuit ; des deux mains, elle épuise tous les gestes.

Minuit était présent et la tour s'enroulait sans fin.

À voix basse :

« C'est peut-être un serpent pleurant de tous ses yeux d'écaille ou dont la tête s'est déchirée sur tout le corps ?

– Quoi donc, cette lune ? Celle qui n'existe pas ?

– Ou bien un creux, une plaie ouverte, et le sang brûle pour éclairer des crimes. Autour, le ciel est consumé, la mort comme visage. »

Simulacre : Un pas pesant dans l'escalier, juste au-dessus des marches que rien n'effleurait plus. Ce qui grinçait était, bien au-delà, les os inexistants de ce corps-là.

Et je vis rire ouvertement rien qu'un rire bas, comme si le monde s'engouffrait. Sautant de ma tête des murs contre mes côtes plongent vers la fin. Je descends toujours des marches... ou je monte... car l'air porte beaucoup plus et j'apprends à défaire mon corps.

Et je ne sais si c'est la mer ou l'espace, car cette tombe bat des yeux partout.

Pourtant le geste n'a pas tourné ; et la nuit, son cercueil sans bouger s'est ouvert ; et la tête, sans s'ouvrir, a pris tout l'espace derrière les yeux qui n'ont parlé, toute la mer sans que la langue ait mouillé, toute la nuit sans se noircir les os.

Une main glacée attire la lune.

« Si les chiens hurlent, dit une voix, sûrement la mort est remontée des caves... »

II

Dans son coin, l'araignée noire.
Elle file son drame et dort
D'un sommeil de chevelure.
Et la chambre mange ses rêves.

Un vieil homme se casse sur son bâton ; ses mains sont aussi sèches que les racines du temps.

« Je ne serais pas ici, disait-il, s'il n'y avait le jour car, à chaque aube, je perds le souvenir et chaque nuit il me faut tout réapprendre. Livrez-moi à tous les feux, si le cœur vous en dit, cela m'est égal, car je suis aveugle ! »

Et la sorcière criait : « Brûlez mon corps, jetez mon âme à tous les feux du cœur, brûlez-moi vive afin que je renaisse de mes cendres. »

Elle courait éperdue ; ses cheveux étaient une mer qui la mouillait jusqu'au sang.

Et dans le mur ouvert avec la forme d'un sexe, une main restait prise qui s'égouttait de tous ses doigts, comme la pleureuse des morts.

La chambre était d'or noir et le mystère entrait dans l'histoire.

C'était un soir très ouvert, avec une chevelure tirée comme une épine de l'œil qui en perdait la vue.

Les choses changeaient de sens et la terre d'aventures.

À chaque instance de rêve, les questions n'étaient plus. Et les couleurs s'épaississaient à mesure que l'étendue se dissipait.

S'épaississaient ? — Que la lune est amère, la nuit serait donc mauvaise ! — s'épaississaient à l'opposé d'une tête qui se résorbe.

N'interrogez pas. — Un choc, plus mince que l'allongé d'une ombre, plus sourd qu'un coton à l'intérieur d'une bouche, léger comme un ballon à la place d'une roue...

Une femme se tenait accroupie, un corbeau sur l'épaule.

Ses yeux étaient vides, trop grands pour la chambre, trop profonds pour y descendre.

« Je ne sais qui elle est, semblait dire le corbeau, mais je crois bien qu'elle a soulevé des mondes, voyez comme elle est lasse ! Vous pouvez lui toucher les mains, mais ne lui faites aucun mal. »

La main était pleine de feuilles mortes et son odeur était celle des caves.

Et, près de moi, un fantôme trop doux sanglotait.

Des pierres roulèrent vers moi avec un bruit de papier froissé.

Une grande statue se dressa.

« Si c'est une femme, me disais-je, n'est-elle pas plus blanche les jours de sel ? Est-elle plus lente les jours de mer à l'heure où la marée étale des bras dans un grand vague ?

N'est-elle pas... n'est-elle pas ?... »

Mais la statue me tendit une pierre blanche, trop blanche, trop lisse, et je sus que c'était la matrice du vide.

Puis une chose molle tomba à mes pieds et cela me réveilla.

Un caveau s'ouvrit dans ma poitrine, filtrant un froid d'encre fatale, taillé d'une pièce.

Je vis un très vieil homme, cassé sur sa canne.

« C'est bien elle, c'est bien elle, je la reconnais (il désignait la femme), je lui dois tous mes maux ; sans elle je ne serais pas ici. Dites-lui de me rendre mes yeux ! »

Et, sur ses joues, les larmes étaient de givre, car il était mort depuis bien longtemps et son corps était si froid !

III

Par-delà s'ensuit l'absence. Les astres se sont figés dans la partie illisible du ciel et tout ce qui est amas resplendit de la toute nudité du vide.

Les mains, les mains circulaires lient à la terre leur germe-hors-le-temps. Le ciel est une mer massive développée dans l'air avec la toile d'une grande araignée.

Certains soirs l'araignée descendante porte, à l'orbite de la tour, la lucarne de son corps, la lucarne incarnat vissée sur la nuit qui pèse la vie.

Une femme se tient accroupie, un corbeau sur l'épaule.

Sa main est de cendre et retient l'empreinte des ombres.

Ses cheveux habitent les pattes de l'araignée de toutes les vies,

Suspendue, mille-pattes aux racines de la tête du temps. Et lorsqu'elle apparaît le fantôme crie : « Toute toile dehors, vous, les autres, ombrez sur bâbord, et toi, la CHOSE, quitte le monde ! »

Alors un grand vaisseau s'enfonce dans l'air en un coup

d'œil, les mers du ciel sont suspendues et, dans un grand flottement noir, le corbeau desserre ses ailes comme les tenailles de la nuit, vibre ses plumes avec ces mots :

« Je ne sais qui elle est, mais dans un naufrage de ses yeux j'ai vu l'empire des grandes profondeurs. Elle est si belle que personne ne le sait, si laide que le temps n'a pu la regarder. C'est pourquoi tous les possibles sont élargis ; son cœur, c'est l'étoile brûlée, lieu des distances inévitables, et ta conscience envoûtera l'avenir.

Tu t'es rêvée dans les septembres de chaque vie, alors... comme tu t'incarnes en ces visages... comme tu divagues en ces présages...

Mais n'oublie pas que ton ombre m'est des ailes... Si je suis ton fantôme, tu m'éclaires à la suite des vies. »

L'araignée du soir pose sans retard le coup d'ongle filé et démêlé de la main fabuleuse.

Celle qui se forme avec le reflet des loups,
Éparse dans la terre,
S'ouvrant à l'image de la sépulture,
Exacte à l'heure
De l'entente entendue.

Et la terre a toutes les ouvertures. Une voix reprend :

« Ici, j'habite l'intérieur de ma tête ; là, j'habite, j'habite l'intérieur de ma tête ; le contenu m'en est lisible. »

Et quelque chose s'échappe de soi. L'araignée suspendue retient son cœur par les cheveux.

III. LA FUITE TEMPORELLE

On réclame en haut lieu un discours sur l'éternité, un discours haut placé, aux accents de courtoisie suffisants pour larguer une planche de salut.

> « L'araignée fait la morte,
> Ses petits font le mur,
> Le cercle n'a pas de porte. »

On réclame en haut lieu un conseil sur l'éternité. Que la sirène baigne sa voix, la mer, perdue par les cheveux, pleure ses mots d'ordre.

On réclame une critique de l'éternité. La robe de cendre prendra couleur de sable lorsque le mirage sera nivelé à la distance du désert. Le monde a signé son cheval du sang des corbeaux ; les autres, se poussant des yeux, s'y éclatant parfois, frapperont directement.

J'irai à la suite. Cette sagesse est aussi déréglée que la providence, aussi sévère qu'un perron de sel et le château, toujours, mène aux oubliettes.

Nous n'aurions garde d'oublier les deux lions d'argent,

Gardiens des six jours et six nuits brillamment encastrés,

Faussement temporaires, jamais saisonniers.

La vérité est que chaque instant dispose de chaque

mensonge et vaut un cierge d'inattention à son représentant : l'Éternité.

Nous, distants, bâchant la peau sur la très vieille ossature, notre sérieux sera de compulser ces quelques restes qui ne se prêtent point.

1re NUIT

Quatre murs sont aussi sourds qu'un critère
Et le cri est pouvoir à ceux qui se terrent.
Il est des toits comme une soie
Pour cacher un visage et des os ;
Dessus, le ciel mange ses oiseaux
Et chiffrera quand même zéro.

Une mémoire dans une tombe,
Un soir trouvera le poids
Qu'il fallait pour que le pont tombe
Et que la voix basse revienne
Au courant de la rivière
Qui boit les souffles et les mystères
Rêvés chaque nuit par le pêcheur de peines.

1er JOUR

Voici le temps, basse époque !

Dans son lac, la liseuse dit : « La sirène vraie enfante ses petits par le vide. »

Basse époque des fonds.

Le temps est là, chrysalide dans l'oreille, moule de sable pour les mains, le temps qui nous apprend cœur par cœur, doigt par doigt, cheveu après cheveu, pour nous défaire et nous refaire au même endroit, copies après copies, sans que jamais nous puissions nous relire.

Ah cela !

Apportez-moi plutôt une corde pour me pendre la langue, une tenaille pour m'arracher quelques larmes.

L'araignée qui tisse sa vie avec le fil enroulé autour de mon cou n'a jamais dit quel désespoir la faisait rire au point qu'éclate le crocodile.

Quant à ses larmes recueillies au jardin, elles sont gardées précieusement dans la boîte précieuse du mur où vit la voix qui ne dit rien, car elle sait, car elle nous vie, nous qui sommes toujours si près, car elle nous vie si facilement.

2e NUIT

Un peu de vent dans les voiles de la morte ! Je ne sais quel visage s'est perdu, mais je ne me retrouve plus. La nuit roule ses draps, noirs aux yeux des vivants, blancs autour des autres.

Ô que le mystère est facile !

Un arbre, d'étrange manière, détachait feuille à feuille les vagues de ce que j'appelais mes veines, mes ongles et le reste des pensées du corps. La morte avait sa chemise de verre, mon ombre lui servait de repaire. Ce que l'eau brûlait, nos mains s'y cherchaient. Les fantômes mangeaient aux fenêtres.

Et dans cette nuit était un retard et quelque chose de blanc... Dans ce noir, la chambre s'enroulait autour de sa dernière intimité.

Et le blanc disait : je suis lucide.
Le noir disait : je sais tout.
Le blanc était la pensée tremblante de la nuit.
Le noir pensait : je suis le bout.

2e JOUR

La porte donne sur un côté défendu de l'ombre ; un sourire de vieillesse a remplacé la clef. Les démons cérémonieux ouvrent la marche.

« Ici l'on donne ! » Ce qui est perdu se reprend dans le décor.

Ai-je dit que des fleurs rouillaient dans les signes d'un autre âge ? Qu'en chaque ruisseau la forêt tombait en larme ?

Au crapaud de la relever !...

Crapaud grêlé, sonnant la soif, rompant la soie, son chant c'est la lune percée, l'épée lunée. Dans le vent qui demande, dans le vent qui redemande, des yeux te supplient d'exorciser la belle noyée.

Et puis, bon vent chez les pierres...

Le châtaignier rougit ; la douleur revient à l'aurore, jusqu'à cette page de sang dont le ciel a le geste.

Et l'on se retrouve, selon la fortune et les formules données.

3e NUIT

Tombeau, des années, fermé par les dents !
Dedans, les années aidant,
J'agrippais la pente, cherchant l'autre, l'aidant,
Remontant sa mémoire, injuste pour son corps,
Jusqu'à l'oiseau, impure infirmité d'efforts,
Aveugle dans les murs, le cœur aux pierrements,
Mais fort de toute la bouche qui me mange dedans.

3e JOUR

Dans ma tête, dans ma tête est la personne
Qui répond le plus au silence ;
Les mots viennent quand elle sonne
Sans que jamais bouge la balance.

Dans mon ciel est un corbeau
Aux ailes ouvertes de chaleur,
Derrière lui l'espace d'un caveau
Ferme une porte de voleur.

Et la caverne s'agrandit
Dans mes mains d'un peu d'une mer
Qui, penchée par-dessus bord, fuit,
Fuira toujours son vaisseau de terre.

Une main de verre la rejoint,
Dans ma fenêtre, lancée au galop
De toutes les plumes de son corbeau
Noirci de tout un pouvoir de chagrin.

4e NUIT

Qu'attendais-je pour produire l'hiver ?

J'avais pourtant du blanc jusqu'aux yeux et des ongles glacés dans deux doigts de whisky.

J'avais prévu un expert de la nuit avec la lampe en prime et le tocsin en toutes saisons...

Qu'attendais-je ?

J'avais trouvé la bière plus fraîche, bue par les morts sur un coup de tête. Ayant coupé les ronces du lieu, débutant une chambre par le milieu, j'envahissais petit à petit toutes mes difficultés. Je cultivais mes digitales, à coups de bêche toujours plus sombres, jusqu'à ce que mes yeux, en visite chez nous, ne s'habituent plus.

Cependant, « au dehors », je donnais mes animaux à recoudre et changeais de roses pour brouiller la trace.

4e JOUR

Avec cela, vous faites vos mondes !

Dans la vitrine, la sorcière luit de toutes ses sources ; donnez-lui à manger, que son bûcher ne s'éteigne pas ! Elle traîne avec elle son linge noir, filet d'yeux troubles, et tous les fleuves du monde ne peuvent changer sa soif.

Le jardin fait mystère à chaque page d'oiseau. La sorcière ferme le livre. Ses mains jointes sont la preuve de la petite forme incrustée aux paumes et que le temps veut battre, battre d'un cœur sans couture.

Après cela, le monde entre à quatre pattes.

D'abord une voix dans le mur, une goutte de sang dans l'antichambre, un serpent qui cherche la peste...

Puis, je la reconnais, c'est elle ; je la reconnais à la rose dure de ses doigts, sa robe de cendre, aux démons de ses démons, aux amis des démons. Nous sommes sept dans la matinée ; moi seul compte, ou plutôt je joue ailleurs et compte sept trous. La reine violette descend du châtaignier vers l'araignée pendule qui retarde ses pattes.

Une goutte de sang dans l'horloge... Le monde a monté de quatre marches... La personne qui l'attendait a la tête pleine de petits cailloux tintants, tintants. Elle est pendue par les pieds, sinon elle perdrait la tête par les yeux, par les oreilles.

Comme le ciel perd ses oiseaux...

Elle est pendue par les pieds. Les dents du cœur et les griffes de la peau lui déchirent la prison, la nourrissent de son cœur. Sa peau mord à la suite.

Elle est pendue à la basse branche de l'arbre et moi, le compagnon, cet arbre m'équilibre de toutes ses branches dévorées de pages vertes (le livre d'insulte a mes couleurs), et m'écartèle, trouvant les muscles des animaux du vent. De ce que laissent les feuilles arrachées, il n'est plus un trou nettoyé vers le ciel qui ne soit épée dans mon visage. Et pas une chambre dans le bois, pas une cave sous l'écorce !

J'en suis là, toujours trop près !

J'écoute, de mon œil encore possible, le chant épais du mur, tout près, qui protège mes regards contre mes yeux et ma bouche de la sève-poison qui veut m'ensorceler.

Donnez-moi un chien pour hurler, une cellule pour m'habiter.

Mais, dans ces racines du dessus qui veillent mon sang, engluent mes forces de leurs pentes vertes, écouteurs branchés à mes oreilles, je n'ai que le pouvoir de m'apparaître, rêvant un champ vierge où puiser le terrier sec, serré sur les os comme un gant en souvenir d'épousailles terrestres.

Et cela m'ajoute un corps de mémoire.

Et, de mémoire, j'envoûte le mur. Toc toc, frappe au passé creux. Que la sorcière soit blanche, aujourd'hui ! Que son rire, lancé en gyroscope, rapporte avec les poissons et les frissons une coupe de sang jeune à la demeure.

Un sang juré sur la pierre.

Et que ma demeure soit dans une rue, une fente du mur, un matin, à l'aube encore voilée, en mémoire des villes habitées que je ne saurais plus décrire.

Et puis, et puis...

J'ai mémoire encore mais sans couleur, cette fois, et sans odeur, tant la nuit est serrée fine, j'ai mémoire de la personne qui attendait, pendue par les pieds, ma compagne, quand le jardin la vit marcher au ciel. Une langue noire est dans sa langue, partageant son serpent et le venin avec son sang. Ses cheveux adoucissent les pierres. À ses cheveux, je compte des heures qui m'effraient. Cependant, les corbeaux sont dans sa bouche, leurs ailes battent mes paupières.

Que ce réveil m'évite la peine de bouger !

5e NUIT

À la fin, sarcelle dans les combles
Jette ton nom d'oiseau à la porte des champs,
Passe l'aile en rabot du vent.

À l'écoutille déjà l'on s'habille,
Plume d'oie, d'oiseau flotté de ciel,
Déjà l'on s'habille
Des vêtements du trou où je commence
À voir clairement ce que l'on danse.

À la fin, j'ai jeté un monde sur les épaules,
Non les miennes,
Mais cet habit d'os fait pour un autre effort.

À la place de ce qui clochait,
Je vous encochais, tous d'accord,
Dans le fourre-tout du monde renversé
Sur la selle du cheval qui dévore
Vers le trou où je commençais
À voir clairement ce que l'on dansait.

5e JOUR

Bien sûr on me fait rire !
Si j'avais pu, j'aurais fait
Les éléphants par le vide
Avec une trompe pour effet.

Et j'aurais pu m'en aller
Au nom de l'espace aspiré,
Au lieu de me retrouver
Entre quatre pattes de mur relevées.

L'araignée dit au coq : « Chante »
Et ses pattes pincent les nerfs.
La montagne dit au poisson : « Invente »
Des couloirs dans la mer

Où s'arrêteront des mains
À la recherche d'un mystère
Chevauchant ses animaux nains
Nourris à côté de la terre.

6e NUIT

Aux ayants droit, donnez
Le bonjour de Sainte Anne.
Aux ayants donné, prenez
Ce qui ne reste pas.

Et toi, le reste :
— Matelasse tes hannetons,
Briquette ton mur,
Vide ton creux.
Dépense ton toit en quatre sous d'ardoise
Et pense la nuit par son grand trou.

6e JOUR

Et voilà : un paysage facile à disparaître,
Commode à manger,
Rompu à trouer.

Dans la foule, ayant choisi un nom, on lui disait :
— Quitte ton nom, laisse aller, le ciel viendra
bien te chercher.

On disait :
– Détache ton paysage,
Attaque-le,
Ronge-le,
Romps-le.
Et ces morceaux de pain aux oiseaux, si le ciel veut bien se pencher.

Mais le ciel ne se trouait jamais,
Ne roulait pas,
Ne chantait pas.
À l'oiseau :
– Ton jardin, c'est la feuille rousse, elle te change dedans.
Jette-la,
Perds-la,
Fume-la.
Et l'oiseau :
– La feuille rousse est un cœur de chagrin. Sous coucher de plumes, son frémissement appelle des mains.

Les mains de fou et le noir de corbeau s'échangeaient sous le satin. Le ciel s'attablait ; son ombre avait beaucoup à manger.
– Éteignez-la !

IV. FOI, LES CHOSES

SAVEUR D'HOMME

Donnez-moi de quoi changer les pierres,
De quoi me faire des yeux
Avec autre chose que ma chair
Et des os avec la couleur de l'air ;
Et changez l'air dont j'étouffe
En un soupir qui le respire
Et me porte ma valise
De porte en porte ;
Qu'à ce soupir je pense : sourire
Derrière une autre porte.

Détestable saveur d'homme.

En vérité, une main ne tremble
Que pour vieillir sa mémoire ;
L'autre ne vieillit que d'avoir
Trop bougé de vie depuis le temps
Où le monde l'a basculée
Dans l'histoire du temps et du moment,
Qui, sans jamais se ressembler,
Se retrouve à chaque instant
Dans le sac noirci de son éternité.

AU NID

Éloignez-vous de cela
Qui dort dans sa tête,
Sa tête qui a du bon
Et fait bon poids.

Pour que la tête perde ce poids,
Mangez les oiseaux vivants au vol ;
Pour prévenir votre ombre,
Pour entretenir vos nuits,
Dînez aux pattes de la veuve noire.

Et laissez-lui le soin
Du voile nuptial
Arborant votre tête, préservant
La couvée de vos ombres.

Lors des creux, ces partages du vide,
Guerres des silences, guerres des ouates.

RUINE

La ruine a manqué la maison
D'une pierre qui
N'est retombée dans le salon
Qu'après le cri.

La ruine a manqué le salon
Où s'entretient la famille défunte.
Les grands-parents prêchent le pardon
Pour la branche éteinte.

Et le cousin mort à Sainte Anne
Cherche son esprit sur un âne
Galopant par les champs d'avoine
Que sema la maladie feinte.

REPOSEZ-VOUS

Reposez-vous, mangeurs de choses,
Ou prenez-moi par une main qui dévore.
Au fond du jeu qui me suppose,
Se font, se défont les tissus du corps.

Reposez-moi, mangeurs de choses,
Entre les doigts défaits de la main bleue
Qui file, autour de la nuit qui m'expose,
Ses ongles, larmes séchées d'anges creux.

J'ai mémoire encore de poutrelles,
Au-dessus du lac qui saborde
Ses propres surfaces sous ses ailes ;
Et puis les gestes prêtés à l'ordre

Et les gestes d'intervention
D'une muraille plantée de coudes
Qui ne jure l'absolution
Que pour cette partie de chair lourde

Pressée ailleurs ;
Alors qu'ailleurs encore
Ailleurs encore
Toutes mes parties de peur
Parties de peur
Tournent autour de la charrette des couleurs.

CHAMBRE

Les larmes sur l'ardoise,
Les armes dans la chambre.
Quelque chose pensait...
Il fallait que les fantômes mangent !

La neige a répandu des fleurs
Que le ciel mouille en chaque oiseau
Chaque oiseau
Planant un nuage fait pour la lenteur
De tout mourir en dormant le vent le plus chaud.

Il fallait que les fantômes s'engrangent...

Pour épuiser les creux de l'âme blanche
Déshabillée de sa mémoire des chambres.

APRÈS

Après la trace, vient la distance.
Ce que rêve l'autre, ce que rêve l'un,
L'un dans l'autre se sont compris.
Il n'est pas de lumière
Sans feu pour finir.
Commencée de fumée,
Ainsi se fait la forme,
Sans fait d'avenir.

V. LE VOYAGEUR ÉPRIS AU PIÈGE

SANTÉ NOIRE

Ils viennent, ils viennent ! Leurs couleurs plantées dans l'eau, leur image cachant des miroirs ; seule une absence nous les incarne, une présence nous désincarne !

L'histoire du temps a glacé l'eau ; une faille du temps ! La glace s'est ressoudée à l'embouchure vitreuse et mes yeux sont mouillés dedans.

L'infinité d'un spectre ouvert dans une armoire... et les fantômes nous viennent dedans... les tiroirs me contiennent aussi ! Et je ne dirai rien si je ne veux que les murs m'entrent dans la bouche !

Mes yeux m'étouffent, les oreilles me dévorent, ma gorge appelle un trou trop rond, poursuite à travers l'espace et le temps et l'espace, l'espace et le vent et le temps... l'espace, la masse...

Et je ne puis plus dire que mes yeux ont des oreilles partout. Que mes oreilles ont des corps partout. J'entre éveillé dans une incarnation de la nuit où les miroirs ne reflètent plus, mais se protègent de visages creux.

« C'est pour mieux vous dévorer mon enfant, mon enfant jaune et noir, ma veuve jaune et ma veuve noire, la veuve jaune, la transparente, la veuve noire toute frémissante. »

Et l'on peut me dire :

Que j'habite, nu, la soupente extrême, la plus basse, la plus étroite,

Que ma main est crevée, clouée dans le bois noir,

Que je vis là, piégé sans l'être, couché sans l'être, plié sans être prié, mangé dans la lenteur, mais bien accordé à mes couleurs et drapé très sérieusement dans le drapeau de ma propre définition.

Ah ! Ah ! Si ce n'est moi, serait-ce un frère ?

J'attends qu'en bas ils commencent. Qu'ils nous dérobent ou nous débordent. Si cela est, qu'on m'avertisse !

Je retirerai ma tête
De trop dans mon chemin.
J'irai creuser le faîte
De l'arbre du Bas-Enfantin.

À LA GRIMACE

Allez-vous-en, vous n'êtes pas joués ! Il fait si noir qu'on n'a jamais gravé les cartes. Allez-vous-en, on vous a joués. Le soleil n'a jamais fait partie des livraisons du jour et la terre n'est qu'une ride de vieillesse. Celui qui aime l'atome ne mange que du néant. Celui qui croit prendre un chemin ne prend que son corps par la fatigue.

J'avais pourtant trouvé de la viande dans des statues... et quelque chose de touchable qui s'insérait, ne quittait jamais la main, cette main, ma main.

Mais la main, l'ombre d'un geste, n'avait jamais quitté cette sépulture anticipée, ce grand dortoir des autres, peuplé, peuplé...

D'un grand fauteuil qui n'invite personne...

D'une clef œuvrée qui n'explique rien,

Trouvée dans la main
D'un pensionnaire de la maison détruite, quelqu'un payé très cher pour rien.

Et dans un coin du sommeil des autres, lui, là-bas, sa peau se déplace. À quoi t'entraînes-tu ? Qui donc te rêve ? Il n'a rien vu, rien entendu ; son corps l'avait porté à la dernière dimension nocturne, jusqu'à l'issue du dernier hasard.

Le dernier hasard... Un grand brouillard en place. En avant, drapeau noir ! Les démons, on vous somme, plus d'hésitation ! L'habitude de la réalité exige une belle autorité.

Moi, je n'aurais jamais dû me prendre les pieds dans cette galaxie !

FORTUNE CRITIQUE

Voici un riche en mon pays,
Oh les cœurs les plus hésitants !
Le malheur étant nos minuits
Mes couleurs en sont le mitan.

Combien de bruits ! J'avais vraiment cherché cette nuit, une nuit épaisse jusqu'à tromper mes os et mon fantôme ; j'avais voulu les dames lunées, blanchies à la terreur et réveillées dans les statues les plus pâles. La troupe des seigneurs, armés à mort, gardaient leur roi et, derrière eux, la forêt lançait des mots de fer.

... Voici des bois dans nos cerfs, des richesses à chaque poignée de main, des os dans nos mots gourmands. Paroles de roi avec des yeux d'avance. Le malheur est un mot très méfiant.

Et bonjour à la lumière. Les saluts sont les plus transparents !

Mais que donner ? Sinon son père, sa mère et tous ses êtres vivants.

Ma misère à l'envers
Se trouvera bien un endroit
Où pousser un petit frère
Et là, lui donner des droits.

Je me suis dit : Dévore
Les cailloux de demain,
Ne perds rien des venins
Qui font que le serpent mord.

J'ai assez d'ombre sur les mains
Pour éteindre le plus fort
Des feux qui encore le matin
Brillent de tous les vrais morts.

À me mourir tous mes chemins
Et mourir de tous mes biens.

Pas plus de rassemblements ! Que chacun porte, que chacun aille selon la discipline de son propre cheval macabre.

PLEIN

Le monde est plein. Qui donc fait retomber chaque fois la nuit dans le même piège ? Moi, je ne connais personne et le ciel qui m'en veut beaucoup ne m'a jamais, jamais montré la tête de son gros rat.

Quelqu'un ouvrit la porte : Personne était dedans, avec des os qu'il avait dedans, alors que tout autour j'avais juré d'avoir sa peau.

Le monde était terriblement plein et les choses traînaient. On décorait des cauchemars illuminant des monstres et cela s'appelait présent, maintenant...

Ces cadeaux enrichissaient nos nombreuses collections, de moi à moi, avec moi et moi et bien d'autres, et bien d'autres moi... Le partage le plus équitable pouvait cependant parfois nous diviser, car jamais, au grand jamais, une tête n'a très bien tenu sur des épaules.

N'ARRÊTANT PAS

La nuit n'arrêtant pas la formation des suaires, qui donc ailleurs voudra m'habiller ? On m'avait dit : « Creuse ton nid avec ton poids. » Parole, parole, quel beau visage tu aurais fait !

Ah passez-moi mes nerfs, sans doute n'en ai-je pas encore assez ! Le malentendu est que cela n'est pas moi, pas ici. Mais quoi détruire ?

Voyez ce que je pense. Un tas d'objets. Va-t'en. Bravo pour les bruits. Un grand merci pour tout.

Moi j'explose, j'exploserai tout. Chaque démon a ses démons.

Et que le monde se contente de vide. Que le vent ne parle plus.

(Après l'éducation, les conditions.)

Que la terre ne soit qu'un gémissement de plus dans ses corbeaux en surplus.

Et qu'on me donne le temps pour m'arriver,

Une planète pour m'arrêter,

Avec cet arbre horriblement formé que ma mémoire complète d'un cheveu.

Tu peux y aller, toi, maison, tu peux y aller ! Balance tes fenêtres par-dessus bord.

POUR MÉMOIRE

Ma fête, ma fête... bientôt les troubles ! Voici la grâce et le reste. À mes amis ! Nous déjeunons à la Tour de Fresnes et le fou a toujours raison.

Jadis les hommes d'armes envahirent Misérapolis, rasèrent tout, trouvèrent ma tête et depuis tout un monde a pris mes façons.

Puis il y eut une fable sur les pieds de la réalité.

Et le diable s'accouda.

L'enterrement étant de rigueur, les fantômes font des petits partout. Bien sûr, les vivants sont malfaçon et vous, les faits, si on vous trouve...

Et puis... l'horloge est là, bottin du temps. J'y lis les noms dans les marges et tire à moi seul les ficelles d'une équivoque communauté.

L'ÉTERNITÉ DANS LES DRAPS NOIRS

I

L'éternité dans les draps noirs. Mes funérailles dans la robe de cendre. Par ici le grand trépaneur d'andouilles !...

On nous a mués. Ce qui nous est, fait beau reflet et j'ai toujours sur moi la photographie du suprême détergent.

Tous nos ports chavireront bien quelque part ! J'ai un vaisseau, une pelle de souvenirs, qui flotte, qui flotte. Plus besoin de poisson, voyez j'élimine. Je jette un grand jour à découvert ; déjà j'ai commission du jour des morts.

Ailleurs, j'ai fermé portes et fenêtres, baissé les stores, cherché les poisons viables, j'ai la bougie comme l'intérieur de la vue et rien ne m'empêchera de me jeter au feu des boulets de souvenirs.

Forgeron, dans la tête de pierre, j'ai battu le feu aux poudres d'un acier qui ne se voulait entendre dire. Installé à mon compte, j'ai écharpé le propre de ce qui n'était pas ; installé spécialement, je me remplace par un sommeil peuplé de greniers qui m'habitent obscurément une cervelle faite éponge sur un lit d'araignées crues.

Et moi, je les aimais bien cuites, pattes développées, asperges de hargne.

Enfin, de bon cœur, chevauchant toujours, j'écoutais hurler le brisant aux cavaliers marins, constatant la brique dans la mer toujours calme, toujours seule, éternelle pieuvre sans laquelle mes bras ne sont plus bons à prendre.

Qui donnera la paix, quel soleil à éclipser, passant le verre à l'intérieur du cœur ?

Et quelle visite fera des petits ? J'aurais des trous gagnés dans la mémoire, que le reste aurait suivis...

La mer n'étant que le terrain boisé dont j'ai faim de perdre la fuite.

II

Des enfants dans chaque racine. Le pire est-il qu'on mange des bêtes ? Dans le clapier, la nourriture est trop vécue...

Et ce n'est pas que les morts me dérangent ; ensuite j'ai l'habitude... La paix de ce genre de ménage repose sur un serrement de gorge ou sous un coincement de terre.

III

Enfin, dans le cachot, j'ai des jeux très compliqués. C'est un secret répandu très volontiers, mais qui manque de place ! À l'aller, j'ai fait déborder le nord, cela qui est la goutte perfide de l'océan.

Sans communiqué, allô !

Les lignes sont toutes occupées. Dans les visages, plus de hasard. Ma conscience fait des petits et un pépin hypnotique toujours urgent.

Enfin je suis à moi ! Ce que je suis n'est plus à moi. Voyez le change. Responsabilité illimitée !

MOI, JE PARLAIS

I

Les portes se ferment, qui s'emboîtaient les unes dans les autres. Une ombre ment : dans cette grimace, j'entrevois le mouvement qui fait blanchir des corps et qui se fait sans cesse derrière moi, ce que je crois moi, ce qui devrait être moi...

Devant cela, et cela aurait pu être moi, s'allument deux yeux rongeant le même os noir.

Devant cela, un fantôme cherchant toujours le même savoir.

Près de cela était mon ombre.

Et jamais je ne saurai où j'ai traîné mon ombre, car il en reste quelque chose de noir à l'intérieur.

Moi, je parlais, je parlais...

Et cela était mon fantôme et c'est tout ce que j'étais ; et j'errais ainsi, de la tête de la terre à ses pieds transparents. Parfois plus vieux, parfois personne, faisant parfois semblant, comme si des fantômes avaient suffi pour écrire la terre. Si je criais : « Repos ! » les choses hurlaient, mais le temps imposait, m'imposait une ombre bâillée de tout un ventre sans cesse plus ouvert et la nuit faisait semblant d'y voir.

Plus tard, combien plus tard, les mers aux gestes vagues, les mères de l'Au-delà me comptèrent avec leurs poissons.

II

À la forêt je m'explique.

Après les ruines — tout le vital, ce qui est — j'allais vers la nuit de la chambre, la chambre de la nuit, ce qui devrait être chambre et qui n'est que nuit, et même pas nuit, car chambre avec la nuit triste, triste... Tant et tant que les oiseaux sont dans les draps, morts de longtemps et même pas morts, mais froids et même pas froids, mais comme morts et partagés par le temps, avec le temps, ce qui tend, que j'entends, que j'attends...

À la forêt je m'explique.

Entre deux yeux pesants — bien loin de tout — Bien loin c'est tout ça, bien loin c'est tout ça — La neige est épaissie d'un glas des lunes lourdes et son pouvoir est rouge aux lèvres craquées de dents noires.

À peine étais-je ancré dans la mer — condition des naufrages — la mer grossit d'une dernière gorgée de poison.

Moi, je me mystère, je me mystère...

M'expliquant à la forêt, aux arbres en creux, aux oiseaux vides, hurlant avec la peau du loup dont je rêve les dents...

Ô les grandes épaisseurs !
Ô les grandes découvertes !
Mon cœur un peu le cœur
De l'être nommé Perte.

Je nage en mon ombre,
Trop de noir dedans.
Mon ombre est la tombe
Pénétrable au vent.

Luisant d'un seul cri
Noircissant devant
Ménagé au lit
De qui passe dans,

Je mange à mon ombre.

Ô les grandes épaisseurs !
Ô les grandes découleurs !
Ma fleur un peu la peur
De me perdre des champs.

Mais qui donc me ride ?
Que le monde me pende
Si la mort m'étend
Suite des yeux vides

Et me fasse longtemps.

NUITS FORTES

La première nuit était dans ces couloirs où nous cherchions sans cesse l'angle juste, après tant d'angles et de triangles, après toutes les circonférences du monde.

J'allumai un fantôme. Ce cierge épelait une lumière verte avec les flottements d'une voile. Et, de ces eaux, ruisselaient la sorcière, les gouttes de la sorcière, toute sanglante de nos troubles, mouillée de tous nos yeux. Elle avait la douceur de la vague, le pardon de la porte qu'on ferme.

La seconde nuit nous rechercha sur le vaisseau. Le capitaine était si grand qu'on l'aurait cru pendu au mât. Les marins lisaient des miracles, cependant que la Grande Dormeuse veillait nos rêves, instruisait nos prudences. Elle avait de ces patiences d'abeille.

Les mers aux gestes vagues, les mères de « l'eau-delà » nous comptèrent avec leurs poissons.

À la troisième nuit, nous nous trouvâmes au port. Les amis des matelots décédés nous parlaient de mirages...

« La journée des morts
La nuit fait le fort... »

La neige était sensible comme une chevelure du soir et l'araignée, qui s'y prenait la toile, ne laissait pas une patte d'espoir, pas une trace de perdition.

Le matin nous fit un signe d'adieu. Une longue main triste égouttait contre le givre longtemps endormi.

MÉMOIRE À FAUX

Le chemin mène à la maison du passé. Dans la cour :

Une araignée éprise de mains,
Une licorne mangeuse de regards,
Une chevelure confuse de satins,
Des draps dépliés dans un crépuscule de retards.

Bientôt le soleil des morts rappelle un premier matin, émerveille les mains dans les extrêmes de cette aube couverte de chagrin... et la bête musique.

Et, près de moi, une personne allongée ferme la bouche comme un frein.

Les oreilles de moi ferment le mur, une fenêtre de rien.

Que ce tombeau ne s'éveille de trop de souvenirs !

LA NUIT DERNIÈRE

La nuit dernière, l'anthracite a brûlé la dernière odeur retenue de la cave. Les roses ont changé le pain. Elles ont des yeux dans une page de vin.

Et le géranium traduit...

Courts, courts sont les visages. Court, il court le furet à petites doses griffues sur des plages édentées d'un seul grincement de vent. La nuit est au courant ; elle peut couvrir bien des chats et bien des chants et, d'une seule plume, son alouette entraîne la couverture des grands fours.

De quoi se perdre les ombres ! Ô les ongles de douleur poussés dans le ras du vent !

À TROUBLE TOUR

Le ciel est tout secoué d'un grand rire profond comme une eau trouble et le vent tombe en poussière. La mer, toute debout, ne s'arrache pas les doigts de l'ombre, mais délace, une à une, les pattes et les voix de l'araignée de l'ombre.

Le ciel joint la mer à la suite des poissons. La mer est un crible blanc, son visage mange au milieu d'un miroir.

La nuit met en berne sa main tendue de drap, le ciel la touche avec un seul drapeau sur le visage. La mer enroule des tours et des détours en chaque ciel et la nuit les trompe d'un seul vaisseau noir.

Un grand filet s'y prit,
Un gant d'échange, sans prix...

Et la mer fut faite pour boire et la nuit pour lire. Le ciel voyait des yeux et les loups, qui dansaient, n'échappaient plus d'une dent.

C'était... c'était...

J'y vis mourir un grand pays transparent, dans un régime de faiblesse. Les animaux donnaient leur vague à remplir, et, les miracles leur étant donnés, la mer les endormait.

C'était l'oubli, pensai-je, l'oubli et quelque chose de plus qui se faisait décrire... Et, ni la nuit n'y sommeillait, ni la mer ne s'y baignait ; le ciel n'avait plus de dessus.

Et ce trou-là ne pesait même plus.

Puis, il y eut — comme s'il y eut toujours — un cadavre au rez-de-chaussée, les restes d'un dialogue dans un grenier. La souricière étant fermée quelque part, la maison ne s'éclaira qu'à la projection des morts.

Et ma maison avait le bois noir.

Ensuite, furent des nuits, ouvrant l'état d'une certaine apparition... Les concurrents s'unissaient dans les détails des vitres et cette lumière présente s'en fit un ordre.

Là est mon lieu, ma perdition, pensai-je ; la divination de mon bien... Dans la déchirure qui ressemble aux plis brouillés de la mémoire, dans cette petite déchirure, je te retrouve coincée, consciente, perdue dans la majuscule, trouvée dans la minuscule !...

Et, là devant, un grand cerveau noir,
Nourri à la trace
Avec quelque chose venu de la culture du soir.

Et, là devant, cela me parcourt
Que monter d'un être l'étage de mes ténèbres
Me jetterait un trou par la fenêtre.

Et puis, et puis... Mais j'oublie de changer de choses !... Ma tête dépasse d'un œil comme d'une vitre... L'éternité contient des œufs dans le silence... Et rien même, rien ne saura jamais quelque chose de ma raison.

DESCENTE AUX ENVERS

Là-bas, il se déplie, plus bas encore, il s'est surpris... Fantôme à chaque tournant du corps : dans le feu, affolé, dans la terre éthérée... c'est là qu'on le trouve, là, au lieudit où le soleil ne fait bouillir que la marmite des minuits.

Décor : La demeure sans fenêtre, aux regards sans porte, aux oreilles sans mur, ou seulement, seulement, alors, autour de la chambre ouverte par une blessure qui m'était faite.

Quelqu'un traduisit le langage des ombres : « Rien que le silence pour maudire ! » La voix avait l'absence du sel dans la lune.

La voix disait encore à quelqu'un : « Je t'abandonne ! »

Et ce quelqu'un venait à moi, penché sur ma mort ou inventé dans mon existence.

Quelqu'un ayant parlé, je me compris au piège de son trajet. Quelqu'un disait : « Ah là, cerveaux, si l'on vous tourne ! »

Et moi, je me prenais au piège de mon trajet d'ombre noyée où la mer couvait un œuf de patience.

Et quelqu'un : « Cerveau, que de pensées enterrées sans nom ! »

Et là, je me voyais descendre dans l'imagerie d'un sable toujours plus fin et, me suivant à la trace, entendais les sables perdus voyager des pas mouvants dans ma poitrine...

Et quelqu'un : « Cerveau, fantôme chaque fois ! »

Cela suffirait-il pour m'écarter de mes dents, pour m'éviter de mes yeux ?

J'inventais :

Qu'avant la mer, je me gorgeais de quelque sang où je coulais, moi-même liquide, vers ces rivières nommées : Merci.

Qu'avant le temps, je me secouais d'un vent nommé Merci, en une grande carcasse de rire dont je ne finirai plus de compter les morceaux.

Et qu'avant tout... devant mon invention, je me dressai, muraille, je relevai la face, les yeux dans les yeux du Visiteur.

DE TRÈS LOIN DU SOLEIL

Il y a une cave dans une partie du ciel et les chiens taisent le nom de cette lune-là...

La mer, penchée dedans, est un gage de larme.

Il y a aussi la maison du ciel, toute blessée d'une fenêtre inquiète, ouverte sur une rue

Où donnent

De grands anneaux mouvants, de grands ciseaux d'ailes, utiles comme des dents.

Qui, sans ces oiseaux, s'occuperait de noircir l'aurore ?

J'ai recopié ce monde en tant d'exemplaires que ses racines me changent les mains. Et mon corps s'y déplace et le reste avec, avec ma bouche mordue à la suite des pierres.

Avec moi le crève-chêne

Et l'attrape-tête,

Le crêpe-temps

Et l'oiseau sec de ciel, les animaux sans terre et des mains creuses de vent.

Maintenant, quelquefois, dans le miroir désespérément ouvert, je me vois cuire un cœur soulevé d'un horrible battement jeté de très loin du soleil.

À LA BONNE BOUCHE

Ma poitrine était bleue, je perdais du ciel.

Non, je ne me fierai pas à la largesse des choses. J'irai autour. Je descendrai plus bas, élargissant mes habitants, mes empreintes fermant mes crevasses, mes animaux durcis dans le temps...

Le vent était tout de feuilles mortes et les fantômes toute la chambre.

Le vent s'enrichissait d'amers, la lune argentait un cœur du ciel.

Et l'effroi se chargea du reste... Les fantômes donnaient des exemples de caresses, mais nos mains ne s'y touchaient jamais.

Cela me courait sur la peau, hurlant un air qui m'était respiré. À l'autre bout, il y avait un dieu. Je lui criai : « J'abandonne, mangez-moi la langue ! »

Et les fantômes mangeaient.

CELA

Le mystère balayé avec le reste des fenêtres,
Les habitudes du vent,
Les grands moments,
Cela venait à peine de s'ouvrir
Que le sourire en noir
Ouvrait déjà sa porte pour le mourir.

Et cela donnait sur un reste de rue
Qu'un reste de fenêtre pensait encore,
Cependant que cela
Séchait du sang sur le reste d'un corps

Et que quelque chose mouillait.

DE MAINS ET DE LUNES

De rien qui trompe et qui tord
À rien qui de moi s'endort,
De moi s'endort, le rangement de la douleur
Pliée à l'ombre de ma peur ;
Est-ce ici que je rêve des morts ?

Une main, au crépuscule dont je m'endors,
Dont je m'endors,
Prendra le temps de tout un voyage des terreurs
Qui payera le prix d'un tissu de chaleur
Jeté devant les voleurs
Pour m'envelopper dans ce que je rêve des morts.

UN HABIT DE ROSES BLANCHES

La fenêtre rouge ouverte sur la belle,
Est-ce ainsi que je conçois l'amour ?
Des crimes de larmes aux pierres peintes de sang,
Des oliviers, dans une vieillesse affreuse, rajeunissent.

Et mes armes ont la couleur du marbre
Qui, de toute la longueur d'un monde,
Prend le pas sur la rue oubliée
Où mes pas font et défont des regrets.

Alentour, je me veux fidèle,
Dans l'égarement blanc, à la traîne de mes fées
Et que les saisons me viennent
Pleurer et mourir mes corps et mes corps défaits.

INÉDITS
(1949-1952)

[LE TEMPS EN BLANC][33]

*Première version intégrale**

Prologue - mouvement

... Ainsi prévu, ainsi connu, ainsi saisi au point-vision de l'œil qui porte son soleil — de l'étoile-totem à la pointe vive du total des pôles...

[De l'étoile spectrale à l'étoile du serpent, à l'étoile de brasier, vive à la tête de l'Aigle au sommet...

Du point de chute, de l'étoile de seconde vue à l'étoile de contact d'un soleil de cave et de l'éclair-brisant jailli en tranchant double d'un flot vert dans l'infini sans rupture de courant :]

À quatre crans d'horloge l'HEUREFLAMME s'accomplira... s'accomplira de Minuit à Mivide — À la mi-mort l'Éternité [*en X*] porte le temps en blanc sur son grand livre sans fermeture d'espace... *[Et le temps s'étendra, blanc sur neige, en vol stoppé au fond des pierres, à perte de sommeil, à perte de regard sous pierre de paupière... Et le temps s'éteindra, qui déjà brûle à petites lueurs, à petites heures.*

LE CADRAN S'ILLIMITE : (Croisement des poignards fous aux branches de la nuit noire — jusqu'à l'Étoile Tourbillonnaire.)

... L'Orloge sera bouclée, d'un seul tour de cadran ; l'Orloge coincée !... Et c'est alors l'éclat-éclair d'un contretemps hors direction — L'Heure Absolue ! — Et c'est l'Heure Noire, blanche devant, noire dedans — La Face alors s'embrase, son rictus la dépasse !... L'Heure repasse et passe sur elle-même.]

---

* Publiée ici pour la première fois. Les passages entre crochets et en italiques sont inédits.

Jévix

Naître : L'Œil-Œuf réchauffe, comme une petite tête, sous sa paupière, sous sa peau de pierre ronde, réchauffe le cœur, la tête de clou rousse qui s'enfonce, qu'on enfonce sous la coquille d'une poitrine solaire — le O-de-vie, œuf éclos...

[*17/1 ---*] Je le dis de la part de l'étoile, en face d'une étoile comme à perte de vue dans tous les sens où je m'étoile :

Cette nuit voilée boucle la gueule des trois vampires — 17 janvier, 1 heure de l'aube, 7 femmes du mort vous briseront la glace et livreront l'Œil-de-tout-dire (étourdir), Boule lumineuse ténébreuse, qu'est-ce que c'est, qu'est-ce que c'est, sinon la Roue ? — Et bientôt l'éclair en témoigne...

Un soleil de demain et sa chaleur de cruauté-cristal vous saisiront demain — comme nous en reparlerons.

[H/2 --- ... Et cette lumière sera glace à grands cris, sans un faux pas dans le soleil, sans un chat dans la lune ; mais pas de lune sans cette lueur-glas — sans cet œil-là !

À l'heure crevée d'un coup de gong, Arabelle-Eolle sera serpent dans les anneaux de son double... livrera la chose de nuit à l'angle de deux mains coupées sur un poignard.]

Et l'Oiseau Noir relève les traces d'un grand incendie. Le passage noir garde les marques d'un oiseau de nuit.

Avrime

[Mourir : L'Œuf Solaire éclate, les vents se nourrissent... Mais les fouets sifflent, mèches de cheveufeux, brisants d'éclairs — L'Œuf Seul boucle son creux qu'il voûte. L'Œil Fixe (bête blanche) se fige au ventre... Fracture glacée, malgré la lueur, de l'Os-de-vue qui cherche corps — Le O-de-vue...]

[*H/3 ---*] Le ciel joindra la mer par la queue du Poisson Noir. La nuit sera le crible blanc et le visage solaire jaillira au milieu du miroir envahi.

[... Et le Zoèrne aura plongé, lorsque la mer mise en berne ne tendra à la main-morte qu'un seul drapeau de la peau d'un visage de herse – Les airs sont étouffés, la tour humairne est diamantée...

Un seul caveau sera forcé, mais trois racines du sol restent croisées ; le Nébix sera peuplé, le Noir-Emberne sera fixé...]

[Le Transparent dresse la colonne du flot jamais éteint, le Transperçant jettera l'arme veuve et l'épée nue et la main dure – Mais la lune peut être rouge que ce sang n'en touchera pas moins la nuit ! À l'heure de souffre, le ciel éclatera sur le tranchant de l'éclair, comme l'orage ajoute des morts...

Sous le signe du Poisson Noir je place alors le Grand Flotteur, de la mer à la lune.

La lune rousse devient la Roue et l'Oiseau tourne avec ; ainsi s'ouvriront les tourbillons de la lune au soleil.]

Les cavernes sauvées...

[7/3 --- La blessure durera comme les stigmates seront éteints. Et l'on verra les pierres devenir des voix dans la chair de l'oiseau-corps, les masques être des murs sur la face à feuilles de nerf, à fleur de sang, touchée d'un vent à vif...]

À la 1 heure, cette nuit-là, brisez une glace où s'est jeté l'éclair de la lune et lisez-y la lueur de votre mort.

Jémune

RENAÎTRE : *[Dénoué sera l'Œil-Nœud et lâchée la corde. Le* NŒIL *de formes]*, coquille, renoue les fils du vent qu'il tend, enfante les fils du temps et respe... respire dans le poumon-ballon, dans la pomme d'éther, dans la paume de la main-outre palmée d'une peau qui gonfle – Coquille...

[– L'Éclair-sur-glace allumera la mèche de l'Aube Absolue, l'aube-spectre et la nuit blanche d'Outre-Ciel – SPECTRONNANT... *La Tête neigée s'étoilera de l'œil de gauche – Étoile noyée...]*

ET LE MIROIR SERA FORCÉ – la vue plongée – La mer-de-nuit figera l'air et l'eau, l'eau pleine, sa chevelure d'esternité polie et pâlie que la marée ira jeter et rejeter, comme des filets, en vagues de froid, en verre dépoli...

[Mai – ... Et l'Être presque éteint se révèle au plus grand jour dans un demi-soleil de caillou... Et les hiboux sonnent le feu vert par des éclairs de coups de gong, de coups de feu, qui frappent dans l'« à-peine-vie » un appel de cheval de pierre...

Et toutes les nuits se feront chair ; et toute chair deviendra fleuve pour devenir – pour le soleil – face au vampire, un grand sommeil de cave aux flambeaux noirs.]

– Et tu t'endors face au vampire, et ton sommeil aura des ailes noires...

> (Quelques signes retrouvés contiendront, pour jamais, en toutes formes ainsi fixées, l'alphabet des anciens passages :)

[– C'EST L'INTERDIT SOUS PEINE DE MORT ! – L'Interdit d'entre-trois-vies – Visage de l'Androgyne – Et le mot est lancé : – « Sésame ; et pour ces âmes, ouvre-toi. »

– Mais l'Interdit jette un délire, comme les éclats de la dernière vitre. Ton âme sera le souffle de la chute suspendue et le trait d'union du monde se trouve frappé d'un point de suspension...]

Jital

> *[ÊTRE : COQUEVIE. L'Œuf-cœur. Le O-de-vie... Entre deux battements --- On bat le mort, le vrai du corps !... Entre deux coups de gong, du crâne-massue sur la tête-de-clou rouge, pesante sur soi --- On cloue ! C'est le couvercle de Soi... Entre deux coups de sonde donnés dans le Grand-Plein qui mord --- Mais quel fond ?... le silence !... chute lente à la verticale, l'épieu de haut en bas, et inversement, qui troue le Tout, le fait couler à travers soi, alors qu'il va se noyer, se noyer à sa surface, alors qu'il va déborder dans toutes les directions des membres mécaniques --- Eau-de-vie...]*

[– À l'heure crevée d'un œil, rougeoie la lueur – Qu'est-ce que c'est, qu'est-ce que c'est qui gît devant la langue du spectre.

– Pendue face à la mer, la face d'un père mortel au régime de la mandragore...

– UNE FEMME SEULE ÉTENDRA UNE MAIN-SERMENT --- sur 3 facettes du sein-serrement...]

L'Aube Sortilège se lèvera à la Tombe-tempête.

[APPEL AU DIAME-DE-VIOLTE : Un certain signe qui naît d'un feu annonce de par le feu l'apparition de l'ÉCARLATE, chevalier-fou, et le parjure sur 3 doigts de sang-seulement...

Mais quel diamant aux foudregriffes ?

— Bientôt la femme visible dans une blessure de lueur deviendra lueur dans un feu — Le diamant-signe sera cette arme glacée jetée à la tour de sein du Sein tourbillonnant dont 3 faces retiennent les fers de vent.

Mais dans la boule, qui est-ce qui vire au sang-feu simplement ?]

... L'AUBE-SORTILÈGE SE LÈVERA FACE À LA TOMBE-TEMPÊTE.

--- L'Ensorcelé deviendra Ombre ; ombre du sort qui est jeté, qui l'a jeté. Au moment dit, la lueur se fera pierre dans l'œil...

Or cette nuit sera double --- et triple son tranchant. Et l'Oiseau Noir va droit au Solitaire, perdant sa direction.

APPEL AU SOLIMORT / Le Sol de cristal allume un tranchant d'éclair noir...

[*3 août* ---] Mais nous verrons une tour s'ouvrir avec une porte des ténèbres. Et c'est l'heure où les feux sont des yeux exorbités lorsque la mer est un seul orage distancé.

[MYSTÈRE-CHAT se fera jour à travers l'heure de cristal, la boule spectrale. L'Androgyne aux 3 noms rouges apparaîtra, sa face voilée tournée vers la foudre.]

Alors le vent sera sur sa pente folle, les murs balanceront et quelque chose viendra qui n'est pas annoncé...

[L'AUTRE, de son fond perdu, ouvrira la troisième vue.]

Octême

[ÊTRE... L'Œil-Cœur. Moteur-mocœur --- Tête de poitrine, fermée en œuf et enfermée, liée de veines ; FACE aux dents qui claquent et battent, aux lèvres enfouies, coutures du sang — Le Clou Rouge — Le ROUX aux brancards d'os... (Cependant le mocœur mis en branle ne s'arrête plus qu'une fois et, pris au feu, devient cendre...)]

[--- Face de dément et dix yeux des démons. Le château rouge retient un chat mortel.

[--- Un château sera cet animal hanté, noir de plumes et sanglant-vert des yeux. Son miaulement appelle des voix.]

--- Puisse en ce jour X, le masque inaltérable se corrompre et faire la ruine autour des yeux, car vous verrez alors le Grand-Distant dresser en face de votre face *[un poing fermé comme le contraire]* d'une orbite creuse !

La catastrophe s'annonce prochaine...

Et si le flot s'élève encore, les toits prennent feu, cependant que les lumières s'éteignent ; la mer sera cette boule-diamant *[au fond – comme au bout]* – au fond de laquelle délirent, jusqu'à la flamme-vertige, les glaces-vestiges intérieures.

[Les choses en seront là jusqu'au moment compté...]

Et après... mais sous la neige spectrale battra peut-être *[encore]* la chose morte !

Dévone

> *[*MOURIR *: L'Œuf s'est ouvert... mais se referme inversement autour de sa coquille, le dehors en dedans, l'extérieur au fond. Et, l'espace étant au creux, pris à l'œuf,* IL *se meut, respire et crie, poumon lui-même, l'*ŒUFCORPS, *l'œuf-pomme de vide (vitreterre), à la place du grand et petit être passé aux Mains et aux Mortres de la Langue-froide faite corps et machine, avec des membres qui sucent – Défaite gagnée – O final – L'eau-vitre refermée sur l'horizon, sur l'œil-vision...]*

– J'ai compté 12 figures dans le cadre violet ; *[le Poisson Noir, dont le dard se recourbe, sera l'anneau...]*

Et les 12 signes rappellent une seule ancienne figure fixée au clou de l'Étoile Veuve. *[Les 12 couteaux se plantent en moi, en racines sèches, en moi, comme je parle, comme je parle par la bouche d'Arabelle Folle.]*

Les tranchants de la Grande Pyramide se multiplient *[dans l'espace, se dépassent dans l'espace d'un Entier de l'heure folle.*

--- L'Androgyne attendue pour hier relèvera le visage de midi. La forme d'un seul vent n'en cernera pas moins la lueur --- L'éclair en témoigne.

... D'autres viennent après moi et la face du chatueur dévore 3 faces de griffon du griffœil.

Cette nuit appelle des dents. Le Zôme-de-Erle attend une suite...]

--- Mais peut-être, cette nuit-là, *[dans un frisson de revenant]*, apparaîtra, à la minute de derrière les horloges, certain Chevalier Noir, maître d'un monde sans clef *[mais possible, cependant, pour ceux qui sonnent --- à la face du grand chatueur et du loup-pierre, hurleur des glaces --- la Finale d'un silence du feu, et qui lèvent, de par la grâce de l'épée-sortilège, une grande Aurore-Ortale --- poumon-marnière de l'Illisible-Transparent qui voit et vie --- et qui relèvent, des griffes de la momiespectre]*, l'Aurore-Cristal fusée d'une déchirure, *[d'une ouverture]* de la nuit possédée qu'un bond ne franchit pas, qu'une main du feu n'éclaire pas, qu'une porte battante n'ouvrira pas.

Épilogue
Épitourbillonnaire

[... Une fois le gong crevé, la voix revient à son point de départ ou de retard, c'est-à-dire qu'elle se voile et s'efface jusqu'à la pointe du silence... Le silence s'est achevé !

Et l'Espace laissé en blanc, la NOIRABLANC, *tourne et roule sur soi-même sans déplacer sa courbe — Miroir-hors-nuit, nuit infinie pour une aube de cristal de soleil spectral — Visage de vitre à l'Aube de l'Infini...]*

Blanc des glaces et des poudres d'os à l'horizon de même couleur --- À la taille des neiges interdites...

Prise du vertige de la profondeur. PROFONDŒIL. Pôle-Mort, porte-au-blanc et Pôle-Néant, porte vitrée...

Le Zôme-de-Erle.
(Octobre 1949.)

TITRES POUR DES TABLEAUX DE JACQUES HÉROLD[34]

L'air-nid / Le serre-nuit / Diamante /
Les yeux-touches / L'airgrille / Diame-antre/
Airmat / L'airgriffe / Aux quatre points terdinaux/
L'airgong / L'attrape-nuit / Le Nord-Nœil /
Danger de bord / Le beau-de-nuit / Espace-passe /
À moins zéro / Relevé d'ailleurs / Le silence hypnotique /
Les dérivées de la nuit / Le temps souple / Le cadran à blanc /
En quatre nuits croisées / Piège de temps /
Piège de formes / Les nuits de la tête noire /
Le temps résistant / La nuit retenue /
Les silences pétrifiants / L'araigneuse /
Le germe de la nuit / Le nœud du noir / Le geste d'ombre /
Piège de charme / Ombre portée / Couloir en soi /
Bornes d'âme / Échos d'ombre / Le mouvement inversé /
La nuit en relief / La nuit écorchée / Piège de formes /
L'araigneuse de nuit / La ligne de charme / L'eau d'eau /
Mourir le temps / As de corps.

[*1949-1950.*]

[DIALOGUES ET COMMENTAIRES POUR UN FILM (DISPARU) DE JINDRICH HEISLER ET GEORGES GOLDFAYN *][35]

— Pendant la bataille, une voix grave expose calmement : « Un château où chaque segment est en bataille sera cet animal hanté : noir de plumes et sanglant vert des yeux :
— son miaulement appelle des voix...

Faces de déments et dix yeux des démons.

(miaulement)

Le château rouge, ronge et rond retient un chat mortel...
Son miaulement appelle des voix...

A — Allô... avant la fin, vous désirez un exemple de vélocité dans le règne animal ? Eh bien... je suis le fils de mes œuvres.

B — Moi, je me raidis militairaterrement devant moi-même qui saluais en passant ses troupes.

C — À l'heure de soufre, le ciel éclatera sur le tran...

D — ... chant de l'éclair, comme l'orage ajoute des morts ? C'est entendu : c'est entendu !

---

* Seul texte de Jean-Pierre et Jacqueline Duprey, écrit sur commande, pour deux amis cinéastes.

E — Fracture glacée, malgré la lueur.

F — « Montrez-vous raides et soyez raides », c'est Jehowa qui l' dit.

G — Cette nuit appelle des dents.

H — Allô ! l'Ensorcelé ? L'Ensorcelé ?

I — L'Ensorcelé sera sur sa pente folle. Alors le vent deviendra ombre, les murs balanceront et quelque chose viendra qui n'est pas annoncé.

F — Allô !

H — Allô !

L'officier (violent) : Frappe au visage, frappe.

G — *(ton doux)* Le visage lisse comme une glace.

H — Quelle glace ?

B — Si tu t'endors face au vampire ton sommeil aura des ailes noires.

F — Le soleil s'éteindra.

A — Pierre de sang sera une borne à la limite des mondes opposés.

G — L'Ensorcelé livrera la chose de nuit.

On voit une main de velours noir mettre dans un gros œuf, comme dans un coffret, une collection d'objets.
Puis, comme un couvercle, un volet à jour, muni d'une poignée, est rabattu dans le sens de l'horizontal et raye l'œuf et ce qui l'entoure des rais lumineux du soleil.
La main retire le gant.
Saisit la poignée.
L'œuf saute.
Un cri : « Maman, papa est blessé ! »
On suit la projection de chacun des éclats de l'œuf.
L'un retombe sur le sable. À cette place apparaît une tête monstrueuse autour de laquelle sont disséminés des poissons.

(Un personnage, la tête ensachée dans un bas, enfoui jusqu'au cou dans du sable.)
Le second éclat est personnifié par le wagon tombant dans l'eau. Du fond de l'eau on voit monter lentement une femme en collant noir.
Un troisième éclat est représenté par une boule lancée en l'air, qui se confond avec un vol d'oiseaux. Une quantité de petits papiers déchirés tombe en tourbillonnant dans un feu et se consume.
Le feu s'éteint. Paraît la femme en collant. Elle plonge sa main dans la cendre, en retire une boule de plume en forme d'oiseau.
L'œil de l'oiseau, vu de près, semble une flamme.

L'homme, dont on a vu la tête hors du sable, paraît, tenant à la main un poisson.
L'homme : « — L'âme, ma fleur l'âme, ne vois-tu rien s'ouvrir ? »
La femme (désignant la boule de plume) :
— Il pèse 7 griffes sur la branche maudite, il en pèse 7, mais les ongles dessertis font partie du déchirement du temps.
L'homme : — Lève bien ta main surtout, ton geste étend la mer !
Ils échangent ce qu'ils tiennent.

L'homme, déchirant l'oiseau par le milieu, en retire une feuille de parchemin serrée en boule.
Il déplie et lit fiévreusement, regarde l'heure à sa montre-bracelet *(ce geste doit rappeler celui du bras qui fait fonctionner le levier).*

On le retrouve aussitôt dans une pièce toute blanche, meublée uniquement d'un téléphone noir.

L'homme forme un numéro, décroche :
— : Allô... Les éléments sont déchiffrés, et les fantômes sont si légers que l'air se raréfie.
Personne sur la terre ? Et maintenant, versez toute la nuit dans un œil qui est un vase, retournez l'œuf comme un gant, le monde comme un gant. Merci. Chaque mot qui s'éteint est précurseur d'une mort.

Il raccroche.

FIN

(1952.)

ENTRE[36]

Entre le ballon noir et l'épine du blanc
Ce qui est, ce qui fait : je suis au balancement
Ce qu'est l'horizontale à la verticale.
C'est l'Épineuse noire au gonflement du blanc.

Chimère, machine au bloc de la mer
C'est ici que se courbe
Le serpent lié au mât
Par un soleil au verbe rouge.
Voici alors qu'un bleu étale
Comme un pétale sans fin
S'est creusé d'une fleur
Qui n'est ni bleu ni rouge
Qui n'est ni blanche ni noire.

C'est l'Épineuse de voir, l'Effeuilleuse-fermoir
La bouche s'est fermée : c'est un rire éclatant.

[1952] ?

PREMIERS POÈMES[37]

Publiés et inédits
(1945-1947)

Symboles :

* = poèmes publiés dans la revue *En marge*, 1948, insérés en volume dans SN3 *(La Forêt sacrilège et autres textes)*, cf. bibliographie.

** = poèmes publiés dans la revue *Seine*, repris dans la revue *Discours*, inédits en volume.

° = poèmes inédits.

TOUT ENFANT DANS LA LANDE A SES VISIONS*

La fée déguisée en feuillage, tout en elle sent la mer, lac et ressac. La mer ? d'une enjambée on la franchit. Après la lumière, l'onde est devenue verte. On ne discute pas avec les morts.

Apportez la lumière ? Viennent trombes, pics, vals et chardons. Le dernier couac est celui du pendu. Hamlet, Hamlet, c'est moi (to be or not to be). Trombes, sacs, ressacs, carnages, espoirs tout nus.

La mare est rouge et sue du sel.

Je l'adore.

Jadis elle se fit construire un palais dans la lande. Feux follets, lutins, nains dans la ville temple, dans la montagne chaude des bruits et la sarabande s'exténuent jusqu'au silence du coq.

C'était au temps de la grande prêtresse Lune.

(Décembre 1945.)

SEIZE ANS*

J'ai dominé toute une station de vie
Ma première enfance est entrée dans la pierre
Mes premières larmes sont parties avec les passereaux
J'ai vu un Dieu, j'ai vu les hommes
Et mes yeux ne se cherchent même plus

Hier je suis allé sur la montagne qu'habita la lune
Et je suis revenu le cœur plein de tristesse
Il ne me reste plus qu'un souvenir et une guitare brisée
Un saule pleureur se dépouille et m'habille de larmes

Qu'est-il de plus triste au monde que de partir sans chanter

(Janvier 1946.)

UNE RIVIÈRE COULAIT AU MILIEU D'UN BOIS**

I

Première nuit

Enfin j'ai retrouvé mon élément !

C'est l'heure où le crépuscule des marécages s'arrache à son sommeil et dételle sa barque de la berge. Un lapin fabuleux jaillit d'on ne sait où, fumant des tiges de roses. Nous lui demandons un peu de son tabac. Quant au reste, nous le laissons aux petits oiseaux.

II

Deuxième nuit

Ai-je dormi depuis le déluge ? suis-je bien intact ? bien correct ? J'ai désappris le langage du monde mais j'aime tant celui des fleurs.

Je pars, camarades, adieu à tous, les convulsions folles m'ont pris ce matin et, sans desserrer les lèvres, la pluie m'a traîné par son licol !

III

Troisième nuit

Ah misère ! cette vie est si profonde qu'on ne distingue rien. Mais non, je ne lâcherai pas, la voir est un trop beau film ! Que voulez-vous, j'aime ça ! Qu'on dise après que je ne suis pas romantique.

(25 février 1946.)

CHAMBRE

(Au lieu de dormir il préféra se perdre sur ce vaste tremplin qu'est le présent.)

Impossible de dire d'où cela vient. Un cadavre d'allumette sous la lampe grillée (grillée du moins pour les yeux !) squelettes de pipes, simulacres de duels entre fauteuils et chaises. Cette idole, yeux noirs, crins rouge et or ! GROTESQUE RIDEAU.

On est sur la bonne piste ; le chat suit la gouttière et tombe, son flac courroucé traverse l'armure du volet, les chevaliers partent-ils en guerre ?

La flamme fait saigner la bougie, bientôt l'oreiller lèvera la tête. « Tout va très bien, téléphone le démon, l'heure tourne, c'est tout ce qu'il faut. »

En effet, une aiguille monstrueuse broyait son cadran d'argent. Il est près de minuit.

(5 mars 1946.)

IL Y A DE LA MORT DANS L'AIR**

I

Mon pays navigue sur un fond de mer
Je me promène dans ses jeux de vagues
Sur les larmes éclatées
Les églantines sont des pirogues de verre

Mon pays est un vaisseau parti pour les étoiles
Le sang dedans maraude comme une folle
Paysage nivelé à zéro
Il y a de la mort dans l'air

Mon pays est un vieux banjo de sanglots
On y joue des larmes très méchantes
Un grand poids pèse sur notre terre
Il y a de la mort dans l'air

Au bout du ciel une plage de cristal
Sur un fond de mer s'affirme un pays de sang
Tout autour la boue rougie
Les plus belles morts sont de verre

II

À minuit sonnant, un vaisseau de marbre entra dans le port, l'appel de ses sirènes répercuté par toutes les cloches d'alentour devint comme une révélation pour l'esprit du vagabond. On vit sortir des squelettes bancals portant l'insigne des pirates d'Épinal. Des têtes armées de visières, des pieds torturés, des mains, des yeux sans propriétaire, les suivaient, innombrables petits chiens. Les araignées conquérantes occupèrent immédiatement la rade et pendant qu'ils pillaient les magasins, on leur construisit des baraquements de toile. Les peintres appelés en hâte teignirent en rouge les voiles décolorées du navire de marbre ; ce qui prouve que la mort va jusqu'aux pierres.

(14 mars 1946.)

LE TEMPS D'UN ÉCLAIR**

Assez de bêtises ! La marche royale, ce n'est pas comme cela qu'on la joue...

Où suis-je ? où suis-je ? ce n'est pas la première fois que je m'égare, mais cette fois-ci je me crois bien parti sans aucun espoir de retour, peut-être demain me retrouverai-je en Orient ou à Barcelone. Il me semble toujours qu'un cargo inconnu respire à ma place !

J'ai mis une valse de rubans sur mes épaules, des patins d'argent à mes pieds, un sourire ridé à ma bouche et je suis la flèche.

Un coup de feu sèche l'air, le rayon saute sur les prés – ne tirez pas – pourquoi tirez-vous sans arrêt ?

Un coup de feu bondit comme serpe, une poitrine s'étoile.

Ah !...

Et la force continue, elle adore s'exhiber.

(1946.)

CAMPAGNE-MUSIQUE°

I

Une femme passe sur la route, son visage est celui d'une fée, les nuages gagnent du terrain, une prairie jaillit d'une source, les anges sont bien vivants mais leur général leur défend de s'approcher (à cause des démons qui espionnent), bientôt nous devons assister à un duel d'archanges, les deux antagonistes habillés de pied en cap ajustent les courroies de leurs fusils, on fait le vide autour, il paraît même qu'on a dynamité un château fort (pour donner plus de place), une femme passe sur la route, son visage est celui d'une fée mais... c'est une femme de carton.

II

Le nègre s'est assis sur la plus haute branche d'un pommier. Il se croit roi.

Des triangles de lumière martèlent son corps basané, sa peau lustrée tachée de rouille et pénètre par la crevasse carminée de sa bouche. O visuel !

Son sang trop pur crève la peau et s'égoutte sur la terre humide, ses cheveux depuis longtemps sont tombés, ceux qui lui restent ont blanchi, mais son visage restera noir. Il est bien vieux mais qu'il est beau, mon Dieu, qu'il est beau !

Sur l'herbe transformée en bal public les poissons vêtus des plus étranges panoplies danseront jusqu'à l'aube. Qui reconnaîtrait Pan dans cette orgie ? Pourtant c'est bien lui avec son jazz, ce célèbre maestro aux cheveux plaqués.

Un peu plus loin un chariot agonise.

Le sentier est très dur, autant rester couché, on a soif sans avoir envie de boire, des stalactites de glace, de givre pendent des arbres, c'est l'été, pourtant elles ne fondent pas — Comme il doit faire bon en enfer en ce moment !

(22 mars 1946.)

VIRTUOSE°

Je suis le musicien glacé qui hache la nuit en petits grains — mes ongles sur l'archet dévident le cruel écheveau des notes. J'ai tout perdu, vous dis-je, en ce moment je prends la taille des étoiles.

Une croix, deux croix, une odeur de lavande, un cimetière s'ébauche sur mon cahier.

Quel bel archange, dites-vous, ses ailes comme une vallée de brumes — un fier démon !

Moi le musicien j'attelle mon archet aux étoiles — le cœur du chacal pleure dans la musique.

(1er avril 1946.)

POËME°

Des lampées d'or dérapent sur le tapis, le soir, dans les hennissements fous des poulains et les déserts privés des harems.

La rose des vents murée dans l'horizon, les ombres dansaient.

Le crépuscule sans palissade dans la ronde des neiges déguisées, le crépuscule : bateau rouge dans les cendres bleues des flaques mortes.

Les matins galeux sans ceinture, le matin périscope rallié au vaisseau sous la lune blanche des pôles, le matin girouette grincera en frissonnant sur le songe d'alcool « qu'elle » compta dans l'haleine froide d'un effet de légende.

(Avril 1946.)

DÉVOTIONS°

Ô les prières savantes, les rites maudits où je me retrouvai certain soir de musique, couché dans mon œil (celui qui explose), une vilaine larme de soie entre les dents, en caïman d'indigo aux ombres d'argent de ce couvent fabuleux !

Ce fut le père supérieur qui me rappela à la raison ! me revoici comme jadis dans ce labyrinthe des grâces et des orgues ; une petite mélodie tinte à la place des poumons ; c'est l'heure où l'essaim des feux tourne sur l'écluse, une hostie remonte l'allée, une chaire sanglote, la cloche danse...

Vous êtes déçus ! que vous faut-il de plus ? Le paradis s'installe sur le trottoir, et sans commentaire !

(Avril 1946.)

LE FOND DU PAYSAGE°

Les meules de foin dorment au soleil. Les grèves et les formes chantantes ; sur le lac un groupe de cygnes éclate en fleurs blanches. Lève la tête : les nuages magiques couchent la lune, les champs remontent à la mare, les pommiers neigent. Ô les heures de diamant là-bas dans la grotte entre la flore, les sables et les crabes.

Mon enfance blanche ici ou là dans un palais sans image aux lambris d'automne ; mes nuits mauvaises à la lueur moite des chandelles quand bouche à bouche avec mon fantôme je m'envolais, oiseau rouge et or, vers le feu du grand souffle qui tète pour la première fois la feuille rousse et la banane qu'un enfant aurait oubliées sur la plage.

(Avril 1946.)

REFOULEMENT°

Les flots verts et jaunes ont des doigts d'assassins
Et les ongles d'argent qui fendent les rochers
Quand la nuit se repose ils prenaient le matin
L'écharpe en fils roux sous les tombes glacées.

Les violoncelles dansent où le monde finit
C'est le bal d'une mort dont on cherche la clef
Chaque suicide ajoute au nombre des édits
Un feuillet que le vent en passant fait danser.

Puis la porte fermée fait mourir les bruits
La mort sa toux palpite aux vertèbres des daims
Et le noir en silence terrasse les sourires
Dont je retrouve en moi le sang ouate et satin.

À quand le paquebot où sifflent les trouvères ?
La peur est une chanson que je mime du ventre
Le tonnerre déboutonne le veston de l'éclair
Il en sort un soupir message d'une errante.

(Mai 1946.)

NAUFRAGE°

Sans doute la montagne a-t-elle
Elle-même son silence ! les mots
Sont des fleurs tombées dans un bain de sable –
Décombres sous les pieds ! – la mer,
Son éperon délivre le vaisseau de sa voile,
Et la dune est soudain vidée de ses rayons.

C'est un son de pipeau que promène le vent.
Et là, encore la barque dort
Le mât se brise ? La terre au loin
Ne chante plus
Que des refrains de mort. La cigarette du phare
S'éteint
Et les berceuses
Des villes se perdent dans la mémoire.

L'ange écoute son nom prononcé
Dans l'Orage. La maison secrète
De ta vie,
Tu l'oublies ?
C'est le bagage qui encombre les bras !
Et le flot
Délivre les noyés de leur bouche tordue.

(Mai 1946.)

LE CIEL A SECOUÉ°

Le ciel a secoué ses paupières mouvantes,
Et la nuit, la rosée de sa bouche lunaire,
Les vagues gémissantes dans leurs frissons de pierre
Mettent au coin des lèvres des mortes suppliantes
Un sourire gelé qui plisse sous la chair

Le destin fait l'appel. Sa voix contre la quille
Fait frissonner les tôles et gondoler les ponts.
Un violon promène sa chevelure de sons
Sur la mer altérée des baisers de ses filles.
Un mort est revenu planter le drapeau rouge.

(Juin 1946.)

Ô CORPS INSAISISSABLE°

Ô corps insaisissable fondu dans l'infini
Rien ne t'empêche plus d'entrer au cimetière
Que les croix font pleurer dans la même harmonie
Du silence d'un ciel redescendu sur terre.

La vie la vie au loin traînait ses voiles flous
Comme un bouclier gris sur un corps de rêve
Et la mort au pas vague étranglait sur les grèves
Des femmes frémissantes qui mouraient à genoux.

Les hommes sentaient qu'une lumière magique
Leur enfonçait les yeux et toi reconnais-tu
Sous les halos mêlés des étoiles perdues

La mort qui t'épouse et ces danseurs maudits
Aux visages nocturnes crispés dans la musique
Qui roulent sans arrêt de l'enfer à la vie

Et meurent désespérés pour avoir trop aimé.

(Juin 1946.)

SPHINX°

Dormait-il ? — Lui que son secret élevait comme un songe
Au-dessus des roses ! À ses pieds le bleu du silence
S'alignait, mais lui
Savait qu'il n'était rien ! toute sa chair de pierre
Était là, dressée nue dans un reste de sourire où
Lentement s'est glissée une larme
Rendue par le temps étrangement blanche...

Dormira-t-il toujours ? Est-ce pour lui
Que le ciel un instant a découvert ses plaies ?
Un ange est venu là, pareil à un frisson, sa tendresse
S'est posée comme une paupière
Sur ses longues formes blessées.

(Juin 1946.)

SILENCE...°

Silence, haleine douloureuse
Où s'étalent les derniers sanglots des fleurs,
À chaque pas poussé plus avant, on
Reconnaît en toi cette cicatrice
Sans visage d'une étoile
Prise dans le givre.

Et parfois, un court instant de bonheur
Passe et s'en va dans le même souffle,
Ainsi un ange vire de l'aile
S'abat, son extase
Pénètre tout.

(Juin 1946)

STATUE°

Ta bouche sans comprendre mâchonne
L'herbe folle du repas.
Tout autour le néant
Forme un creux.

De ton cœur tu supportes
L'éternelle surveillance
Et comme une mare qui sommeille
Tu rentres en ton dedans.

(Juillet 1946.)

LE DON JUAN DES TÉNÈBRES°

La lèvre colorée du baiser de l'espace,
Transfiguré, ni mort ni vivant ni fantôme
Quel or dans sa voix que le néant ramasse
Le ciel lui tendant un visage sans heaume ?

Dès lors silhouette creuse souffrant de l'infini
Et la nuit lui creusant des trous dans les paupières
Le corps soulevé par d'étranges chimères
Il traînait derrière lui son âme vers l'oubli

Un doigt contre la tempe, et pris dans le réseau
De sa propre souffrance, broutant son rêve amer
Où la vie le montrait déchiré de lumière
Et sanglant tout au long de son corps sans eau

Des femmes le suivaient, pâles amantes sans âge
Redressant devant lui leurs silhouettes de glace
Mais lui raide, crispé par d'effroyables rages
Montait toujours seul aux couloirs de l'angoisse.

(Juillet 1946.)

LA FEMME DU MIROIR°

Replie-toi à l'intérieur de ton ombre, le miroir qui s'est chargé de refléter tes moindres frissons se brise et les morceaux s'incrustent dans tes yeux. À chaque pas ta sandale fait le bruit d'un gros crabe sur l'oreiller.
Ton pays est hors du temps, chaque jour qui vient t'enlise et te promène à travers ce pays de glace et de miroir aux arbres gonflés de cendre. Tu peux vivre et marcher tout comme une autre mais tu as encore la nuit à supporter jusqu'au jour où reconstituant dans ta tête le sommeil léger des suicidés tu franchiras l'espace inconnu du vent de cette démarche incolore qui est la tienne.

Toi dont le regard frissonne dans ma tête, toi dont la tête s'incruste dans le miroir, tu as mon nom, la marque de mes regards lacés ensemble et l'ombre de mes dix doigts noués à ton ombre, mais les résonances de ma tête détruiront ton masque incolore d'absence, et je construirai sur toi le vernis impossible du vent, le gel des farces et des biceps chargés de plomb, l'ombre grise des jours sur tes ongles et je t'acclimaterai,

Afin que sur toi je me construise moi-même, ne faisant qu'un avec toi-même sur les débris phosphorescents du miroir éclaté.

(Août 1946.)

LE JOUR COMMENCE AU BORD DE LA NUIT°

Écoutez-moi, je fonce !
J'enfonce la nuit dans ma tête à coups de couteau
À coups de marteau, de grosse masse de barre rouge
Je l'enfonce et la ressors toute fumante
Comme un court-circuit sans étincelles.

Lâchez-moi, je fonce !
Je fourre la nuit dans ma bouche
Pour la sentir toute. Mon crâne est le pare-brise
Où saignent les secrets
Je plonge la lune dans mon œil
À tout hasard
Pour la voir pleurer.

Les chansons sont rentrées dans la gorge
Ce silence me ronge les dents
J'ai dans ma tête le vent froid des souvenirs
Qui sert comme de bougies
Mais peut-être qu'un de ces jours
Moi aussi je chanterai
La lèpre blanche de l'amour.

(Septembre 1946.)

LES YEUX ET LE RÉVEIL°

Sept heures. J'entends le bruit que je fais en rentrant dans mon corps. Ma tête sort du drap comme une cigarette. J'ouvre les vannes du monde. L'air tourne autour de moi comme un réseau électrique. Je circule autour de mon ombre en balançant mes membres au-dessous de ma tête. Une jambe à droite, une jambe à gauche. Un œil par-dessus et dedans la boule de cristal bleu qui enfle. L'œil enfle. Énorme. J'enfle tout entier dans cette boule et le sang éclate. Explosion. Le monde réchauffé s'arrête. Une note égarée s'aiguise sans pouvoir s'achever et mes yeux remontent les parois du ciel comme un oiseau fou... s'y perd.

Les yeux du silence coupent la circulation.

(Septembre 1946.)

VÉRITÉ C'EST FAUX°

Les étoiles ont des sœurs jumelles dans les yeux des louves
Moi je n'ai pas d'étoile
Le ciel est immobile dans la mer
Moi je n'ai pas de mer.

Moi je n'ai pas de corps mais je cherche un voile
Pour voiler mon apparence de corps
Je cherche un voile imperméable
Aux regards de la vérité

Car je ne sais pas mentir et j'ai trop peur qu'un de ces jours
Elle m'apprenne que je souffre
Car alors je n'aurai pas le mensonge
Pour me dire que c'est faux

(Septembre 1946.)

ENTRE MA VIE ET MOI°

Entre ma vie et moi il y a maintenant le froissement d'un nouveau corps inconnu et irritant qui se colle au mien je l'appellerai Réalité

Je suis au lit : je rêve ; mes amis ont des têtes de bois et mes camarades ressemblent à des nègres tout seul je gravis les fondations d'un nouveau monde

J'ordonne la fusillade des anciennes pierres

Attablé devant le ciel je consomme l'espace

À Calcutta mon corps réveillé s'exerce à ce nouveau métier je nage dans l'ombre naturelle des années de silence ma magie s'exercera sur tous les monstres de la création gentilhomme des cocotiers je rêve à la folie du monde.

(Septembre 1946.)

LES PIERRES°

Cent mille soirs ont veillé pour écraser les pierres cent mille ans ont couché ici pour endormir la terre, ô mon Dieu, le monde est vaste mais les temps sont déjà trop lointains et l'âge a pris le goût des pierres.

Cent mille siècles sont là pour veiller le monde, cent mille siècles, que dis-je, deux cent mille, des millions de siècles, l'éternité pour prouver le monde. Les pierres ont l'âge de la mort.

Cent mille âges ont couché dans ces tombeaux, la terre crie, mais son propre cri l'étouffe. Parfois le matelot l'entend et lui prête sa voix à l'heure du naufrage.

Et quand j'aurai l'âge de la poussière je sortirai de mon enveloppe, je mangerai le ciel, je boirai l'ombre des pierres, j'avalerai jusqu'à ma propre écorce, car les tombes ont l'âge de la nuit.

(Octobre 1946.)

« J'AI AVALÉ UNE FAMEUSE GORGÉE DE POISON »*

(RIMBAUD)

Qu'il ose venir ? qu'il vienne ? La route souffre pour deux, de plus elle fait souffrir, de là vient le mal ! Le malheur a pour lui le rythme, la fantaisie, l'ironie. Ça en dit long !

On ne se reprend pas, ce qui est dit est dit, le destin ne s'achète pas, il est là sur le chemin, il vous attend au carrefour, la boule de cristal est vraiment trop lucide ! Au fond je m'en fiche de savoir qui je suis, mais où aller ? que faire ? c'est trop brutal, trop vrai, alors où est le mensonge ?

Non on ne change pas, on voyage, c'est tout, n'en parlons plus, les grands rêves sont les plus terribles. Je souffre surtout de ne pas assez souffrir, j'aurais aimé l'atroce jouissance de la roue mais ce supplice est trop doux ou bien le hasard trop complaisant, alors que faire ?

Plus rien, rien, la farce exécrable s'impose, mourir au champ d'honneur est une mort trop pure, serais-je vraiment un intouchable ?

— Je ne le sais même pas, ce poison n'a aucun goût.

(1946.)

MASQUES *

L'agonie de ce sphinx est éternelle !

Qu'a-t-on fait de ce nez éboulé, de cette chevauchée fantastique des yeux, de ces traînées râlantes et démoniaques qui hivernent au pied des piliers éventrés : *viandes à boucherie*, viande à boucherie et la lune y aidant on s'attend toujours au pire...

Il fallait bien s'en douter, c'est là que finit la comédie. Allons donc, ce n'est pas si terrible ? La bête crépusculeuse se pourlèche les babines devant l'asphyxie lente du héros, mais grâce au brouillard on n'aperçoit que le bon côté de la chose.

(3 novembre 1946.)

MÉDIATEUR *

(à toi RIMBAUD)

I

En fin de journée je t'ai rencontré éternel compagnon, tes mains avaient le dynamisme d'un instrument de torture, ta poitrine, violon sonore, contenait les hurlements de toute une peuplade en révolte, de plus les roulis de tous les navires du monde étaient dans tes yeux.

Ce soir cher compagnon, je m'inscrirai en toi comme dans une tombe et nous ne ferons plus qu'un pour rêver à ces étranges voyages de fleurs.

II

J'ai pris les soupirs vagabonds dans mes filets, chaque jour je me fais servir un plat de larmes et au dessert je danse.

Mon camarade mendiant m'accompagne sur sa guitare, il perfore les plafonds de notes et rien n'égale sa beauté quand il sort tout ruisselant de son bain de désespoir.

III

Gracieux prophète de la route, je te suis et t'adore. Maintenant allongé sur le gravier ; les bras en croix, la tête lourde de songes en construction, j'aspire l'étrange chimère de tes traces. Sur chaque brin d'herbe naît un palais, sur chaque branche un oiseau, mais rien ne vaut la vue des déserts que tu poursuis.

IV

À l'heure du coq-roi, je vole sur les grèves. À présent c'est mon tour d'être adoré, les vagues enchaînées croient voir en moi une tombe et se signent. Désormais j'ai décidé de mettre en cage les voiles blanches qui claquent trop fort, je soufflerai dessus et mes espoirs serviront de cordages.

V

À moi les routes, les villes, les campagnes, si le canon crache je suis l'obus, je suis aussi la flèche que je plante dans mes propres chairs car j'ai du goût pour la douleur. Il m'arrive aussi d'être un dollar joué à la roulette, ou la bille hallucinante ; je suis un esclave mort-né.

VI

Aujourd'hui (mon règne vient de là) je suis revenu aux âges de pierre, aux armes taillées dans le silex, aux cris humains confondus avec ceux des loups, aux soupirs des femmes prises de force, aux râles, aux agonies, à la mort PURE sous les griffes des lions.

Je suis de ceux qui ne voient pas la surface de la mer mais ses fonds, ses trous, ses monstres, ses fantômes.

Je suis de ceux dont les yeux sont partis pour l'horizon.

(5 novembre 1946.)

DÉFENSE DE LA MORT*

Pour ma mort inédite j'arracherai une page anémique de mon carnet de lépreux, cette page était vraiment faite pour le rouge, mais le sort ne le voulut pas ainsi.

À cause de toi mon cher pendu, mon demi-frère, mon compagnon d'angoisse, j'ai renié le déjà vu, le déjà fait, le déjà connu.

As-tu su au moins d'où venaient ces filigranes de plaisir, ces dorures de fil blanc, ces papiers d'argent dont on parle tant ? – tu es mort sans le savoir, tu as bien fait, la misère est grande ici-bas aux hommes de cœur.

Ah mon cher compagnon de demain, tu as enfin acquis la seconde vue, tes yeux sont devenus le palais de l'ombre, elle salive sur tes joues, sur ton rictus, sur tes dents qu'encombre la langue acajou, puis elle descend le long des entrecôtes peintes à la sanguine, te liquéfie et purge ton nombril.

Ce soir, tu secoueras tes cuisses d'oiseau déplumé au-dessus du sexe de ta voisine au ventre ouvert : ce forfait t'apportera ces voluptés amères que j'adore.

(7 novembre 1946.)

CAPITAL D'IMAGES *

I

Les cloches que j'entendais dansaient sur ma folie,
Pâquerette, elle pleurait, les arbres jouaient comme des faux
Guitare, guitare, le ciel devenant olympique
Et là-bas mijotait une poussière d'étoiles.
Les cloches que j'entendais étaient chair et sang
Et les arbres chantaient dans les yeux des enfants.

II

Forêts tabous, forêts de rêve, noires de sang coagulé,
Forêts pétrifiées dans un seul souffle
Où le soleil frappe et s'écœure,
Arbres géants naviguant vers le ciel,
Chansons éprises du même élan de cœur
Faisant la ronde autour de notre monde.

Guitare, guitare, au fond de l'homme s'enfante un grand [rêve.
Il est temps encore de tout recommencer,

Pour la violette on peut feindre de s'aimer
Mais pour la vie on peut prendre la hache de pierre.
C'est ainsi qu'on s'aimait au temps jadis
Dans la liberté du feu, du sang, du crime.

III

Ici radio Solitude,
Des grèves nues comme slow
Des poissons dessous des étoiles bleues,
Un rêve au lointain d'un woua-woua
Où s'éparpille l'âme des cocotiers
Faisant la ronde autour de notre monde

IV

Guitare, guitare, l'amour vient comme l'alarme
Dans les nids. Les autres ont déchiré leurs plaies
Ont déchiré leurs peurs, ont déchiré leurs peines,
Mais autour du poème nous avons raffûté
Notre force aux tempêtes.

Les montagnes sont dessus les prairies vertes
Les poissons sont dessous les étoiles bleues
La nuit est un si étrange boa
Sur les ponts se mordent les fantômes
Au-dessous se mordent les épaves
Celles que j'ai connues étaient des choses folles
Elles ressemblaient à des amours bossues.

V

Mais moi je rêve d'une autre image
Je suis bien loin de la raison
Et la beauté à l'unisson
Je me croirais le plus glorieux des fous,
La vérité n'est qu'un passage.

VI

Enfin le masque terrible est mort
Il reste la vie à double sens
Je n'ai plus le plus beau, celui du rêve

Les villes échouées, l'ombre le souffle des guitares,
La lumière est perpétuelle
L'avenir est éternel
Et la pensée et la beauté
Et cette vie qui tourne autour
Et les tombeaux qui nous apportent
Les ailes tristes de l'ange sacrificateur.

Un grand rêve pour les enfants
Une image à sens double
Je suis né, je veux savoir
Cette chanson qui s'est perdue.
La lumière est perpétuelle.

La beauté et le poème
L'avenir et la flaque d'eau
Les perdrix et la corneille
La grenouille et le corbeau
Et les toits avec leurs nids
Et les murs avec leurs glaces
Toute la forêt en gloire
Et le cerf et la lumière
Et le violon et la guitare

Je veux tout me souvenir

Dans l'ensemble de toutes choses forêt humaine.

(14 novembre 1946.)

RATURAGES MARINS *

Qui remuera la chaudière blonde ?
Les sorcières filles du désespoir.
Pour un peu de ciel, la mer
Roule des vals sur son dos.

Or brumes incendiaires ni
Brouillards tremblants des bras, ne trinquent,
Vieillards, avec la forme enveloppée
Où le réel malgré tout porte sa croix.

Les tendons entonnent de nouveaux glas,
Ce n'est rien, pensez garçon,
Que la mer siffle de nouvelles tombes
Éternelles et jamais vides.

(15 novembre 1946.)

TOUT PRINTEMPS A SON MERVEILLEUX *

Mouvements de ruches et pierres
Éclairez-nous, un violon gît sur l'herbe
La douce flaque est culbutée
Par le soleil son ami
Pensées, violettes,
Attendez je recommence
Le sol majeur s'accroche aux branches
Ah qu'il est sali mon paradis !

Le temps passe à sa manière
Longtemps le temps fut la pilule et le verre d'eau.
Un beau jour une fée l'attacha au soleil,
Les fleurs pleurèrent, le soleil couche ses parfums
Et le ciel débauche les groseilles désormais sans âges
Je vis pour que la nuit
Baratte ses larmes, pour la vie,
Poussière d'étoile, anthologie des nuits nouvelles.

(18 novembre 1946.)

CHANSON DANS LE VENT*

J'ai découvert un grand rêve de souvenirs
Les fleurs m'appellent, les fleurs ont des odeurs de femmes
Les yeux des fleurs se colorent de larmes

Les pensées vont et viennent autour de moi

Le vent change parfois de chanson
Le temps change parfois de manteau
Les fleurs parlent toujours

J'ai ma maison dans un coin de ciel

Tombé malade au milieu des fleurs
Ce soir-là, comme la vie est infinie
Je me promène dans la lune

(1946.)

JARDIN*

Le plus beau jardin cache un mensonge
Qu'est-ce donc mon Dieu ces peupliers vagues, des morts
[peut-être ?
Ils déchirent leurs feuilles et les collent sur la rivière
Des étoiles bourlinguent sur le ciel mat

Le plus beau jardin cache un mensonge
Des gouttes de sang maraudent en fougères
Les bouleaux se glissent entre nous
Inquiets et peut-être aussi qu'on a pendu quelqu'un là-haut

Au-dessus le ciel devient éloquent
Il chiffrera quand même zéro.

(1946.)

AMÈRE *

Au point du jour pisse un brouillard bleu

Il épile un soleil
Et se taille un croûton de jour

Il veut s'asseoir dans un fauteuil
Mais se suicide avant

Désespéré de n'avoir pas ce qu'il n'a pas
le poète
le poète

Il mêle son sanglot au chewing-gum
Et s'ébat devant les grains de sang
Qui habitent son plastron

Il voulut voler les amours perdues
Et les fumer comme des mégots sans goût

(1946.)

CHANSON POUR MON OMBRE *

J'allais comme ces fous grands chercheurs d'illusions
Égrenant mes espoirs sur de lointains obstacles
Et ma seule pensée devenait cataracte
Quand j'écoutais saigner le long refrain des ponts

Le vent du Nord collait sur le bleu coquillage
Des soupirs boiteux et des molards fauves
Puis le vent se changea en tornades d'alcôve
Et rompit les écumes avec des cris sauvages

Et bout à bout les noirs s'accouplèrent
Sur le nez fumigène d'un rocher de faïence
Des coups de poings donnés par de gros paquets d'air
Crevèrent les ventres des nuages menant la danse

Et moi dedans j'étais le chercheur d'âge d'or
Je tirais les corbeaux avec mes espadrilles
C'était moi Figaro, et sur mes pieds nus
Je collais des non-sens et des rentrées au port

Puis quand le ciel las se mit à la toilette
Et secoua au soleil son long manteau d'azur
Moi, tel un peintre se fixant sur sa palette
Je m'écrivis en double sur du parchemin dur

Et des bouts de savates traînaient dans l'air triste
Et mon cœur saignait d'une blessure future

(1946.)

CRUCIFIXION *

Que reste-t-il au cœur abandonné
Quand le vent plein de menaces tombe
Quand le grand silence s'enfante dans la pensée
Et l'embourbe ?
Ce silence même pas blanc, même pas noir,
Sans un seul orage pour servir d'abri.
Oh qu'il est triste pour ce cœur de se sentir autre
De ne plus se sentir quand il tient désespérément à lui
De n'accorder aucun sens à ses battements.
Et de ne plus sentir le poids de son amour envolé !
Ce goût de la douleur qu'il ne peut plus ressentir
Ce goût de l'amer et du désespoir
Ces larmes abandonnées sur les pierres brûlantes du chemin

Qu'en reste-t-il ?
Pas même de quoi faire un scapulaire !

Abandonné dans un autre
Il se tord ce cœur, comme un élastique
Il ne sent même plus le tranchant de la lame
Il a tant saigné que trois gouttes d'eau seulement creusent [les côtes
La mort est dure, certes, mais mourir ainsi sans croire à la [mort,
Sans croire un seul instant que la terre vous a quitté
Que la terre n'est plus pour vous qu'une passante ?
Se dire cela quand on sait que dans trois jours un ange [viendra vous réveiller
Il est étrange quand on est mort de désirer autre chose [qu'une pierre tombale
Étrange de ne plus voir que les étoiles des autres

Soif ! Soif ! non pas ce vinaigre au goût d'huile
Ce qu'il faut c'est la chanson du grand corps abandonné
Pourquoi cette couronne d'épines
Pourquoi les larmes figées de Marie
Pourquoi donc toutes ces choses qu'on n'emporte pas sous [la pierre ?
Tais-toi dit le cœur
Tais-toi dit la lumière
Tais-toi dit l'esprit
N'est-il pas temps enfin de libérer ?
Étrange libération que celle du vaisseau qui chavire,
Mais laissez donc en paix ce cœur qui vaut mille fois son [rêve
Et qui s'y est perdu !

Pourquoi tout cela pour un cœur abandonné
Pourquoi cela quand on n'est qu'un Dieu
Quand la couronne elle-même s'est allongée sur l'épaule [sans vie ?

(1946.)

VIOLON *

Abandonné sur une montagne de rêve
Je jouis de mon silence étalé en sourires
Ce silence que j'ai entièrement souffert
Et qui peureux se cramponne à l'archet

Violon, violon

Abandonné sur une montagne de peine
J'ai délaissé les vallées de vie,
Pour l'archet hâtif de traire l'ultime accord d'amour
Où l'angoisse bruisse comme une averse

Violon, violon

Abandonné sur une montagne de plainte
Ce silence bientôt sera mon seul abri
Solitude peuplée de notes d'ombre
Qui crépitent derrière chaque branche d'émeraude

Violon, violon

Abandonné sur une montage de rêve
Les mots deviennent abeilles, deviennent sources
Deviennent fleurs
Et deviennent rien, consommés
Par le rêve et par la mort

Violon

Notes songeuses penchées sur leurs instants
Les pas des chamois élargissent la nuit
Leur chevauchée devient espace

(1946.)

RUINE *

Cocorico, cocorico, le nouveau coq du village a parlé,
Il paraît qu'on n'entendra plus jamais le tocsin
Il paraît qu'on l'a enterré dans un cimetière mauve
Mais il paraît aussi qu'un timbre de vélo l'a remplacé

Cocorico, cocorico, la bicyclette a deux roues
Et serre un cœur entre deux cuisses
Elle le gave de poussière
Et le coiffe d'un petit drapeau américain

Cocorico le coq a parlé
Ce soir élection au cimetière
Tartempion sera probablement élu
Et fera guillotiner beaucoup de squelettes

Cocorico la bicyclette a parlé
Son petit cœur est tombé dans un égout
Et la pauvre vieille a l'intention
De se suicider d'un coup de pneu
Cocorico...

(1946.)

LA NUIT RÉVOLTÉE *

Le dernier glas des yeux vrille le noir afflue en épaisseur
Le vin fondu aux organes dit ses secrets à l'homme
Et lui met des étoiles sur les genoux
L'âme de Saturne fait le trafic entre terre et lune
Et porte nos lettres jusqu'aux portes d'Amour.

Le dernier frisson glose à la gorge
L'homme étouffe et signe son nom sur les pavés
Que le vin lui a dit être des étoiles,
Et pour cela il se croit au départ
Vers le rêve qui le tuera en rêve.

Pour une raison secrète la nuit souffre des plaisirs
La nuit croit toujours qu'elle est tombée dans un coupe-
[gorge
Hannibal créa l'image de la fugue (c'est un chien)
Et voit son ombre bouleverser l'ordre des vitrines
Hannibal fuit jusqu'au soupirail qui l'avale.

La nuit est révoltée : *le résultat est angoissant*
Car le destin tuera pour avoir l'épine
Tuera la rose, et la terre est entre les mains
De ce brutal ermite qui donna son sang pour l'odeur que
[laissa
Le saule pleureur parti sur l'eau un jour d'orage

Nous sommes à la veille du départ des fleurs
Le rossignol lépreux qui les aime les suivra partout
Il oublie que tout départ est un rêve qui tue
Qu'un rivage d'albâtre perd ses charmes quand on l'a vu
Le rossignol partira quand même.

L'échalote parfumée lèche l'odeur des charpentes
Nous croyons avoir bu jusqu'à la lie,
Pourtant la coupe n'est pas vide
L'espoir est plus vieux que l'amour
Et quand la coupe est vide il vole encore

La nuit est la folle des épouvantes.

(1946.)

CORPS À CORPS°

L'histoire du monde remonte le vide
— Alors qu'ici tout est secret — au plus léger du ciel
Le soir tombait boueux comme mêlé aux pluies,
Des souches de bruits mortels, des champs de bleu dor-
[maient
Gris de gel et comme si la vie
S'était couchée trop lourde à supporter
L'animal passa, diaphane et sans appel.

Les nuages formaient la bataille du ciel,
Trop de croix, le froid gerçait la mer,
Nul ne savait par où pousser le fer,
Les corps touchés au choc des armures
La fin passait entre eux comme un élancement,
Des cloches de rêve, cloches de Dieu traversaient les
[serrures,
Tout se fendit, la mer et le combat mêlés
Glissèrent à travers chair, trop dur
Le vent jetait des bouts de phrases hachées,
La terre s'ouvrit le mal étant trop grand
Et sous le feu creva l'arbre final.

(Novembre 1946.)

RIEN SUR LA TERRE°

Le noir a pétrifié le noir de mon âme, le noir de mon sang, la chair de ma douleur ; la boue m'a racheté sans la lumière et le noir a jailli pour détacher la boue.
Je suis seul, tout seul au bout de moi-même, ma solitude extrême m'arrache de tout abîme.

Dans quel secret suis-je né ?

Foi, tu as retrouvé la nuit blanche de l'espoir, ta souffrance te continue, ton présent souffre en toi ; comme le ciel certain jour se détache du bonheur, ton âme boit à même le calice de la soif la plus pure.
Et pourtant
Chaque emprunt au bonheur te retombe sur la voix, à la brèche de chaque midi ; chaque heure mûrit son fruit, ton dedans minéral te retrouve comme une prière de sommeil à la base de l'enfer ! Ô meurs, meurs pour laisser s'échapper ta seconde vie !

Dans quel secret suis-je né ?

Car sur moi peine la sorcellerie du pendule, sur moi se forcent les mots, sur moi tu presses l'orbite sans issue de la nuit et mon œil s'agrandit jusqu'à mourir dans la plainte.
Et voici l'aurore des passions nulles.
Quelle forme est ma forme, quelle voix est ma voix, une telle voix ! La nuit ouvre les veines de ma passion, quand la tache m'envenime, je me retrouve ailleurs. Le mal des morts jaillit de ma fierté.

Tout seul je me réduis jusqu'à m'oublier même. La terre est cette pensée qui toujours se rejette dans le même murmure sans imagination.
Quiconque meurt par ici emporte avec lui la chair de ses malheurs.
Quiconque vit perd son secret.

De quel espoir secret suis-je né ? Quel amour sera le mien ?

(Novembre 1946.)

DONNER À JOUER°

J'ai tant aimé votre monde !
Maintenant quand je vous regarde je vois un œil immense, torturant comme une voix de maladie, me regarder sans fin.

Dans la nuit mon cœur referme ses plaies — le monde se réduit à trois larmes solitaires — ma paix immense sera la vôtre, ô fils du ciel — la voix de Dieu passe dans les branches.

Dans la nuit mon cœur, comme une main ouverte, retourné comme l'envers de la journée, comme l'épaisseur d'un mot d'absence, répète l'espace de mon immense solitude — (dans la vie nous nous souvenons de nos souffrances, un feu nu ruine sous la cendre).

Et maintenant je sais bien que jamais je n'en sortirai, je le sais comme quiconque approche des étoiles sait qu'il n'en ressortira jamais ; je sais aussi que mon cœur n'est plus qu'une poupée de mauvais coups. Quand je m'approche du mot « partir », mes pieds se fendent en quatre hémisphères : hémisphère Nord, hémisphère Recul, hémisphère Déroute, hémisphère Mort. Je suis un homme automatique et rien ne me délivrera.

Mais qui donc saisira jamais le sens de mon œil ? J'y crois comme au feu de vérité — Peut-être n'est-ce seulement que mon immense amour qui s'éclaire.

(Novembre 1946.)

POUR DORMIR CHACUN DANS SA RACE°

Embarquez-moi, transformez-moi de souffle en souffle
Ô la voile d'un corsaire sur le lac encore mou de l'enfance
Et faites de mon cœur une cible pour la musique
Une cible couleur de mousse
Où les sons viendraient briser mes sentiments.

Embarquez-moi, endormez-moi de nuit en nuit,
Mon nom doit suivre ceux des grands dormeurs,
Quand je dis que je dors, je dis que mon nom
A retrouvé le nid qui lui était réservé depuis toujours.
Chez nous la mer est tellement bonne maintenant,
Et tellement son pas est doux
Que les marins viennent tous dormir dessous.

Emportez-moi vers le sommeil qui suicide les mauvais
[rêves
Et que mes sens aillent rejoindre ceux de la nuit,
Endormez-moi en souvenir de tant de faux sommeils
Et le plus tôt sera le mieux
Car il faudra bien un de ces jours me décider à quitter ce
[faux réveil,
Cette fausse peau de sommeil, ce faux rire
Qui ne rit que devant de fausses lèvres.

Endormez-moi du sommeil des très réveillés
Et faites suivre ma route par mes futurs enfants
Et mes futurs petits-enfants
Et dans les siècles pour tous ceux qui naîtront du sang de
[mon arrière-petit-fils
Et du fils de mon arrière-petit-fils
Afin que dans les siècles je dorme avec ceux de ma race
Dans le bonheur d'un sourire qu'on ne fermera jamais.

(Novembre 1946.)

DOUCE°

Douceur de rêve, douleur d'ouvrir le silence
Pour en sortir un son de croix
Douceur d'étendre son absence
Douceur de toucher le pas des anges
Et sur les toits souffre un hautbois

Douceur de rêve, la mer est plus chaude que les fleurs
La mer a des rires de boxeur
Elle a des larmes que nulle brise ne touche
Le sable qui la borde est un buisson de bouches
De bouches invisibles de bouches à rire
De bouches à mordre dans le mourir

Et les toits meurent dans le bas
La peur d'ouvrir sa détresse
Fait fermer les yeux du pauvre
Peur de descendre dans le bois
Du destin, ainsi qu'une rose que délaissent
Les parfums
Peur de mourir dans le chemin

Mais nous autres frères de vieille alliance
Nous nous levons comme une seule tendresse pour détruire
[toutes fausses alliances
Et la rose des vents et le ciel qui tourne
Nous disent
Que rien n'est plus solidaire
Qu'eux-mêmes
Et l'amour
Et toutes formes de l'amour.

(Novembre 1946.)

SOIFS°

Nous sommes les fleurs d'un grand désert,
Tes sœurs,
Ne vivant que de la sueur
Des exilés de la lumière,
Car nous couchons au bord d'une nuit
Que rien jamais ne désaltère,
Broyant le noir et du noir le vent

Et du noir la vie et de la vie le sang,
Nous sommes les soifs d'une sainte prière,
Venant du soir aux étreintes sans bruit,
Mais que manger sinon l'ennui ?

Nous avons seules les passeports
Dans le désert qui nous amasse,
Le Dieu qui pleure nous reçoit dans sa face,
Ramant au fond de sa douleur
Comme une plaie au sexe du bonheur.
Nous sommes les soifs d'une veuve,
Et notre deuil en est la preuve.

Ô chameau, crois-nous chameau
Nous sommes tes soifs tout là-haut !

Ne laissant que l'amer
Goût du sang d'hier.

Et quand là-bas se prostitue
L'eau salie par trop de présence,
Rien n'arrête la souffrance
Ici dans notre froid désert des hommes.

(Décembre 1946.)

LE CONDAMNÉ À VIVRE°

Je cherche au fond de moi ce qu'y cacha la vie
Quand elle me prit aux mains de ses yeux de pleureuse,
Peut-être a-t-elle jeté l'existence de nuit
Dont un cœur d'homme ne sent que la part malheureuse ?
C'est sûrement un sort qu'elle me mit dans la main
Avec le don de vivre et de souffrir sans masque,
Car le bonheur, dit-elle, n'a pas de nom humain,
Il ne respire pas encagé dans un cœur,

C'est un oiseau malade d'être trop voyageur
Et le toucher serait lui retirer son vol.
Et quand on l'imagine on sent qu'il est trop loin,
Qu'il s'est cassé le cœur dans ses efforts de vivre,
Qu'il ne marquera plus les pages d'aucun livre
Et ne traduira plus la comédie du cœur.

Depuis longtemps il fait le jeu d'une autre vérité,
C'est une étoile déracinée de ses désirs...

(Janvier 1947.)

LES SOURCES DU MONDE°

Je souffre de n'avoir qu'une part du monde
Dans mon désir éperdu d'être un homme,
Je voudrais le porter tout seul sur mon dos
Avec son chargement de lois et de sanglots
Et de bonheurs foulés sous le pas lourd des hommes.
La mer c'est déjà un peu de place pleine,
Les signes qu'elle emporte n'ont pas de sens humain,
Et depuis que la terre s'est faite à nos chemins
Elle s'est prise au mirage de n'avoir plus de fin.
Mais je sais où trouver les fontaines du monde...
Les fées qui les remontent souvent dans leurs voyages
M'ont dit que dans les mers elles tracent des passages,
Des marques que l'on voit quand on ferme les yeux
Et des courants où passent des songes merveilleux
Comme s'il s'agissait d'endormir les vents.
Elles m'ont dit aussi que quand on tient le fond
On vit alors éperdument.
Elles ressemblent aux statues qu'on voit le soir tenter,
Mais toujours vainement, de se faire oublier
En se jetant à la nage dans l'air ;
Elles coulent en balançant leur masque de misère
Dans les vallées sauvages de la vie souterraine,

Bien loin, bien au-delà des régions du cœur
Où l'homme est impuissant à tenir ses douleurs,
Et l'on ne sait jamais, jamais d'où elles viennent.

Fontaines, sources du monde aux mains coupées...

(Janvier 1947.)

LES OISEAUX-DIEUX °

Tous les oiseaux de foi, heureux par habitude,
merveilleux par contrainte, brûlants à l'œil
comme une peine de sorcellerie, sont dieux.

Le ciel était couché dans un mauvais silence,
Les oiseaux y passaient comme une vague de froid,
Ils volaient comme on vole dans la souffrance,
Comme une nuit échappée de son poids.

Ils étaient si nombreux qu'on n'apercevait d'eux
Que les plumes volantes des plus petits
Dont les fées chercheront à se faire un habit
Quand le gel aura pris la teinte de leurs yeux.

Et je me dis : ils vont peut-être au paradis
Car ils ont sur leurs ailes un signe de profondeur,
C'est peut-être des dieux qui finissent leur temps
Ou bien des anges en mal de pécheurs
Et ceux qui tomberont seront pris dans le vent
Et laisseront leur cœur passer pour eux les mers ?

Ils passeront la vie et ses crises de larmes,
Laissant s'éparpiller l'essence de leurs joies
À tous les anges qui en voudront le poids
Pour enfoncer la porte du mystère.

Mais après le cri d'amour rituel,
Comme ils s'étaient couvert la tête de leurs plaies,
Nous vîmes la souffrance refermer les blessures
Et sous la nudité mouvante de leurs ailes
La mort remplaça la plus puissante armure.

Et laissant leur corps vide aux chasseurs de plaine
Ils s'envolèrent comme un cri sans réponse.

Ils partirent fidèles à leurs vœux de puissance
D'être des dieux trop purs pour entrer dans un corps.

(Janvier 1947.)

AUTOUR DE LA TERRE°

Ce bois arraché aux cris de ses loups,
Je le sens dans mon cœur devenir innombrable,
Comme s'il épousait les formes du monde
Pour tout reposer dans un corps palpable ;
Ce ruisseau perdu dans ses plaintes d'onde,
C'est celui du sang autour de la terre ;
Cette étoile de fond sifflant comme un coup,
C'est elle qui de ma tête a fait la saignée,
Elle m'a mis au cœur un peu d'univers.
Laissez-la s'endormir derrière mon oreille
Comme fait une bête quand elle sent la mort
Faire lentement le tour de son corps
Et puiser la vie au fond du sommeil.
Cette étoile a son nom que je ne puis citer,
Nous avons fait ensemble le tour de la douleur
Et c'est elle, c'est elle qui gonfle les cœurs
Quand elle passe en vue avec son tirant d'air.

(Février 1947.)

MON INCERTAINE°

Blanche cicatrice, saignée de lune, danseuse de joie, je suis tombé dans ta cité, et tout au fond je me levai, et tout au fond je me tendis, à l'heure figée, je me tendis et te tendis ma chair, et le feu qui tombait s'éteignit dans le sang, du fond de toi j'étais, du fond de toi je me livrai, pour tes grands yeux d'attente, pour ta raison et pour ta vie. Ce fut l'abîme entier où le plaisir allait se perdre, l'arrêt complet.

Je m'ouvris une bouche dans ton corps — la mer glissant à l'envers de tes yeux — le jour calmé soudain dans un fourreau d'opale — ma lointaine tu te formas, tu te rendis et tout se rapprocha, il n'y eut plus entre nous que le pouls combiné de notre espace. La mère du feu te donna le sein, le grand jour de notre union, voici qu'il se leva, et toutes douleurs broyées, l'aveugle vit les mains, prends tout, prends tout te dis-je, et que ton nom soit à ma vie.

Et maintenant voici le jour entré à toute lumière au fond de nous pour te dresser, au fond de moi pour te remettre, et toutes douleurs lâchées, je te sentis longtemps, longtemps, toute pareille aux danseuses aux rives brûlantes de la danse, longtemps je te sentis. Et devant toi une main chercha, et derrière toi une prière remise au vent, et toute souffrante de toi ma voix qui part encore avec un cri pour toi.

Sonne ta grâce, lève ton vertige, ma lointaine toute passagère, puis dors et ferme-toi en nous à l'ombre immense des branches du ciel et demain sera là pour présider à ton éclat.

Alors je vins à toi une fois pour toutes, pour ne bouger qu'en toi et ne vibrer qu'en toi, tout pareil en ton corps au corps de tout homme étendu, alors tu te levas et notre chair se referma. Je vois tes yeux, t'ai-je dit, je vois tes yeux jusqu'au secret et le monde y est bleui, j'y suis infiniment.

Mais voici qu'en se levant ils se perdirent, ils se perdirent jusqu'à mon cœur, puis ils fleurirent. Et les lumières se découvrirent et les tiroirs se détachèrent, car c'était l'heure du souvenir.

Et voici que tu m'oublies.

(Février 1947.)

LA DOULEUR COMME LA DOULEUR°

Je ne signerai plus mon nom, je n'ouvrirai plus les yeux, je lèverai mon pain sans chercher à y lire je ne me livrerai plus en spectacle.
Ou bien ce sera l'enfer, l'enfer, la femme violée toujours ouverte. L'enfer dans le vin, la vie dans la barrique.
Et je sortirai sans cesse de moi-même, de ce poison sucré, étrangement dangereux, pour m'ouvrir une pierre dans le sexe de ma solitude, dans la mort avec laquelle je te tiendrai les cheveux – pour y faire pousser les fleurs. Arrondis-toi mon amour, arrondis-toi ma forme, ce soir je coucherai dans ton silence sans le payer.
Je cracherai mon honneur les yeux fermés comme un abcès d'étoile dans un crachat de pureté de trop. La douleur comme la douleur, mon amour comme ton amour, la liberté comme je la sens.

Mais ce n'est pas encore cela, ce qu'il faut, ce qui serait très fort c'est un bon nouveau rire, bien noueux, bien osseux, tragique même, comme un rêve d'assassin dans le rêve d'un honnête homme.

(Février 1947.)

IL N'Y A PLUS...°

Il n'y a plus sur toute la terre
Qu'une grande bouchée de nuit
Où les hommes sont des histoires
Qui traversent la vie

Je m'habituerai à la mienne
Comme un oiseau à sa présence
Les femmes derrière les persiennes
Sont des sourires dans la souffrance

Et faut-il que le ciel soit
Un objet qui se déplace ?
Dans le monde où est la place
Où s'habituera la joie ?

Je me lève comme une cravache
Et c'est mon âme que j'abats
Cette personne que j'appelle moi
Je ne la vois que dans la marche

Ailleurs je suis le train qui joue
Comme une équipe de rugbille
Avec son propre tunnel fou
Qui le regarde comme une quille

Pour chaque visage je change de rôle
Mon nom me ment et ma tête sonne
Comme un ange qui s'étonne
Que les morts n'aient plus d'épaules

Et je refuse même la joie
D'avoir un horizon pour soi
Et je refuse même la nuit
Pour ne pas perdre cette chance-là
D'être un billet que l'on envoie
À un ami qui vous oublie.

(Mai 1947.)

JE SUIS LE MARCHAND DE SOLEIL°

– Je suis le marchand de soleil.
– Monsieur, donnez-moi du soleil,
Ma peau est terne comme une abeille.
– Je suis marchand de Paradis
Et je vends aussi la nuit.
– Ô donnez-moi le Paradis,
Monsieur, un peu de Paradis,
Ma tête est sèche comme le pain bis
Et j'ai le nom même de la vie.
– Monsieur, je vends les quatre vents,
Où l'on enferme la lumière ;
J'ai dans ma bouche l'eau de mer
Qui rend les larmes plus amères
Et quand je passe, le soleil
S'arrête au milieu de la pluie.
– Je suis marchand de parapluies.

(Mai 1947.)

ARMOIRE À ŒIL...°

Armoire à œil où le cafard sans air pouffe en tiroirs d'angoisses, miroir de l'objet noir, mais plein d'hameçons au ventre,
m'as-tu vu où le scorpion névralgique épouse une respiration sans fraction et chauffée, tache au sein, l'étouffe tout ?
Il mangeait des murailles : alors aux louves : « Et vous autres, les demi-mortes, grandes veloutées des viols, je mastiquais les rites et les pierres toutes mâchées furent des poings d'automate dans le chancre d'horreur. »
Le cœur dit : « Qu'est-ce que c'est que ça ? Donnez-moi vite une côte ou je mange le reste ! »
Ça, qu'est-ce que c'est ? La peau alors ?

Où le monde en poumon vaginal ne retient plus sur les cent villes de nerf l'hémorragie d'une nuit où j'ai vu comme une plaie chargée d'âmes l'étoile en pleurs et son poignant désir, telle sur l'onde la reflétant qu'une forêt d'étincelles enroulées autour d'une main ?
Jouissance d'un monstre, c'est ça !
Une petite fille mangeait l'envers de ses seins : à son poumon : « Je suis celle qui rougit à plat sur une couleuvre, une nuit mort s'est mêlée, à l'orbite du pendu j'offre une larme momifiée. »
(L'araignée de ses os n'est qu'une torpeur mollie, un raclement de gorge, qui ne vient de si loin qu'en tant qu'outre poison.) Mais cela n'est pas fait pour détacher un pendu.

(Août 1947.)

ÉTOILE, RESTE UNE ÉTOILE°

Grande fleur des forêts, grande fleur cicatrisante ouvre-toi chaude, ouvre-toi rouge sur ma tête araigneuse ; je ne veux faire de toi qu'une grande fenêtre sans vitre de soleil et de musique ; ouvre-toi en robe nocturne, en rose de feu, en notes aiguës de pierre de feu, toi qui gardes vraiment ce cri unique du mal, de ce mal fabuleux d'être seule et amoureuse. Et je te vois, violente, je te vois nue et splendide, sur une corde infinie, étoile de désir, pleine de souffrance, pleine à aimer. Reste à la nuit cette magique volupté, ce désir invulnérable aux prières insensées ; reste là dans ta forme première mais changeante pour chaque passion. Un jour viendra où les hommes en masques sensuels auront *peut-être* le droit de cueillir sans se lever cette fleur légère, humide de clarté ; brûlante du feu liquide, timide de grâce qui ne s'ouvre que pour la mort. Mais reste encore ce pic de joie, ce cœur blessé, ce cœur fait d'ondes énigmatiques sur qui le jour quand il se lève se casse les doigts à chaque jointure et saigne, saigne sur l'aurore un beau sang rouge de soleil délirant.

Et je te confonds encore avec ma chair et mon cœur reste insensé comme ce membre d'une vie heureuse qui se soulève à chaque élan du vent.

(Mars 1947.)

(JE N'AI TROUVÉ D'AUTRE PRÉFACE...)°

Je n'ai trouvé d'autre préface que celle d'Antonin Artaud,
mort, ci-gît, d'un conciliabule...

Et ce n'est pas que j'en ai avec sa voix
Mais j'ai à faire avec sa conscience
Et j'ai rendez-vous avec sa non-conscience.
Et Lanretour Maroque m'a juré qu'il était bon et bien.

Je ne sais pas si j'ai inventé,
Mais Lanretour Maroque
a dicté,
Joyeux Maca
a dicté,
Posé le cul sur la circonférence du haut
Posant le cul sur la grosse conscience
Ecrémant haut-cul de la grosse conscience.

Et moi j'ai compris cela :
Péter le cul de la grosse conscience.

Moi j'ai compris cela.
Et la bonne conscience alors ?
Qui nous a fait ces révolutions
Et ces sanguinolons
Et ces remettez-nous-l'on
Et maintenant recommençons.

Et je ne suis pas, mais suis inventé.
Et pour manier la grande conscience
Et la grosse peste,
J'ai retrouvé la parole de Lanretour Maroque
Et de Joyeux Maca
qui disaient :

Nous sommes les plus malheureux des hommes
Car
Nous ne sommes pas des hommes
N'avons pas droit à vos paroles-malheurs...
Mais le malheur-Malheur, je nous connais !

Et la berge du cul est à recommencer
Regratinons
Enfarinons
La lune est toujours verte
Par la foi de Lanretour Maroque
Et Joyeux Maca
Que j'ai traduit en interne de vie

Et qui me font dire
Que sans elle, faire œuvre pie
N'est plus pour nous que la Sagie
D'un monde qui s'est bouffé le riz.

La bonne conscience Alors ?
JE CITE ET J'EN OUBLIE...

Avec ça vous faites des restes
Et mangez de la grosse soupe
Qui vous donne comme des effets
De ce que j'en bousillerai pour vous
(Et la bonne conscience alors ?
Vous fait miner le terrain de cul
Où vous avez toujours rabattu).

Et, au moins, un fou sait cela
Qu'il n'est plus rien

Car n'a jamais été
Que le plus rien
Qui n'est qu'une incongruité
Dans l'égratignure de l'inceste.

Quant aux autres
La satisfaction masturbée
M'a fait dégueuler
Et j'ai saigné un foutre
De sang grillé !

Laretour Maroque
Et
Joyeux Maca
Ont réveillé le sommet d'Antonin Artaud
Pour me faire cette belle préface
Qui a fait monter belle-eau.

Et si dans la rue vous me trouvez quelques...
Avec la gueule.

(1947.)

CRISTAL-CHOC°

Je t'aime avec l'impression d'aimer et de toujours y être depuis le jeune âge du Soleil avec une main glissant chaude à l'intérieur du fil de verre.

L'étranger à globe de nerf

Lui, l'autre, sans pulsation de sang, il s'adonnait à l'enfer, il s'adonnait aux rites d'un monde qui lui montrait des têtes, des poumons gras où l'eau bleuie d'acier tournait autour d'une vis. Son cœur à lui disait : brûlé.
Sa route de cave, sa route au goût de poudre confirmait les

« grotesques ». Et même l'eau d'un autre sein, l'heure, lui ménageaient des forces. L'âge vil. Avec le cri aux yeux il se figeait parfois, en mare plate de nausée, à l'appareil-choc. Il jouissait. La nuit je l'ai voulue ralente, je l'ai voulue aux larmes, au ventre âgé, stigmate de peste ; et tellement j'ai labouré qu'elle est devenue la rencontre avec personne, une attaque de cristal, grand mal de mer jamais réalisé mais toujours école à souffrance. (Lui l'autre, son double s'hypnotisait. Son supplice était vessie. Et je l'entendis velouter dans mon os, fourrure sur rien : « Il nous faut, me dit-il, une mort non vicieuse, aux grandes ondes d'eau planeuse, acide aux nerfs, grande chair où le regard n'étouffe dans le nœud du milieu. »)

Alors quoi, jouir ?

Il y a, chaque jour de la vie dans le noir, un petit bruit pinçant, presque asphyxié, comme une malle à tiroirs qui n'en finit jamais de peser et qui promène un mort.

Qu'est-ce que c'est donc ?

Mais seulement cela : au moment du point vital noueux, au moment où toute forme refuse la création, une femme apparaît rouge, la femme-choc, toute lumineuse, crime au doigt, LA DORMEUSE INTERDITE.

(1947.)

APPENDICE

LETTRE ROUGE

Préface d'Alain Jouffroy
pour LA FIN ET LA MANIÈRE

Un certain jour commence à filtrer sous une porte demeurée obstinément fermée pendant vingt ans.

Si l'on examine l'évolution de la poésie d'expression française depuis la guerre, on ne peut que se rendre à une évidence : celle de l'échec, subi sur plusieurs plans, de toutes les tentatives antisurréalistes, de même que son corollaire : la victoire lente, inarrêtable des poètes qui, loin de renier le surréalisme, ont tiré de lui le sens du risque et de la poésie vécue et sont allés jusqu'au bout d'eux-mêmes, aux antipodes de toute réaction. Après la déroute de la poésie de résistance, qui a manqué ses objectifs révolutionnaires en s'enfermant dans le patriotisme, et la retraite d'une poésie de nouveau embrigadée sous l'uniforme de la prosodie classique et des idées morales qui lui correspondent, on a pu assister à la tentative, plus insidieuse que celle d'Aragon mais non moins envahissante, pour réconcilier la poésie avec le discours, sinon avec la rhétorique : Saint-John Perse et René Char ont ouvert la voie à cette deuxième offensive, qui croyait trouver une justification dans la carence dont la poésie surréaliste orthodoxe semblait faire preuve après l'irruption de Malcolm de Chazal sur la scène poétique de 1948.

Les augures se sont mépris : l'histoire de la poésie ne se confondra jamais avec celle des poètes reconnus trop tôt. La création, dans ce domaine comme dans tous ceux qui relèvent de la sensibilité et de l'imagination pures, se développe selon des lois secrètes, qui contredisent l'heure indiquée au cadran des horloges. Loin de pratiquer une ouverture sur l'avenir de l'imaginaire, la poésie de Saint-John Perse se propose elle-même comme une fin de l'histoire, au-delà de laquelle l'imagination ne peut que sauter. De même, le génie de René Char, qui consiste à fixer dans le feu solidifié des maximes blakiennes ou nietzschéennes certaines intuitions exceptionnelles, ne saurait constituer un modèle mental définitif, s'il fournit certainement un fascinant modèle d'écriture. Les grands poètes, quand ils ont acquis un profil historique — leur voix toujours placée, la *hauteur* du ton à une altitude constante — ne suscitent jamais que des imitateurs. C'est le cas de Breton, dont la majesté, le déploiement stylistiques se sont cristallisés entre 1926 et 1940, et qui (Julien Gracq excepté) n'a jamais trouvé de répondant à sa mesure : les jeunes poètes que fascine un même *Nord* se condamnent à jouer ce rôle d'*adeptes* que Breton récuse lui-même au début de *Pleine Marge* :

Je ne suis pas pour les adeptes
Je n'ai jamais habité au lieu-dit la Grenouillère
La lampe de mon cœur file et bientôt hoquète à l'approche des parvis

Breton a raison : la magie du passé peut favoriser un mimétisme qui risque de faire perdre au poète sa voix. Quand nous entendons aujourd'hui des poètes dignes d'attention dialoguer avec les ombres du XVIe siècle, quand nous les voyons se complaire auprès des tombes et des monuments, commémorer encore une fois le triomphe de la rhétorique dans le sanctuaire du livre, nous pensons que leur nostalgie grandit peut-être l'objet de leur culte, mais raccourcit chaque jour davantage la portée de leur voix. Les risques qu'ils encourent sont nuls, et comment pourraient-ils ignorer qu'en poésie toute prudence est mortelle ?

Le surréalisme, on l'a dit, n'est pas une école. Il ne saurait se réduire à un style, et n'offre pas même une manière unique de sentir : il ouvre une porte sur toutes les inconnues de l'esprit. L'avenir — dans lequel l'imagination doit se jeter pour se déployer — détermine à lui seul l'orientation de la poésie. On ne peut pas davantage imposer à cette seconde moitié du XXe siècle un Apollinaire qu'un Malherbe. Certes, les visées de la poésie sont multiples et il ne saurait être question de limiter son évolution à un seul itinéraire. Mais la répétition selon des formes anciennes, si elle n'implique pas le désir de changer radicalement le sens de la chose répétée, ne peut que renforcer la constitution d'un académisme. Les « adeptes » ne sont pas seulement les ennemis du surréalisme, ils deviennent les ennemis de la poésie tout court. Le futur est là, haletant, insaisissable, terrifiant, dans chacun des instants que nous vivons.

S'il faut demeurer fidèle à l'*esprit* surréaliste, ce n'est pas, ce ne peut être par un attachement exclusif à aucun poète des générations précédentes : un élève de Char, un adepte de Breton, un suiveur d'Éluard ou un fanatique de Péret, ne pourront jamais, en tout état de cause, se maintenir au niveau d'intensité de leurs modèles. Pour la génération de Duprey, qui est aussi la mienne, il importait d'abord de s'approcher de Breton — cette approche, à elle seule, ressemblait à une initiation — mais il importait également de s'éloigner de lui, ce qui ne veut pas dire qu'il importait de le renier.

Bien au contraire, comme Lautréamont, comme Max Stirner, comme Sade, comme Michaux, Breton est de ceux qu'un poète ne peut renier sans se renier lui-même et c'est faire preuve de confusionnisme que de considérer toute *distance* à son égard comme une *opposition*. Prendre des distances, pour Duprey et pour quelques autres, signifiait rejoindre en *esprit* le cœur de l'aventure surréaliste, chercher à comprendre pour quoi battait alors ce cœur. Et puis, les années cinquante s'écoulant au compte-gouttes dans un abominable et ténébreux entonnoir, il fallait bien convenir que, quelles que fussent les options personnelles de Breton, le surréalisme triomphant comme le seul mouvement d'avant-garde susceptible d'exercer une action dans tous les domaines de la création artistique pendant quarante ans, c'était le surréalisme — comme mythe et comme énergie et non le surréalisme *pour* ou *contre* Breton — qui nous tirerait encore de ce cul-de-sac où les poètes semblaient jouer avec la mort.

Fondateur d'un mouvement d'avant-garde qui s'est ramifié sur toute la planète et dont la démultiplication échappe à son contrôle direct, André Breton a la réputation d'un homme rigoureux et partial, à la fois profondément juste et capable de commettre, par passion combattante, de graves injustices. Certains lui ont imputé à crime des erreurs que chacun, dans sa vie privée, commet à la petite semaine. On oublie que dans « L'avertissement pour la Réédition du Second Manifeste » (1946), il a déclaré : « Le temps s'est chargé pour moi d'émousser ses angles polémiques » et dénoncé les « jugements parfois hâtifs que j'y ai portés sur divers comportements individuels tels que j'ai cru les voir se dessiner alors ». Peut-on se montrer moins aveugle devant soi-même ? Il est vrai que « les fâcheuses traces de nervosité », qu'il reconnaît avec seize ans de recul dans les pages de ce manifeste, n'ont fait que s'étendre de manière inquiétante après 1947, et qu'il devenait parfois impossible, au sein du groupe que Breton a tenu à organiser en constellation permanente autour de lui, d'établir un dialogue *réel* avec l'homme en qui un jeune poète de 1947 pouvait mettre le plus d'espoir. Mais qu'importe ! Ceux qui ont tenu, au-delà de ce groupe, à montrer que la *distance* ne signifiait nullement une *opposition*, mais un approfondissement et un dépassement solitaires de l'aventure collective commencée en 1924, ceux-là n'avaient pas de compte à rendre, Jean-Pierre Duprey moins que personne.

Je l'ai rencontré au moment où il n'entretenait plus, avec Breton, que ce genre de rapports imaginaires que Breton a entretenus lui-même avec Huysmans. Pour Duprey, comme pour moi, le surréalisme continuait d'allumer, au centre de toutes les perspectives *possibles*, une flamme qui n'avait pas l'air de pouvoir s'éteindre en nous. Nous nous sentions les membres d'une société secrète pulvérisée ; nous en parlions à mots couverts, comme d'une occulte catastrophe, dont il importait à peine, à vrai dire, de savoir quelles étaient les victimes. Nous respirions, nous étions vivants, notre passion de la liberté était intacte, notre amitié *existait* : de cela, au moins, nous étions certains, même si nous savions que toute amitié contient toujours, à son apogée, les ferments de sa destruction.

La désagrégation des groupes revêt parfois ce caractère fatal qui exaspère en quelques-uns le besoin d'en finir avec toute société. Ne nous aveuglons pas : cette désagrégation séquestrait chacun de nous au sein d'un petit groupe à quatre ou cinq, où il faut bien avouer que se reproduisaient, en plus ténu et plus dérisoire encore, les phénomènes d'arbitraire et d'incompréhension dont tous les groupes organisés ont fait preuve dans l'histoire (comment oublier, par exemple, que Schwitters a été exclu du Club Dada en 1920 ?). Je voyais, pour ma part, que la peinture surréaliste commençait à se développer sur des bases nouvelles, que le pouvoir investigateur d'André Breton — pourtant considérable en étendue — ne recouvrait pas entièrement. Fallait-il cesser, par exemple, de voir en Victor Brauner et Matta, exclus du groupe en 1948, deux peintres surréalistes *authentiques* ? L'erreur, la grande erreur, eût consisté à trancher : *avant* 1948, oui, *après* 1948, non. En vérité, il devenait chaque jour plus difficile de décider où se situait cette frontière mystérieuse que Breton demeure seul aujourd'hui à pouvoir tracer. Car le surréalisme ne s'étant jamais confondu avec un dogme, ne se présenterait jamais comme tel aux yeux de ceux qui le comprennent, ou qui s'inscrivent dans sa perspective.

Nous en étions à la veille du jour où trois des plus grands créateurs surréalistes : Max Ersnt, Miró et Arp allaient être simultanément couronnés à la Biennale de Venise. Nous en étions à la veille d'une immense *désoccultation*, qui favoriserait, bien sûr, toutes sortes de malentendus, mais aurait au moins le mérite de révéler, aux yeux d'un monde encore un instant stupéfait, la hiérarchie véritable des découvertes accomplies en cette première moitié du XXe siècle.

Le surréalisme faisait corps avec l'air que nous respirions. Il n'était nul besoin de se parer de son nom et de revendiquer l'appartenance à son mouvement pour que sa lumière éclaire devant nous la route.

De tout cela, bien sûr, Jean-Pierre Duprey ne parlait pas. Il se contentait, parfois, d'en rire. Ce rire n'était ni amer, ni désabusé, ni triste, ni même dédaigneux : je l'entends en moi, quand je me trouve mêlé à une conversation où l'on commente gravement, avec le même aplomb imperturbable que toujours, les événements artistiques du moment. Ce rire signifiait : « Ne soyons pas sérieux, ne soyons pas solidaires du monde. Soyons libres. Soyons ailleurs. » Jean-Pierre ne faisait aucune déclaration comminatoire, aucun geste démonstratif. Il se contentait de regarder, mais de regarder attentivement ce qui se passait autour de lui, d'écouter, d'entendre. Prêt à toute éventualité, il ne cherchait pas même à prouver en quoi il incarnait cette volonté anonyme de voyance qui avait produit *Derrière son double* et proposerait bientôt *la Fin et la Manière*, parce que c'était une intelligence cachée, mystérieusement *enfoncée* de l'autre côté du cérémonial des pauvres, des superbes apparences de sa vie. Un poète préférera toujours ce qui n'est pas dit à ce qui est dit, ce qui ne se fait pas à ce qui se fait.

Duprey attendait peut-être qu'un événement inattendu changeât du même coup le monde et sa vie. Le mythe annoncé par Breton s'illuminait-il ? Nous désespérions de connaître ce moment où la parole s'incarne. Et dans la mesure où le surréalisme de Max Ernst, de Miró, d'Arp, et bientôt, sans couronne mais avec plus de gloire, celui-là même de Breton, tendait à se faire reconnaître sur un plan international, le surréalisme tout entier commençait à se concilier le monde : sa révolte se projetait dans la légende et non dans l'instant vécu ; ses « angles polémiques » s'émoussaient de plus en plus ; le Musée récupérait la presque totalité de ses œuvres violentes ; les anthologies, les biographies les plus flatteuses se multipliaient ; enfin un couvercle d'or massif se posait avec la délicatesse solennelle d'un dessus de cercueil sur le Baquet de Sang où Artaud, après d'atroces souffrances, venait de jeter un dernier cri avant de mourir.

Dès 1954, il était évident qu'un « autre mouvement », plus secret et plus libérateur, devait naître. Ce mouvement, nous savions que ce n'était pas le lettrisme, que l'incontestable apport lyrique de François Dufrêne et son exemplaire *Tombeau de Pierre Larousse* n'ont pas sauvé de l'infantilisme des procédés d'imitation. Nous savions que ce nouveau mouvement *n'existait pas*, et que toute tentative pour en façonner un, avec étiquette et scandale appropriés, s'épuiserait vite dans le non-sens publicitaire et commercial dont aujourd'hui certains mouvements d'avant-garde sont victimes. Car la poésie, divisée d'elle-même, ne s'unissait de manière cohérente à aucune démarche créatrice collective. Individualisée à l'extrême, comme elle l'est chez Michaux, elle fuyait sur les rives d'un no man's land, où elle embarquait avec soi — au prix de quelles difficultés ! — une femme, parfois un ami. Mais, pour ne pas exister, ce nouveau mouvement n'en était pas moins nécessaire : c'est de sa *constante nécessité sous-jacente* qu'il faudrait parler pour comprendre les tentatives les plus contradictoires accomplies par l'avant-garde internationale depuis vingt ans.

Jean-Pierre Duprey, dont les poèmes ont été *découverts* par André Breton — Duprey les lui avait envoyés à l'enseigne de « La Dragonne » en janvier 1949 — se tenait comme quelques-uns d'entre nous sur un terrain miné, où tous les espoirs se trouvaient bloqués au pied du mur d'une réalité inacceptable : celui de la guerre d'Algérie. De l'autre côté de ce mur, le surréalisme ressemblait à la façade d'une maison incendiée : ses portes profanées, son jardin et sa terrasse jonchés des débris qui prolifèrent dans les banlieues de toutes les capitales industrielles, mais sa façade, bizarrement lézardée, s'éclairait d'une belle lueur *soufrée* où l'on reconnaît la marque suspecte mais toujours respectée du destin. La vie nous harcelait à chaque seconde et certains soirs, je me souviens que nous improvisions chez Jean-Pierre des opéras démentiels, déclamant des pages du Larousse médical, des extraits de Racine et d'Offenbach, tandis qu'un ami tapait sur le clavier d'un piano *jusqu'au sang*. Mais le mouvement tant attendu, si convoité, si nécessaire, ne naissait toujours pas. La guerre d'Algérie — ses sept années nous ont condamnés à une éternité — réduisait par avance toute action, toute parole de poète à la dérision d'une attitude superfétatoire. Ainsi la poésie s'identifiait-elle à *l'impossible* où Georges Bataille dévoilait le seul horizon visible, la nudité d'une extrémité inaccessible de la pensée.

Jean-Pierre Duprey sculptait des êtres-griffes, les bas-reliefs d'un monde souterrain parcouru de tremblements. « Les océans prochains ne sont que des frissons », disait Saint-Pol-Roux : les pressentiments sont une vague, et cette vague ne déferle jamais qu'en nous. Enfermé dans son atelier de l'avenue du Maine, qui évoquait les soutes d'un bateau que son équipage vient de déserter, Duprey passait le plus clair de son temps à se taire, *à faire taire* en lui la voix qui, depuis 1951, avait cessé de communiquer ce qu'elle avait à transmettre, la voix confidentielle et folle, la voix lucide et démoniaque qui lui a dicté en janvier 1949 cette phrase irréprochable :

> « *Mes mots sont des crimes et tous mes textes sont des ratures qui s'alignent bout à bout sur les grandes pages de l'Œuvre et cette grande Œuvre est faite de morceaux blancs comme les ruines de l'Éternité sur terre.* »

Pendant plus de sept ans, en effet, Jean-Pierre Duprey s'est tu. Se consacrant tout entier à la sculpture et à la peinture, il a voulu franchir le seuil de cette porte que Michaux, de son côté, a claquée derrière lui : la porte des mots, la porte des choses à dire, la porte des choses qui ne passent pas dans les mots. Ce n'est pas le lieu, ici, de commenter son œuvre plastique : elle établit cependant des liens apparents avec les textes de *Derrière son double*, et les poèmes de *la Fin et la Manière*. Pour aller de l'une aux autres, il faudrait connaître les détails de ce labyrinthe où Duprey a choisi de se calfeutrer pendant toutes ces années : cela exigerait une étude particulière. Alors que certains artistes trouvent leur Harrar dans le jeu d'échecs, la drogue ou la diplomatie, Duprey l'a trouvé dans la sculpture : il ne s'agit donc plus du même « Harrar ».

Le Harrar n'est pas la seule forme possible de renoncement à la poésie. Quand Valéry, en cette autre « nuit de Jouffroy » du 4 ou 5 octobre 1892, a fait le plan de son système mental, ce n'est pas, comme on l'a dit, un silence de vingt-huit ans qui succéda à une révélation d'insomnie. Monsieur Teste, qui fut le phare de Breton jeune, en vérité n'a jamais renoncé à l'expression, puisque Valéry lui-même en ébauche le portrait dès 1894, au moment même où il commence l'*Introduction à la Méthode de Léonard de Vinci*, et termine la *Soirée* en 1896. S'il est vrai qu'il ne publie rien entre 1898 et 1917, cet « adieu à la littérature » qu'était *la Jeune Parque* dans l'esprit de Valéry en 1912 inaugurera en réalité l'œuvre la plus littéraire et la plus lucidement soumise à la « commande ». Entre cet *adieu* et la *littérature* même, un vrai poète a quelque part sombré. Aucun vers de *Charmes*, si parfait soit-il, n'a le pouvoir de formule magique qu'a le

> *Viens plus bas, parle bas... Le noir n'est pas si noir...*

de cette *Jeune Parque* à laquelle Valéry a désobéi.

*
* *

Il est d'autres silences, plus tendus encore, mais non moins inquiétants, parce que dictés par des forces extérieures, qui interdisent à la pensée de se créer cette marge de surprise sans laquelle elle ne peut *vivre* : celui que Boris Pasternak observa pendant quatre ans et demi, entre 1932 et 1936, et celui d'André Breton après les *États généraux*, avant *Constellations*. Chaque poète de grande envergure crée un « silence assourdissant », le mot est de Pasternak[1], qui ne ressemble à aucun autre : les interruptions ne font qu'illuminer les secrètes structures de son œuvre. Le mutisme désespérant de Rimbaud est celui de l'incommunicabilité, peut-être du mépris, le demi-silence de Valéry celui de la prudence et de la réflexion, la pause de Pasternak celle de l'effroi et de la consternation ; mais le silence de Jean-Pierre Duprey n'est qu'une longue inspiration — noire et rouge — entre deux cris. Quant à Breton, il fut, parmi les fervents de Rimbaud, le premier à avoir dénoncé cet « exécrable Harrar », le premier à ne pas vouloir se prosterner devant le Mythe.

Seul un continuel mais improbable bonheur de la pensée pourrait permettre au poète de toujours et de jamais se taire. Le suicide de Jacques Vaché a accéléré Rimbaud, celui de Jacques Rigaut l'a ralenti pour mieux le *précipiter*. Le suicide de Duprey, lui, résume et résout toutes les inquiétudes en suspens depuis Rimbaud : il fait éclater la bombe du « moi » et de tous ses Doubles. Après Duprey, le poète ne peut que vivre, vivre sa mort à chaque seconde, en connaissance de cause, sans espoir et sans désespoir, sa lucidité armée de toutes les puissances d'un sommeil volontaire, créer l'état de veille sans lequel l'homme ne sera jamais qu'un *objet*. Ayant l'air de tourner le dos à la poésie, Duprey allait sans le dire à sa rencontre et ses dernières peintures noires et blanches évoquent les soubassements de cet « Eaurizon » où, avant de mettre fin à ses jours, il allait atteindre la limite hallucinatoire de cette *vraie mort présente* qui double la *vraie vie absente*.

Hanté par la mort, Jean-Pierre Duprey l'a été toute sa vie. Jamais, peut-être, cette obsession n'a gouverné un génie poétique de manière aussi comparable à la foudre. Depuis Alphonse Rabbe, et son « Exister c'est périr ; c'est mourir que de vivre », la philo-

1. Discours prononcé à Minsk en 1936, in *Pasternak* par Jacqueline de Proyart (La Bibliothèque idéale, Gallimard).

sophie du désespoir a rarement atteint un tel degré d'intensité. Mais ce désespoir ne se présente jamais en victime : Jean-Pierre Duprey se moque de la mélancolie, et même de la tristesse. Dans l'un de ses premiers poèmes publiés — il fut écrit à 16 ans — *il voyait* sa mort avec précision :

« *À cause de toi, mon cher pendu, mon demi-frère, mon compagnon d'angoisse, j'ai renié le déjà vu, le déjà fait, le déjà connu.* »

Ce « compagnon de demain » auquel il s'adresse, c'est l'homme qui se pendra le 2 octobre 1959, sans un mot d'explication, à une poutre de son atelier, et qui, effectivement, avait renié le déjà connu, ayant accompli sa « fuite temporelle », et prononcé son « discours sur l'éternité » une fois pour toutes. Mais il ne chante pas la mort, il l'enregistre. Il ne l'envisage à aucun moment comme une limite, sous aucun prétexte comme une consolation. Jamais, il ne se serait laissé aller à écrire : « Il faut absolument périr avec toutes les choses périssables, puisque nous sommes enfermés dans leur cercle dont le centre est le tombeau » (Rabbe), ni même « *Cimetière* est un mot qui calme la Douleur » (Forneret).

Pour Duprey, la mort ne fait que donner plus d'opacité à la vie : il la parcourt comme une nuit, et les fantômes, les « Doubles » qui l'habitent ressemblent en ceci à des êtres vivants, qu'ils souffrent de fragilité, qu'ils s'inquiètent d'être ce qu'ils sont, qu'ils se posent des questions, qu'ils cherchent comme des vivants quelque chose qu'ils n'atteignent pas. Aucune complaisance stoïque, donc, et pas la moindre morale dans ce désespoir, mais la logique d'une lucidité qui refuse de se proposer en exemple : Jean-Pierre Duprey, contrairement aux romantiques, n'a rien d'un moraliste, et quand il déclare : « Voici le temps, basse époque ! », il n'émet aucun jugement. Quand il ajoute :

« *Apportez-moi plutôt une corde pour me pendre la langue, une tenaille pour m'arracher quelques larmes. L'araignée qui tisse sa vie avec le fil enroulé autour de mon cou, n'a jamais dit quel désespoir la faisait rire au point qu'éclate le Crocodile* »,

l'humour — le seul humour qui ait le mordant de l'ironie, l'humour le plus spontané, le plus noir — sauve toujours sa poésie de l'affectation et de la plainte. Il parle de ses cris comme de clous qu'on planterait dans un mur, sans aucun but.

Les poèmes qui composent *la Fin et la Manière* ont été écrits comme un testament. Mais l'héritage qu'ils nous lèguent se pulvérise sur notre vie comme une « Rose de cendres ». Ce testament ne barricade aucune voie : toutes ses questions demeurent en suspens. Dans « Un habit de roses blanches », le poème qui clôt le recueil, la vieillesse, la jeunesse, l'immobilité et le mouvement du corps, tout se surmonte dans une mort identifiée cette fois à la *vraie vie* : la « belle », c'est la fuite hors de ce monde, mais le faire et le défaire, leur opposition systole-diastole en chacun de nos pas y démontrent que Jean-Pierre Duprey a transgressé tout sentiment d'échec devant la mort. Pour lui, celle-ci n'est qu'un passeport sans importance ; grâce à ce passeport, tout lui vient de partout. Il rayonne comme l'univers lui-même, change la négativité en positivité, ajoute la dimension de tous les possibles au « piège » de l'invivable.

Le surréalisme n'avait pas encore atteint cette frontière extrême, où pessimisme et optimisme, espoir et désespoir, se trouvent catapultés hors de l'univers moral. L'accélération folle de la pensée de Duprey l'a conduit à une vérité que nul ne saurait enseigner, mais qui peut se transmettre, en secret, par les nerfs et par le souffle.

> « *J'affirme*, écrivait Artaud, *et je me raccroche à cette idée, que la mort n'est pas hors du domaine de l'esprit, qu'elle est dans de certaines limites connaissable et approchable par une certaine sensibilité* »[1].

C'est peut-être cette proximité affective de la mort qui a séparé Breton de certains des hommes qui ont joué un rôle capital dans la révolution surréaliste : « Je ne sens pas l'appétit de la mort, je sens l'appétit *de ne pas être* », précisait Artaud dans sa réponse à l'enquête : « Le suicide est-il une solution ? » Ce même appétit de ne pas être a conduit Roger Gilbert-Lecomte et René Daumal, qui voulaient « apprendre à mourir », à se garder toujours à distance consciente du surréalisme :

> « LES GRANDS ANTI-SOLEILS NOIRS, PUITS DE VÉRITÉ DANS LA TRAME ESSENTIELLE, DANS LE VOILE GRIS DU CIEL COURBE, VONT ET VIENNENT ET S'ASPIRENT L'UN L'AUTRE, ET LES HOMMES LES NOMMENT *ABSENCES* »,

écrivait Daumal[2]. Si le Soleil égale l'être, l'anti-soleil n'est qu'une lune noire, devenue pour certains le phare de la plus grande clarté.

1. *Œuvres complètes*, tome I, page 121.
2. *Poésie noire, Poésie blanche*, page 76.

Breton s'est dirigé plus tard, au moment d'*Arcane 17*, du côté d'un « Dieu noir » qu'il identifiait à l'esprit de résistance ; mais jamais Daumal, ni Artaud, ni Bataille ne s'intégrèrent vraiment à la morale de salut public définie par les *Manifestes*. Et c'est dans ce rayon de lune noire, dans cette perspective Gilbert-Lecomte-Daumal-Artaud-Bataille que Duprey se situe. Il réenflamme les valeurs maudites du surréalisme, leur confère la dignité d'un point d'aboutissement extrême.

« Le suicide n'est que la conquête fabuleuse et lointaine des hommes qui pensent bien — disait encore Artaud — mais l'état proprement dit du suicide est pour moi incompréhensible. » Pour l'auteur du *Théâtre et son double*, auquel *Derrière son double* se réfère clairement, le suicide est « antérieur », c'est-à-dire qu'un manque fondamental est souffert dans la vie du fait même des limitations de l'expérience réelle. Pour Bataille qui a vu dans la poésie « la simple évocation de possibilités hors d'atteinte », les mots se projettent hors du possible comme une foudre.

Le surréalisme a engendré dans sa marge, au-delà de toute solonté de résolution suprême des contraires, une véritable métaphysique du vertige. Une telle métaphysique n'entre jamais en lutte avec des puissances qui ne la concernent pas. Si Jean-Pierre Duprey avait vécu l'époque du *Surréalisme au service de la Révolution*, on ne peut douter qu'il eût protesté, comme Artaud, contre la soumission inconditionnelle des poètes au programme d'un parti politique. Quelle étrange raison nous permettrait en effet de croire que l'âme pourrait se satisfaire aujourd'hui des solutions technocratiques apportées au *mal* constant, indémêlable et fascinant qui sape l'humanité ?

Ne pas *exister*, ne pas *vivre*, nul n'éteindra le feu des obscurs besoins que de tels vœux impliquent. L'homme se définit à cette limite extrême où la mort met à nu un désaccord fondamental.

« Moi, dit Duprey, je n'aurais jamais dû me prendre les pieds dans cette galaxie ! » Et, à un ami qui par téléphone lui demandait de ses nouvelles trois jours avant sa mort, il répondait, de sa voix douce et feutrée : « Je suis allergique à la planète. » La distance qu'il prend par rapport à cet ami n'est pourtant pas la plus grande distance dont il souffre. C'est l'univers qui le hante dont il se sent le plus exclu, c'est le monde des âmes parlantes, des âmes souffrantes dont Michaux avait, avant les expériences de la mescaline, déjà abordé les rives réelles. Ainsi que toutes les voix qui nous parlent de *l'Espace aux ombres*, les poètes comme Duprey sont « traqués par les Rapaces de l'Invisible »[1], ils se débattent contre l'invasion des terreurs, des fantômes, des statues, des ombres, des battements, des mystères, des voix, des vampires, des reflets, des rêves, des miroirs qui transforment l'espace entier en cet « horrible en-dedans-en-dehors qu'est le vrai espace »[2] et obligent le témoin halluciné de *la Fin et la Manière* à un qui-vive perpétuel :

« *Ils viennent, ils viennent ! Leurs couleurs plantées dans l'eau, leur image cachant des miroirs, seule une absence nous les incarne, une présence nous désincarne !* »

Duprey, géographe de la lune noire, précise :

« *Et je ne puis dire que mes yeux ont des oreilles partout, que mes oreilles ont des corps partout. J'entre dans une incarnation de la nuit où les miroirs ne reflètent plus, mais se protègent de visages creux.* »

Car les Doubles pullulent, et chacun des personnages de la pensée qui surgissent de la phrase de Duprey, disparus aussitôt qu'apparus, mais revenant sans cesse au rythme de la « manivelle Etcétéra », sont les images d'un être unique, multiplié infiniment par la conscience qu'il a de chacun des instants de terrible face-à-face que son esprit traverse comme un orage mescalinien :

« *Que je vis là, piégé sans l'être, couché sans l'être, plié sans être prié, mangé dans la lenteur, mais bien accordé à mes couleurs et drapé très sérieusement dans le drapeau de ma propre définition.*

Ah ! Ah ! Si ce n'est moi, serait-ce un frère ? J'attends qu'en bas, ils commencent. Qu'ils nous dérobent ou nous débordent. Si cela est, qu'on m'avertisse ! »

Et d'ailleurs, « il fait si noir qu'on n'a jamais gravé les cartes », mais l'issue est clairement montrée :

« *Je retirerai ma tête*
de trop dans mon chemin. »

Le suicide n'est donc pas une solution, parce qu'un raz de marée d'hallucinations a balayé tous les problèmes — Jean-Pierre Duprey a vécu au-delà de la logique où des « problèmes » peuvent encore se poser — et que, littéralement, la mort a investi toutes les manifestations de l'existence.

Le romantisme et tout le surréalisme ont trouvé en lui leur ultime sortie de secours : nous vivons maintenant au-delà de ce

1 et 2. Henri Michaux, *Face aux verrous*, page 170.

« drapeau noir », dans une paix blanche qui n'est peut-être qu'un « dernier hasard... un grand brouillard en place ».

L'anarchie, le nihilisme, la violence solitaire ont proclamé une dernière fois leurs mots d'ordre face à une nuée de combattants :

> « *En avant ! drapeau noir ! les démons, on vous somme, plus d'hésitation ! L'habitude de la réalité exige une belle autorité.* »

Et si le poète pense : « Que le monde se contente de vide. Que le vent ne parle plus », il sait que « celui qui croit prendre un chemin ne prend que son corps par la fatigue » et que chacun « va selon la discipline de son propre cheval macabre ».

Jean-Pierre Duprey ne s'est pas contenté de se taire après *Derrière son double*, il lui a fallu faire succéder à *la Fin et la Manière* un silence double : celui de son œuvre, celui de sa vie. Il ne s'est pas borné à nous inviter à descendre dans les sous-sols mythologiques où la vie et la mort se regardent en chiens de faïence, il a réuni les rênes de sa catastrophe personnelle dans une seule main. Plus aucune illusion, plus d'antinomies, plus de bipolarité, plus de divorces baudelairiens, mais « tout le vital, ce qui est — », en bloc : « la fuite temporelle » est l'épopée de tous les phantasmes, la mêlée définitive du vrai et du faux, du tangible et de l'intangible, de l'ombre et de la lumière, et cela jusqu'à ce geste triangulaire sur lequel il nous reste à nous interroger : l'envoi du manuscrit de *la Fin et la Manière* à André Breton quelques minutes avant sa mort.

Ce geste ne boucle pas seulement la boucle de *Derrière son double*, une longue boucle de dix années (1949-1959), il signifie quelque chose. À même distance du surréalisme, mais cette fois en sachant pourquoi il y a distance, Duprey demeure à la fois fidèle et lointain. *La Fin et la Manière*, ce titre lui-même est une énigme qu'il faut résoudre si l'on veut l'inclure à notre intelligence de survivants.

Quelle est cette méthode pour en finir qu'il nous enseigne ? Consiste-t-elle à fuir, à refuser ?

Pour en décider, il faut savoir que Duprey qui avait, comme tous les grands poètes, « le sens de la provocation », a commis un geste sacrilège (que l'on ne saurait sans tricher gommer de sa biographie) dans le sanctuaire reconnu de la Patrie. Sans en prévenir personne, il s'est approché un jour de la tombe du Soldat inconnu, et a uriné sur la flamme. Dénoncé par deux témoins, il a été arrêté par la police sous l'Arc de Triomphe[1].

---

1. Ce geste se distingue en blanc sur noir de tous les « scandales » organisés par les mouvements d'avant-garde : ni photographe, ni journa-

Les derniers mois de son existence ont été orientés et malmenés par les conséquences de cet acte : prison d'abord après passage à tabac, asile psychiatrique ensuite.

Les hurlements qui lui parvenaient la nuit, dans la chambre particulière qu'on lui avait donnée à Sainte Anne, l'empêchaient de dormir. Quand je venais lui rendre visite, l'après-midi, il se tenait, un immobile sourire aux lèvres, debout à côté de son lit. Je lui tendais des livres sur le vaudou, sur la magie que ses mains ouvraient, que ses yeux ne voyaient pas. À mes questions, il répondait évasivement par des « peut-être », des « oui, c'est possible ». Et puis, brusquement, il éclatait de rire, et pendant quelques secondes nous retrouvions une complicité sans nom, sans phrases. En tuant le dialogue, il préservait le surgissement de la Vie. Au-delà des mots, tout devenait merveilleusement brûlant, phosphorescent.

Enfin Duprey, qui regrettait de n'avoir pas séjourné en prison plus longtemps parmi les voleurs et les assassins — il me l'a dit —, a été rendu à la « liberté ». C'est dans cet état de « liberté provisoire » qu'il a établi l'ordre et la composition de son manuscrit. Lui qui prenait depuis si longtemps ses distances avec la poésie, me communiqua tout à coup quelques-uns de ses poèmes, puis les glissa un jour dans leur ordre définitif dans une enveloppe qu'il tendit à Jacqueline, sa femme, après avoir écrit l'adresse d'André Breton en tête du manuscrit : Breton qui avait découvert *Derrière son double*, mais avec lequel il avait cessé d'entretenir des rapports directs depuis plusieurs années, Breton qui avait ajouté en 1950 des poèmes de Duprey à la deuxième édition de *l'Anthologie de l'Humour noir*, Breton qui fut l'ami de Jacques Vaché, de Jacques Rigaut, de René Crevel, mais qui a renversé le célèbre vers des *Chimères* en « ma seule étoile *vit* » et qui n'a jamais, lui, succombé à ce désespoir dont il a défendu les droits.

Duprey a-t-il cédé au désespoir ? Voilà l'inévitable question que l'on posera au seuil de ce « drame mental » qu'est *la Fin et la Manière*. Nous appartenons à un monde « normal » où le « désespoir » est encore considéré comme « anormal ». Rions-en. Quand un poète se suicide, en plein XXe siècle, après avoir vécu quelques-uns des poèmes les plus bouleversants qu'on ait vécus depuis *les Chimères*, ce n'est pas qu'il « cède » au désespoir, mais qu'il l'assume, qu'il ajoute au poids de ses mots le poids de sa volonté, qu'il objective par un geste l'authenticité des visions qui

---

liste, ni manifeste, mais la coïncidence extrême de la pensée et du comportement, rien d'autre.

ont été les siennes, qu'il ratifie de son sang la véracité d'une expérience de l'impossible. Nul sentiment d'échec, mais l'affirmation véhémente d'un esprit tout-puissant, un coup de tête devenu coup de force, coup d'éclat. Car l'espoir des poètes, avec le silence soudain de Duprey, s'est tout à coup ré-enflammé : le surréalisme peut vivre, mourir, qu'importe ! La poésie, quand elle atteint ce niveau de coïncidence avec l'expérience vécue, ne se distingue plus de l'authenticité absolue.

Roger Gilbert-Lecomte, René Daumal, Antonin Artaud, Georges Bataille sont morts ; Duprey s'est tué. Mais leur aventure a forgé la clé qui permettra peut-être à quelques-uns de se libérer un jour, sans mourir, de cette mort qu'est la vraie vie absente. Ainsi la mort elle-même changera-t-elle de signe ! En attendant, seule une exigence de vérité totale — la Fin et la Manière — guidera ceux que le désespoir tient vivants. Car la vie tout entière peut se remettre en question dans chaque mot et, qui sait, commencer à fournir des réponses à l'esprit et au corps refaits, réinventés.

Le mouvement qui se dessine aujourd'hui, né de manière ténébreuse en 1959, est celui, passionné, irréductible, d'une Anti-Mort. Seule la volonté de dépassement enracinée dans l'inconscient de quelques poètes pourra les conduire sur une voie nouvelle, une voie libre. La poésie, demain, pourra jouer ce rôle de libérateur occulte que Jean-Pierre Duprey, en deux livres et deux gestes parallèles, a incarné jusqu'à son dernier souffle.

« Il faut d'abord organiser la critique » : tel était le vœu d'une *Lettre rouge*, publiée en 1947. Un poète y proclamait que la poésie ne l'intéressait pas, mais les *courants d'hommes*. Dans cette seconde lettre rouge (où le seul sang de Duprey n'est pas en balance), je crois avoir démontré l'existence d'un tel courant jusqu'à nous : vingt ans de nostalgie et de timidité n'auront pas changé son caractère clandestin. De nombreux critiques confondent encore la poésie avec certaines formes de littérature. Maintenant, il faut tirer un trait. L'entendement humain demeure entièrement à refaire. Tout poète qui ne crée pas un courant mental n'est qu'un littérateur.

Assez !

Pourquoi n'inventerions-nous pas, demain, un nouvel individualisme révolutionnaire ?

TÉMOIGNAGES *

Julien Gracq : *On dirait une Apocalypse*

Bien des reflets traversent et colorent sans en altérer la singularité les étranges poèmes de J.-P. Duprey : Lichtenberg-Lautréamont-Jarry — « La fleur d'anxo Ka, la fleur soufrée » — la transparence vitrifiée et vibratile de certains tableaux de Matta. Quelquefois, on dirait une Apocalypse meublée par Chirico et filmée par Buñuel — d'autres fois, et ce sont peut-être les passages que je préfère, la clé dans laquelle sont écrits tels dialogues de *Spectreuses* est celle même des fascinants colloques d'outre-monde où s'entretiennent chez Edgar Poe, Monos et Una, Evios et Charmion. Je suis bien loin d'entrer toujours dans ces poèmes où la liberté se fait si abrupte, mais si je m'en décourage, brusquement un éclair les sillonne sans préavis : « Je perdis mon corps par-dedans », « Mes mains pleurèrent des larmes d'onglée », « Alors le jour entra en terre comme dans une gare ». La poésie est là, et elle fait corps comme bien peu d'autres avec certains « départs » de Rimbaud que la vie de J.-P. Duprey contresigne : « À tout prix et avec tous les airs, même dans des voyages métaphysiques. Mais plus *alors*. »

A. Pieyre de Mandiargues : *Comme un oiseau...*

« Comme un oiseau sur la branche », c'est ainsi, pour banale que soit l'image, que je me rappellerai toujours Jean-Pierre Duprey, et les quelques photographies qui nous restent de lui, solitaire ou mêlé au groupe surréaliste, viennent à l'appui de mon souvenir. Duprey était un homme qui ne tenait d'aucune façon, ou presque, au monde extérieur. Je crois n'avoir jamais connu personne qui fût aussi merveilleusement « détaché ». Qu'il ait tout lâché, dans un moment où la vie s'acharnait contre lui avec une férocité particulièrement ignoble, nous en avons eu beaucoup de tristesse, peu de surprise. L'œuvre de ce très grand poète ne nous avait-elle pas déjà montré que la mort lui était familière autant que la vie ? Les inédits qu'il nous a laissés, plus bouleversants encore que ce que nous avions lu, confirment absolument ce que nous pensions de lui.

* Publiés dans *France Observateur,* le jeudi 29 octobre 1964.

BIBLIOGRAPHIE

des œuvres de Jean-Pierre Duprey publiées en volume

1. DERRIÈRE SON DOUBLE suivi de *Solution H, Trois feux et une tour, Dans l'œil de miroir.* Lettre-préface d'André Breton, frontispice de Jacques Hérold.
(Paris, Presses du livre français, 11 février 1950. Collection : Le Soleil noir.)

Édition originale, 18×13 cm, broché.

Une eau-forte sur feuillet libre, justifiée et signée au crayon, est jointe aux exemplaires de tête. Tous les exemplaires comportent en page 7 la reproduction au trait d'un dessin en noir.

345 exemplaires numérotés : 5 sur Hollande van Gelder (1-5) comportant trois épreuves de l'eau-forte (en couleurs par monotype, en noir et blanc sur noir) ; 25 sur vélin pur fil Lafuma (6-30) avec l'eau-forte en noir ; 15 h.c. sur divers papiers avec ou sans l'eau-forte et 300 sur vélin Plumex (31-330) sans gravure. Les exemplaires de 1 à 30 sont signés à l'encre par l'auteur, l'illustrateur et l'éditeur en page de justification du tirage.

Impression : J. Delalain et Cie (typographie) ; Lacourière-Frélaut (taille-douce).

2. DERRIÈRE SON DOUBLE suivi de *Solution H, Trois feux et une tour, Dans l'œil de miroir, En l'air de verre passé au philtre du vide* et de *SPECTREUSES*. Lettre-préface d'André Breton, frontispice de Jacques Hérold, dessins de Max Ernst.
(Paris, Le Soleil noir, 25 octobre 1964.)

Deuxième édition de *Derrière son double*, donnant l'intégrale de cette œuvre et devenant l'originale collective. Et pour *Spectreuses*, édition originale.

1883 exemplaires numérotés : 50 sur vélin pur fil Lafuma-Navarre (1-50), avec une eau-forte originale en couleurs de Jacques Hérold, justifiée et signée au crayon ; 333 dans la « série club » du Soleil noir (51 à 333), sur vélin bouffant « select » Bellegarde, 300 environ de cette série ont été reliés pleine toile, avec un fer original et une eau-forte de Jorge Camacho, 30 exemplaires environ brochés sous emboîtage noir pour la librairie Nicaise. L'eau-forte de Camacho est justifiée et signée au crayon et 1 500 sur vélin bouffant « select » Bellegarde (384 à 1883).

Format : 19×14 cm (broché), sous emboîtage simple noir pour les exemplaires de tête.

Impression : J. Borel (typographie) ; Lacourière-Frélaut (taille-douce).

3. LA FIN ET LA MANIÈRE, en préface *Lettre rouge* d'Alain Jouffroy, couverture illustrée par Matta, sur le rabat un de la couverture photographie de Jean-Pierre Duprey par Elisa Breton.
(Paris, Le Soleil noir, 10 mai 1965.)

Édition originale, broché, 19×14 cm, 160 pages.

2 650 exemplaires numérotés : 55 (1 à 55) sur vélin d'Arches comprenant un triptyque (en couleurs) sur japon impérial gravé à l'eau-forte, justifié et signé par Matta. Ces exemplaires dans un emboîtage original contiennent en outre la réplique de « La gangue du Mogol », *volume* de Matta, justifié et signé au crayon blanc : les 55 exemplaires en livre-objet. 150 exemplaires dans la « série club » du Soleil noir (C1 à C150) sur vélin édita Prioux, avec une eau-forte en couleurs de Jean-Jacques Lebel, justifiée et signée au crayon ; 2 455 sur vélin édita Prioux (151 à 2605).

Impression : Georges Girard (typographie) ; Georges Visat (taille-douce) ; Atelier Duval (construction du livre-objet).

4. LA FORÊT SACRILÈGE et autres textes : *l'Ombre Sagittaire, le Temps en blanc, Premiers Poèmes, Réincrudation*, préface d'André Breton, illustrations de Toyen.
(Paris, Le Soleil noir, novembre 1970.)

Édition originale, broché, 19×14 cm, 170 pages.

2 749 exemplaires numérotés : 99 sur vélin d'Arches (1-99), avec en hors-texte six pointes sèches de Toyen, tirées sur soie verte. Ces exemplaires sont inclus dans une sculpture de Toyen moulée en polystyrène expansé, justifiée et signée au crayon, présentée sous un emboîtage transparent ; 300 sur offset sirène Arjomari, dans la « série club » du Soleil noir, sous emboîtage transparent contenant la sculpture de Toyen, justifiée et signée au crayon (C1 à C300) ; 2 350 exemplaires sur offset sirène (301 à 2650).

Impression : Georges Girard (typographie) ; Lacourière-Frélaut (taille-douce) ; Atelier Duval (construction du livre-objet).

PRINCIPAUX ARTICLES DE JOURNAUX ET REVUES

Paru, revue mensuelle, n° 60, mai 1950. Henri Pastoureau : *Derrière son double.*

France-Observateur, n° 756, 29.10.1964, pp. 20, 21. Présentation de Pierre Loiseau et Henri Sylvestre. Témoignages : André Breton, Julien Gracq, A. Pieyre de Mandiargues, Alain Jouffroy.

Démocratie 65, 14.1.1965. Pierre Berger : *Sous le signe du Soleil noir.*

Le Figaro, 9.6.1965. Claude Mauriac : *Découverte de Jean-Pierre Duprey.*

L'Express, n° 736, 26.7.1965, pp. 40-42. Alain Jouffroy : *Le Prince du royaume des doubles.*

Le Monde, 31.7.1965. Alain Bosquet : *Un étrange poète : Jean-Pierre Duprey.*

Le Nouvel Observateur, 7.7.1965. Claude Roy : *Les Livres que nos critiques emportent en vacances.*

Le Journal des poètes, septembre 1965. Henri Ronse : *La Ligne noire.*

Le Figaro littéraire, 30.12.1965. Marc Alyn : *La Poésie : Fin et suite.*

Le Monde, 19.2.1971, *Flambées du Surréalisme.*

Les Lettres françaises, n° 1374, 24.2.1971. Alain Jouffroy : *La Soif de nuit.*

Paris-Normandie, 19.3.1971. Jacques Brenner : *Jean Follain, Jean-Pierre Duprey.*

Le Monde, 17.3.1972. Bernard Noël : *Jean-Pierre Duprey.*

Journal de Genève, in « Samedi littéraire », 25.3.1972. *La Forêt sacrilège*, article signé F. T.

Magazine littéraire, nos 67-68, septembre 1972. Claude Michel Cluny : *Poètes maudits d'aujourd'hui.*

Le Monde, 8.11.1973. François Bott : *Jean-Pierre Duprey « assis au bord de la mort ».*

Journal des poètes (Bruxelles), décembre 1973. Gérard Durozoi : *Jean-Pierre Duprey.*

Presse de la Manche (Cherbourg), 7.2.1974. Jacques Revignes : *Poésie noire.*

Le Quotidien de Paris, 20.10.1975. Patrick de Rosbo : *Repousser les frontières du visible.*

Le Havre libre, 21.10.1981. Daniel Fleury : *« Le Nouveau gong » : Duprey, la rose de Nostradamus.*

Le Monde, 29.8.1982. Christian Descamps : *Poésie : Jean-Pierre Duprey.*

Pleine Marge, n° 10, Décembre 1989. Jean-Michel Goutier : *Le Douzième Arcane.*

ÉTUDES, PRÉFACES, ARTICLES

Jean-Christophe BAILLY : *JEAN-PIERRE DUPREY* — « Poètes d'Aujourd'hui », n° 212, Seghers, 1973.

Jacques BRENNER : *La Fête au village*, « Cahiers des saisons », Julliard, 1963, pp. 53-61.

André BRETON : *Anthologie de l'humour noir*, Éd. du Sagittaire, 1950, pp. 345-350. Cette « Anthologie » a été republiée aux éditions J.-J. Pauvert, en 1966. Elle a été reprise par Le Livre de poche, n° 2 739, premier tirage en avril 1970.

Édouard JAGUER a consacré plusieurs écrits sur l'œuvre plastique de J.-P. DUPREY étudiée dans son rapport étroit avec l'œuvre poétique. Ses principales contributions sont :
Le Fer, Bec et Ongles (Préface à la première exposition des sculptures de J.-P. Duprey à la Galerie Furstenberg (Paris), dirigée par Simone Collinet, 1956.
Poétique de la sculpture, Éditions du Musée de poche, Paris, 1960.
TerzOcchio n° 4, Bologne, janvier 1976.
Almanach 1/2 Stock n° 3, Paris, octobre 1986, notice avec une reproduction.

Alain JOUFFROY, nombreuses contributions parmi lesquelles nous citons :
« *Jean-Pierre Duprey* », Cahiers du Musée de poche, n° 3, décembre 1959.
« *À Jean-Pierre Duprey le Supérieur inconnu* », Phases, n° 5/6, janvier 1960, pp. 35-38.
« *Le suicide de Jean-Pierre Duprey* » in *Une Révolution du regard*, Gallimard, 1964, pp. 100-103.
« *La soif de nuit* » in l'*INCURABLE RETARD DES MOTS*, Pauvert, 1972, pp. 55-66.

Marcel JEAN : *Autobiographie du surréalisme*, Le Seuil, 1978, 447-449.

Jacques LACOMBLEZ : « *Lettre à Jean-Pierre Duprey* », Phases, n° 5/6, janvier 1960, p. 39.

Robert LEBEL : « *J.-P. Duprey : La fin et la manière d'être sculpteur* », *XXe siècle*, n° 43, Paris, 1974.

Bernard NOËL : « *Jean-Pierre Duprey* », in *POÈTES MAUDITS D'AUJOURD'HUI*, Seghers, 1972, pp. 61-66.

José PIERRE : *l'Univers surréaliste*, Somogy, 1983, pp. 155, 249.

André PIEYRE DE MANDIARGUES : *Deuxième Belvédère*, Grasset, 1962, pp. 93-96.

Maurice RAPIN : « *Le périple de la vérité et de la mort de J.-P. Duprey...* » in *Idées au logis*, Verviers, Temps mêlés, 1963, pp. 49-62.

Robert SABATIER : *la Poésie du XXe siècle*, Albin Michel, 3 volumes, tomes 1 et 2, 1982, tome 3, 1988 : tome 2, pp. 248, 249, 277, 561, 585 et 652 ; tome 3, pp. 446-448 et 605, 618.

Laurens VANCREVEL : « *J.-P. Duprey* », in *Litterair Passpoort*, n° 284, Amsterdam, 1965.

NOTES

Abréviations utilisées dans les notes :
SN1 = *Derrière son double*, éd. de 1964
SN2 = *la Fin et la Manière*, éd. de 1965
SN3 = *la Forêt sacrilège*, éd. de 1970
(pour ces trois ouvrages, cf. Bibliographie)
OC = la présente édition

1. Jacques Brenner : *La Fête au village*, livraison des « Cahiers des saisons », Julliard, 1963, pp. 53-56.

2. Cette lettre a été reproduite en fac-similé dans *En marge*, « Les fauteurs de paix », Marseille, 1948.

3. Collaboraient avec François Di Dio, Charles Autrand et André Bellamich, qui adhérèrent sans restriction aux textes de J.-P. Duprey.

4. Témoignages publiés dans le bulletin n° 1 du Soleil noir, *Le Pape à Jérusalem*, novembre 1944. Cité par J.-C. Bailly in *Jean-Pierre Duprey*, n° 212 des « Poètes d'Aujourd'hui », Seghers, 1973.

5. Cf. José Pierre : *Tracts surréalistes et déclarations collectives*, tome II, Éric Losfeld, 1982.

6. Cf. le n° 14 d'*Oblique*, consacré à « La femme surréaliste », article de Maurice Rapin sur Jacqueline Duprey, pp. 101-103.

7. Jacqueline Duprey est morte des suites d'une longue maladie, en octobre 1966. Elle tenta en vain de refaire sa vie. En nous léguant les papiers de Jean-Pierre et ceux des manuscrits qu'elle avait pu préserver, au plus fort de sa maladie, elle nous fit comprendre qu'elle

n'avait plus la volonté de vivre, qu'elle assumait le destin d'Ueline la Noire. (Cf. Préface d'André Breton et *la Forêt sacrilège*, in OC.)

8. Le 10 juin 1966 paraissait chez J.-J. Pauvert la réédition de *l'Anthologie de l'humour noir*, où était repris sans modification ce texte. André Breton nous avait autorisé à le reproduire comme préface à SN3, alors en préparation, et aux *Œuvres complètes* de J.-P. Duprey quand elles verraient le jour. Il avait conscience que de « nouvelles figures », depuis 1950, auraient pu recevoir *le même éclairage* d'humour noir. Il prit la décision de ne pas augmenter son *Anthologie* et il s'en est expliqué en ces termes : « Que [l'*anthologie de l'humour noir*] reste ainsi en prise sur notre époque non moins que sur la précédente nous garde qu'on puisse l'assimiler à on ne sait quel annuaire constamment remis à jour, qu'il prenne un aspect de palmarès dérisoire et on ne peut plus contraire à sa destination originelle. »

9. La présente édition corrige les erreurs typographiques et de lecture de SN1. À l'exception des coquilles évidentes que le lecteur rectifie de lui-même, les corrections les plus importantes sont signalées dans les notes qui suivent.

10. SN1 (*l'éloignement*, fautif) – OC (*l'éloignant*, correct).

11. SN1 (*Fabre-ventre*, fautif) – OC (*Frable-ventre*, correct).

12. SN1 (*d'antentes*, fautif) – OC (*d'antennes*, correct).

13. SN1 (*Le feu d'après-midi*, fautif) – OC (*Le feu d'après-minuit*, correct).

14. Deux fragments de *l'Ombre Sagittaire* : *Intermède froid* et *À l'aube fermée le noir regonfle...* ont été publiés en 1952 dans « La révolte en question » (Le Soleil noir, *Positions*, n° 1). Ils constituent la réponse de Duprey à l'enquête sur La Révolte, thème de ce premier numéro des cahiers du Soleil noir. Le texte de l'*Ombre Sagittaire*, reproduit dans SN3 d'après une copie dactylographiée, en 1950, comporte de nombreuses erreurs que nous avons pu corriger grâce au manuscrit légué par Jacqueline Duprey. Nous avons rétabli plusieurs passages qui ne figuraient pas dans SN3 et que le lecteur trouvera en OC, ceux-ci étant signalés entre crochets.

15. SN3 (*Celui qui parlait... Celui qui parlait*, fautif) – OC (*Celui qui parle... Celui qui parle*, correct).

16. SN3 (*Et sa tête ne fut emplie que d'un seul cri*, fautif) – Un membre de phrase manquait, rétabli en OC : « *Et sa tête, aux yeux sans larme cousus au feu, sa tête n'est...* »

17. SN3 *(Entre éclair et tonnerre)*. Sur le manuscrit l'auteur a rayé nettement « tonnerre » remplacé par « *chair* », rétabli en OC.

18. SN3 (*Vieillesse*, fautif) – *Veilleuse*, rétabli en OC.

19. SN3 (*Éclaté*, fautif) – *Éclate noir*, rétabli en OC.

20. Ces deux alinéas entre crochets ne figurent pas dans SN3. Parfaitement intégrés dans le manuscrit, ils sont inédits. Rétablis en OC.

21. Entre crochets, rétablissement du texte intégral conforme au manuscrit, soit inédit en OC.

22. Ce fragment, qui figure dans le manuscrit sous la date, avait été publié en inédit par J.-C. Bailly, in *Jean-Pierre Duprey*, « Poètes d'Aujourd'hui », p. 154.

23. Le texte intégral de *Spectreuses* a été publié pour la première fois dans SN1. Un fragment de la seconde partie avait été inclus dans « L'almanach surréaliste du demi-siècle », numéro spécial de *la Nef*, n°s 63/64, de mars-avril 1950, avec des illustrations de Max Ernst. Dans les notes, ci-dessous, nous signalons les erreurs notables de typographie ou de mauvaise lecture de l'édition originale SN1.

24. SN1 (JE *deviendrai* HIER, fautif) – OC (JE *deviendra* HIER, correct).

25. « *Les Ghôles sont en plein vol vampires des morts* », écrira plus loin l'auteur.

26. SN1 (*puisse le fou faire eau*, fautif) – OC (*Puisse le feu faire eau*, correct).

27. SN1 (*s'engage*, fautif) – OC (*s'enrage*, correct).

28. SN1 (AVEUGE, fautif) – OC (AVEUGLE, correct).

29. Les scènes 6 et 7 de l'acte II de *la Forêt sacrilège* furent retenues par André Breton pour figurer dans l'*Anthologie de l'humour noir*. À noter que dans la réédition Pauvert (1966), il faut corriger la coquille suivante : Scène 6 au lieu de Scène 4 (fautif).

30. *Le Temps en blanc* (version *affiche de prédiction*) a été calligraphié par J.-P. Duprey, en décembre 1950, sur une feuille de format raisin (50×60 cm), dans laquelle le peintre Jacques Hérold avait réservé des emplacements pour ses illustrations. Les impératifs du format obligèrent l'auteur à prélever dans sa version intégrale, que nous publions dans « Inédits », des fragments, réarticulés avec de légères modifications de détail, pour entrer dans l'espace prévu. L'illustrateur et l'auteur se proposaient de reproduire leur maquette au même format, de l'imprimer et de la coller sur les murs de Paris dans la nuit du 31 décembre au 1er janvier 1951. Mais ce projet fut abandonné et c'est seulement en février 1968 que Jacques Hérold a pu le réaliser avec son illustration définitive. Plusieurs exemplaires de cette affiche ont été collés, sur les murs de Paris, dans la nuit du 30 avril au 1er mai 1968 : geste prémonitoire qui, accompli par quelques amis de Jean-Pierre Duprey à la veille des *événements de mai 68*, rendait à ce poème son propos de prédiction. (Cf. : « Hérold illustre », catalogue descriptif par Antoine Coron, Arenthon, éditeur, Paris, 1985).

31. Pour servir d'introduction à une série de dessins et de sculptures de Jean-Pierre Duprey, J.-C. Lambert avait demandé à celui-ci un texte théorique. *Réincrudation*, dont la date de composition se situe fin 1958/début 1959, fut sa réponse qui parut, deux mois après sa mort, dans les *Cahiers du Musée de poche* (décembre 1959).

32. En novembre 1964, André Breton nous remit la grande enveloppe qui contenait le manuscrit de *la Fin et la Manière*. Méticuleux, il l'avait soigneusement archivée. Elle portait, de sa belle écriture — au crayon bleu — la mention :

« Jean-Pierre Duprey
La fin et la manière ».

Les cachets de la poste qui oblitèrent au départ les timbres indiquent : Paris 43 — 19 h — 2-10-1959 ; au dos de l'envoi le cachet du bureau récepteur : Paris 9 — 5 h — 3-10-1959. Écrit de la main de J.-P. Duprey, son nom et son adresse : 21, avenue du Maine — Paris 14ᵉ.

Durant le temps de la réalisation du livre, André Breton nous a aidés de ses conseils. Le choix de Matta, comme illustrateur, et d'Alain Jouffroy, comme préfacier, deux « hérétiques » du surréalisme, eut son assentiment sans réserve. C'est lui qui donna le titre définitif de l'illustration-objet de Matta : « *La gangue du Mogol* ». Matta avait proposé « Le Grand Mogol ». Il s'agit d'un pliage qui, en s'ouvrant, crée le volume à trois dimensions d'un diamant. « Le Grand Mogol ne doit pas avoir cette proportion », dit Breton. Il se leva, prit dans sa bibliothèque un exemplaire d'encyclopédie à la lettre D, et, après avoir consulté l'article « Diamant » relatif au « Grand Mogol » : « Ce volume ne pourrait que contenir le diamant ; il faut l'intituler *la Gangue du Mogol.* »

La Fin et la Manière sortit de nos presses le 10 mai 1965. On trouvera la préface d'Alain Jouffroy dans l'*Appendice* in OC (cf. Bibliographie).

33. *Le Temps en blanc*, version intégrale, datée par l'auteur « octobre 1949 », comprend vingt feuillets, protégés par une double feuille de copie sans titre. Sur la page 1 : sous-titre : « *Prologue-mouvement* ». D'accord avec Jacques Hérold, pour l'identifier, nous l'avons intitulé *[le Temps en blanc]*, prélevé dans une phrase du 3ᵉ alinéa : « ... *l'Éternité en X porte* le temps en blanc *sur son grand livre sans fermeture d'espace...* » Ce texte est publié, ici, pour la première fois. Tous les passages soulignés par nous indiquent au lecteur ce qui est inédit et qui n'a pas été retenu par l'auteur pour la version « affiche de prédiction ». (Cf. note n° 30.)

34. Cités in *Maltraité de peinture*, de Jacques Hérold, Fata Morgana, 1985. Publiés in OC pour la première fois, dans un livre de l'auteur.

35. D'un manuscrit de sept feuillets communiqué par Georges Goldfayn, qui, dans une lettre en date du 18 avril 1989, nous fait l'historique de ce film détruit :

« (...) Jusqu'à aujourd'hui, j'ai répugné à communiquer le texte de J.-P. Duprey pour la raison qu'il était destiné à être *entendu* comme l'accompagnement d'images projetées sur un écran ; qu'il s'agisse seulement d'une sorte de conversation téléphonique entre les dix interlocuteurs que l'on voyait au début du Film ; ou qu'il s'agisse d'une description décalée de ce que les images montraient dans une deuxième partie.

« Isolé, ce texte risque d'apparaître comme un exercice littéraire. Malheureusement, du Film lui-même — qui durait environ dix minutes — il ne reste rien. Notre matériel de base était constitué de vieilles bobines de pellicule nitrate achetées au marché aux puces et qui ont fini par se décomposer. (...) »

Cf. n° 6 de *l'Âge du cinéma* (1951-1952). Article de Gérard Legrand : « Petite préface au sur-cinéma », dans lequel l'auteur analyse les expériences de Jindrich Heisler et G. Goldfayn : « Si l'on prend (...) une " bande-image " et une " bande-son " indépendantes, on obtiendra (...) une multiplication des éléments l'un par l'autre : un film à la deuxième puissance. »

La première partie du texte est de la main de Jacqueline Duprey. À noter que certaines phrases sont extraites de « La lande des au-delà », dont le manuscrit est daté d'octobre 1952, poème qui sera inclus dans *la Fin et la Manière*.

36. Ce poème a été publié in *Jean-Pierre Duprey*, par J.-C. Bailly, « Poètes d'aujourd'hui », p. 153, *op. cit.* Nous pensons, compte tenu du papier et de certaines connotations, qu'il date de 1952 (?). « Entre » annonce les poèmes de *la Fin et la Manière*. Probablement écarté, à juste titre, par J.-P. Duprey, du manuscrit final, verrouillé en septembre 1959.

37. C'est seulement en 1965 que nous avons retrouvé le numéro de la revue *En marge*, où J.-P. Duprey avait publié, en 1948, dix-sept poèmes, insérés dans SN3 et repris en OC. Après de longues démarches et recherches, en 1979, Dominique Rabourdin découvrait enfin le numéro de *Seine* (cf. biographie). Cette troisième et dernière livraison (d'avril ou mai 1946) contient quatre poèmes de Duprey, composés en 1946, aux côtés de Max Jacob, Maurice Fombeure et Henri Thomas. Le collectif « Le Récipiendaire », animé par Jean-Michel Goutier, les a publiés dans *Discours* (éd. Plasma, 1979), présentés par Dominique Rabourdin et illustrés de deux portraits imaginaires du poète par Pier Paolo Pollini.

38. Alain Jouffroy, né en 1928 à Paris. Rencontre André Breton à dix-huit ans. Participe au groupe surréaliste dont il est exclu, en 1948, avec Victor Brauner, Stanislas Rodanski, Claude Tarnaud... pour « déviationnisme ». Poète, il est l'auteur notamment de *Trajectoire* (Gallimard), *Aube à l'Antipode* et *Liberté des Libertés* (Le Soleil noir)... Il a écrit, en plus de *romans vécus*, plusieurs essais dont *Une révolution du regard*, *la Fin des alternances* (Gallimard) où s'impose une analyse originale qui réinvente le concept « d'individualisme révolutionnaire ».

Lié d'amitié avec Rodanski et Duprey, appartenant à la même génération, assumant comme eux une expérience poétique vécue, il a été l'un des premiers à défendre et révéler leurs œuvres. C'est cette troisième génération du surréalisme arrivant sur la scène en 1947, au retour d'André Breton des États-Unis, qui a donné « l'image, à la fois convaincante et inattendue (...) d'un des *possibles* qui prolongeaient le surréalisme du Premier manifeste, le surréalisme à l'état natif, avant la mise au service de la Révolution ». (Cf. préface de Julien Gracq à *la Victoire à l'ombre des ailes* de Stanislas Rodanski, Christian Bourgois Editeur.) (Cf. également in OC note n° 32.)

Alain Jouffroy a fait le récit de sa visite à J.-P. Duprey, quand celui-ci fut transféré à Sainte Anne du 7 au 30 juillet 1959. (Cf. *Jean-Pierre Duprey*, « Poètes d'aujourd'hui », par Jean-Christophe Bailly, p. 161.)

TABLE

Ce volume,
le trois cent trente-sixième
de la collection Poésie,
a été achevé d'imprimer sur les presses
de l'imprimerie Bussière à Saint-Amand (Cher),
le 13 août 1999.
Dépôt légal : août 1999.
Numéro d'imprimeur : 1747.
ISBN 2-07-040628-8./Imprimé en France.

87920